나래
"할게요! 하면 되잖아요!
제가 할게요, 언니!"

랑이
"으냐앗! 성훈이 죽는다!"
바둑이

나래
"자꾸 빤히 쳐다보지 말란 말이야!"
성훈
"사, 사람 살 우푸풉-."

랑이
“아, 안 작느니라!”

나와 호랑이님 3

열심히 하겠습니다♡

카넬 지음
영인 일러스트

목차

또다시 시작하는 이야기

정신을 차려 보니 오후. 치이를 떠나보낸 뒤 피곤을 이기지 못하고 방으로 돌아가 다시 잠에 든 것이 문제였다. 나는 늘어지게 기지개를 피며 일어나 앉았다.

"으하아아암……."

아직 잠에서 덜 깬 머리를 긁적인다. 낮잠을 너무 오래 자서 그런지 머리가 무겁다. 랑이가 머리 위에 올라앉은 기분이야. 가뜩이나 둔한 머리가 더 둔해진 것 같다. 눈을 깜빡이며 멍하니 벽을 보고 있자니, 나는 누구인가, 인간이란, 요괴란 무엇인가, 랑이가 어른이 되려면 도대체 몇 년을 기다려야 할까 같은 생각만 들어서 고개를 휘휘 내저었다. 바보 같은 소리는 적당히 하자. 특히 마지막은 뭐야? 빨리 세수라도 해서 정신을 차리든가 해야지.

나는 손으로 바닥을 짚고 일어나려고 했다. 그런데 바닥이라고 하기에는 조금 부드러운 감촉이 손바닥을 타고 흘러 들어온다. 말랑거리는 느낌. 마치 사람의 피부 같다. 랑이인가? 아니, 다르다. 랑이하고는 확실하게 달라. 면적이 다르단 말이다. 그 순간. 불길한 생각이 머릿속을 스쳐 지나갔다. 그것은 최악 중의 최악. 내가 상상할 수 있는 최악의 상황이었다.

오래되어 녹슨 경첩과 같은 소리를 내며, 나는 내가 무엇을 만지고 있는지 알아보기 위해 고개를 돌렸다.

"……."

"……."

눈이 마주쳤다. 현실에서 도피하고 싶지만 그것조차 쉽지 않다. 깊고 깊은 검은색 두 눈동자가 나를 놓아주지 않는다. 나는 식은땀을 흘리며 무슨 짓을 해야 할지 생각해 보았다.

첫 번째. 손을 쥐었다 펴며 감촉을 음미한다. 결과. 정신적으로 죽는다.

두 번째. 랑이인 줄 알았다고 변명한다. 결과. 정신적으로 처참하게 죽는다.

……잠이 덜 깨서 제정신이 아니군.

"수많은 러브 코미디에서 이미 질리도록 나온 이 상황을 새롭게 하기 위해서 제가 어떻게 반응해야 할지 모르겠습니다, 도련님."

세희가 뭐라고 하든 간에 나는 일단 시간을 벌기로 했다.

"아, 아니, 그게 미안. 일부러 그런 건……. 잠깐! 네가 왜 여기서 자고 있어?!"

분명히 내가 잠들 때는 옆에 랑이밖에 없었다고! 하지만 세희는 내 말을 무시하고 자신의 길을 걸어갔다.

"도련님도 도련님이십니다. 모든 것이 실수였다는 틀에 박힌 듯한 반응을 보이시니 제가 어떻게 할 수도 없지 않습니까."

난 재미를 위해 목숨을 버리는 바보가 아니다. 그리고 느낄 것도 없…….

"하지만 제가 부끄러움을 이기지 못하고 비명을 지르며 도련님의 따귀를 때리는 것으로, 정석적이고 고리타분한 아침을 완성시키는 것도 좋겠군요."

내 입이 가장 중요한 문제는 무시하며 제멋대로 움직였다.

"네가 부끄러워서 비명을 지르는 건 정말 상상도 안 간다."

세희의 눈썹이 꿈틀거렸다. 입이 원수다.

"지금 도련님의 말씀과, 지금도 계속되고 있는 행동 역시 상상할 수 없는 일이었습니다. 지금쯤이라면 손을 떼시며 제게 용서를 빌 거라고 생각했습니다만 제가 질풍노도성욕폭발거유보단미유가좋아로리천국누님지옥난하렘왕이될거야의 시기를 보내시는 도련님을 너무 우습게 보았군요."

내가 지금 어떤 시기를 보내는지 이해할 수 없고 이해하기도 싫지만, 누가 뭐라고 해도 지금 상황은 내가 잘못한 게 맞다. 나는 재빨리 고개를 돌리고 손을 치우며 사과했다.

"그, 미, 미안. 당황해서 잊고 있었다."

까먹은 이유가 또 하나 있었지만 그건 내 목숨을 보존하기 위해서 평생 비밀로 하자.

"괜찮습니다. 이 정도의 일로 부끄러워해서야 저의 캐릭터성이 무너지니까요."

지금 내 상황만 아니었다면 '너 만화 좀 그만 봐!' 라고 딴죽을 걸었을 거다.

"아니, 그런데 네가 왜 내 방에서……."

나는 대화를 할 때는 상대를 바라봐야 한다는 기본 예의범절을 지키기 위해 고개를 돌렸다가 격하게 원상 복귀시켰다.

"좀 가려라!!"

일어났으면 아래라도 좀 가려!

"개구리에게 알몸을 보였다고 부끄러워할 사람이 어디 있겠습니까?"

"그거 아직도 계속 하냐?"

무슨 소리를 하는지 모를 뻔했잖아.

"인간으로 돌아가실 때까지 계속 할 겁니다."

이젠 제발 끝내 줘!

"그런데 왜 그러십니까? 어차피 제 몸을 본다 해도 도련님께서는 아무런 느낌도 없지 않습니까? 저는 가슴이 큰 것도, 어린 소녀도 아니기 때문에 도련님의 취향이 아니니까요."

그런 문제가 아닙니다. 남자들은 취향의 차이는 있을지 몰라도 공통적으로 반응하는 것이 있으니까요.

"됐으니까 좀 가리라고!"

"마음에도 없는 소리를 하시는군요."

"가능하다면 내 머리를 열어서 보여 주고 싶은데?"

"그러실 필요 없습니다. 콩알 같은 뇌를 보호하기 위한 질소가스만 가득 차 있을 테니까요."

그렇게 나를 놀리면서 세희가 스르륵 스르륵 소리를 내며 옷을 걸친다. 머릿속에서 여러 가지 생각이 스쳐 지나간다. 나는 신경을 돌리기 위해 반대쪽으로 고개를 돌렸다. 랑이가 알몸으로 허리 아랫부분만 간신히 이불을 덮고 대자로 누워서 자고 있다. 어젯밤에 알몸으로 잠들었으니 지금도 알몸인 게 당연하지. 위아래로 오르락내리락하는 통통한 배와 살짝 드러난 갈비뼈, 그 위에 앙증맞게 솟아오른 가슴이 눈부시게까지 보인다. 하지만 랑이다. 호랑이다. 무슨 상관이냐. 나하고는 전혀 상관없다.

아마도.

그래도 배를 내놓고 자면 몸에 안 좋으니까 이불을 목 위까지 덮어 준다. 바둑이도 안 걸린다는 여름감기를 호랑이가 걸리면 웃기지도 않잖아. 단순히 그런 이유다. 자신의 성윤리관을 재정립하고 하고 있자니 뒤에서 더 이상 아무 소리도 들리지 않는다. 다 입었나? 나는 고개를 돌렸다.

"성욕과 호기심이 자제심을 이기셨습니까?"

세희가 뒤로 돌아선 채 흰색 천을 가슴에 두르고 있었다. 능선같이 아름다운 어깨선이 어여쁘다. 지금까지 몇 번이나 우연히 보면서 알게 된 건데 세희는 어깨선이 참 예쁘단 말이야. 잠깐. 나 지금 뭘 멍하니 보고 있는 거야. 나는 다시 고개를 돌렸다.

"그러고 보니."

속으로 근의 공식을 외우고 있는데 세희가 말을 걸었다.

"도련님께서 주인님과 만나신 이후 지금까지 단 한 번도 수음을 하지 않으셨는데, 너무 오래 참으시면 병에 걸립니다. 나중에 몽정이라도 하셨다가는 주무시던 주인님께서 깜짝 놀라실 테니 아직 여러 가지 것들이 기억 속에 남아 있을 때 화장실에 가시지 않겠습니까? 지금이라면 시간이 오래 걸리신다 하더라도 모르는 척…….”

“야 인마!!”

겨우 찾은 평온이 흔들린다.

내 이름은 강성훈. 뭔가 있어 보이게 말하고 있지만 사실은 뭐 하나 내세울 것 없는 고등학생이다. 17세의 나이로 괴팍한 아버지와 무서운 어머니의 아래에서 자라온 나는, 여름방학이 시작되는 동시에 요괴라는 존재들과 만나게 되었다. 그리고 지금까지 세희의 기준으로 큰 일과 작은 일을 겪으면서 몇 개월 같은 2주일의 시간을 보내게 됐다. 옛날이라면 상상도 못할 일들의 연속이었지. 그리고 오늘 역시 떠들썩한 하루가 될 것 같다. 그 첫 번째 스타트를 끊은 것은 방금 전의 일이었고.

“뭐야, 이건.”

두 번째는 랑이의 숙면을 위해서 안방으로 자리를 옮겼을 때 일어났다.

할아버지 댁은 기와집이다. 유서 깊은 한옥을 사람이 살기 편하게 리모델링을 했지만, 문명의 이기라고는 형광등이나 수세식 화장실과 욕실이 전부인 곳이다. 안방에 있는 것도 세월의 때가 묻은 장롱이나 서랍, 거울 같은 가구밖에 없었다. 하지만 지금. 난 안방을 채운 것들을 보고 순간 내 눈을 의심했다.

방의 구조는 아라가 집을 산산조각 내기 전과 그다지 다를 것이 없었다. 하지만 그 안에 있는 것들이 확연하게 변했다. 먼저, 방의 중앙 쪽 벽에 달려 있는 LCD TV가 가장 먼저 눈에 띈다. 그 아래는 영상매체 플레이어와 게임기들이 자리를 차지하고 있다. 그뿐일까. 천장에는 집에서 영화를 볼 때 쓰는, 프로젝터? 프로텍터라고 하던가? 잘은 모르겠지만 외계인과 싸울 수 있을 것 같은 이름의 기계까지 달려 있고 방의 구석구석에는 스피커까지 벽에 붙어 있었다. TV 앞에는 세 명은 충분히 앉을 수 있을 것 같은 소파까지. 거기다 방구석에는 커다란 LCD 모니터와 컴퓨터도 있다. 모뎀이 달려 있고 녹색 램프가 반짝이는 걸 보면 인터넷도 되는 것 같다.

간단히 말해서 하룻밤 사이에 갑자기 현대 문명의 냄새가 물씬 풍기는 방이 되어 버렸다는 것이다. 그것도 뭔가 TV를 보기에 좋은 곳으로. 소파에 앉아서 리모컨으로 TV를 켜니 케이블 방송까지 나온다.

뭐 어떻게 된 거야? 어제까지만 해도 이런 거 없었잖아? 그래서 하도 심심한 내가 치이하고 놀기 위해 창고를 뒤지기도 했었다고.

입을 떡 벌리고 갑작스런 집 안의 변화에 놀라고 있자니 옆에서 익숙한 목소리가 들려왔다. 누구겠냐?

"성인 채널은 98번입니다."

나는 98번이라는 번호를 뇌에 각인시키며 대답했다.

"그런 건 됐고. 이것들은 도대체 뭐야?"

"괜찮지 않습니까?"

"……동문서답은 그만해라."

세희가 슬쩍 눈을 내리깔며 대답했다.

"집 안을 보수하면서 신경 좀 썼습니다. 도심에서 자라신 도련님께서는 이런 것이 없으면 시간을 보내는 방법도 모르시는 것 같으니까요."

좋게 받아들이자. 그러니까 컴퓨터와 TV가 없으면 놀 줄도 모르는 서울 촌놈을 위해서 귀찮지만 신경 좀 써 줬다~, 라고 생각하지 말자는 거다. 실제로도 난 서울 촌놈이 아니니까.

"그런데, 저것들 비싸지 않아?"

"전쟁이 일어나지 않는 이상, 불과 며칠 사이에 제가 가지고 있는 토지 가치가 폭락하는 일은 없을 겁니다."

땅 부자라는 사실을 잊고 있어서 죄송합니다.

"그것보다는 이런 것들이 갑자기 어디서 나왔는지 궁금해하셔야 되는 것 아닙니까?"

"나는 이제 네 소매 안에서 소설 속에 나오는 꼬리를 잃어버린 구미호 소녀가 나온다고 해도 놀라지 않을 자신이 있어."

"……꺼내 드립니까?"

"할 수 있냐?!"

세희가 입꼬리를 슬쩍 올린다.

"여러 가지 복잡한 절차를 통해야 하긴 하지만 가능합니다. 일단 원작가의 허락을 위해 전화를 걸어 보겠습니다."

세희가 소매에서 스마트 폰을 꺼내기에 나는 손을 들어 말렸다.

"됐어."

나는 현실과 망상을 구분할 줄 아는 사람이다.

"아, 도련님. 도련님께 중요한 사실을 알려 드린다는 것을 깜빡할 뻔했군요."

나는 살짝 긴장을 하며 물었다.

"뭔데?"

"저 컴퓨터에는 남성의 판타지를 충족시켜 줄 수 있는 여러 가지 영상들이 C:\Documents and Settings\Administrator.MY_COM.001\My Documents\랑이\까치\로리콘도련님 폴더에 저장되어 있습니다."

나는 일단 머릿속으로 그 주소를 재빨리 외우며 말했다.

"너 정말 그럴 거냐."

"농담입니다."

농담이었냐! 기대한 내가 바보 같잖아!

"그거 다행이네."

"법에 접촉되는 자료는 보관하지 않으니까요."

"못 믿겠는데?"

"본 자택에 거주하는 인물은 모두 18세 이상입니다."

"너 인마, 내 나이가 몇인지 알면서 그런 말을 하냐."

"외관은 19세이십니다."

그렇게 안 늙었어! 관두자. 세희를 상대로 화를 내느니 랑이의 가슴이 커지는 걸 바라겠다. 어찌되었건 세희가 나를 위해서 컴퓨터와 TV를 설치해 준 건 사실이니까 고맙다는 말이라도 하자.

"그래도 일단 고맙다. 애들하고 노는 걸 빼면 할 게 없어서 심심했거든."

"괜찮습니다. 결국 이곳에서 뼈를 묻으실 도련님을 위해 이 정도의 수고는 정말 별것도 아니니까요."

불안해. 공손하게 머리를 숙이는 세희를 보고 있자니 나의 가슴속 깊은 곳에서 그동안 갈고닦은 육감이 비상사태라고 외치기 시작했다.

"그건 복선이냐?!"

"실제 생활에서 복선이라는 말은 거의 쓰지 않습니다, 도련님."

그게 무슨 상관이야.

"그건 됐고. 그런 무서운 말을 아무렇게 하지 마. 네가 그런 말을 하면 정말로 여기에 뼈를 묻어야 할 것 같으니까."

세희가 입을 가리며 놀라는 척을 한다. 입만 벌리고 손으로 가리지 마라. 사람을 놀리는 티가 너무 팍 나니까.

"귀농인의 삶을 사실 생각 아니셨습니까?"

거봐.

"고등학교도 졸업 못 했다."

"졸업하신 후 구체적으로 하고 싶은 일이라도 있으십니까?"

"……그걸 알기 위해 학교에 다니는 거야."

"정형화된 대답이군요. 도련님, 그러시다가는 시간을 낭비하다 군대에 가서 부사관 지원을 한 뒤 떨어져 백수가 될 겁니다."

현실적이야! 꿈도 희망도 없는 현실적인 말이다!

"시끄러."

나는 벌써부터 불확실한 미래에 대한 걱정을 하기 싫어서

TV를 틀었다. 어디서 걸그룹이 나오는 채널이 없나~ 하고 리모컨을 누르고 있자니 옆에서 세희가 물어왔다.

“시간이 조금 늦었지만 식사하시겠습니까?”

아. 그런 말을 들으니 배가 고파졌다. 그러고 보니 어제 저녁을 먹은 다음 지금까지 아무것도 안 먹었지?

“나야 좋지.”

“알겠습니다. 그럼 상을 차려 오겠습니다.”

세희는 부엌으로 들어가다 말고 고개를 돌려 나를 보았다. 또 할 말이 있나?

“왜?”

“그저 도련님께서 마누라에게 달라붙어 아무 일도 하지 않고 놀기만 하는 기둥서방의 모습과 겹쳐 보여서 그렇습니다.”

인간의 혈관이 이렇게 튀어나올 수 있다는 것을 세희를 만나지 않았다면 나는 평생 몰랐을 겁니다.

“뭐 도와줬으면 하는 거 있으면 대놓고 말해라.”

“섬세하지 못한 남자는 아내에게 미움받는 법입니다.”

내가 나래에게 이런 짓을 할 리가 없고, 랑이에게는 시키지도 않을 테니까 상관없다. 그런데 왜 갑자기 랑이가 튀어나오는 거야.

“좋은 일입니다.”

“뭐, 뭐가?!”

세희가 입가에 짙은 미소를 지었다.

“도련님께서 주인님께 미움받는 일을 말씀드린 겁니다. 그런데 도련님께서는 무슨 생각을 하셨기에 그리 놀라십니까?”

모든 것을 알고 있다는 태도에 화가 나지만 뭐라고 할 수도 없다. 또 놀릴 테니까.

"됐으니까 내가 할 일 있으면 지금 말해."

"그러면 주인님께서도 식사를 하셔야 하니 기침하도록 도와주시기 바랍니다."

랑이는 알몸이었다. 다시 말해 옷도 입혀줘야 한다는 건데…….

"깨우는 건 문제가 아닌데 옷을 입히는 건 네가 하면 안 되냐?"

"……도련님. 주인님께서도 요즘은 스스로 옷을 입으십니다."

"……."

랑이야, 미안하다.

나는 세희의 묘한 미소를 뒤로하고 내 방으로 걸어갔다. 마당에는 언제 가져왔는지 모를 커다란 파라솔 아래 돗자리를 깔고 몸을 웅크리고 잠들어 있는 바둑이와 여전히 기절해 있는 아라가 있었다. 내가 너무 세게 때렸나? ……다 자업자득이라고 생각하자.

방 안에는 무더운 날씨 덕분인지 이불을 완전히 걷어차고 베개에 얼굴은 묻고 엉덩이를 내놓은 채 엎드려 자고 있는 랑이가 있었다. 어이구. 여자애가 조신하지 못하게 자는 모습이 그게 뭐냐. 아무리 덥다고 해도 그건 아니잖아. 나는 한숨을 내쉬며 슬쩍 이불을 어깨까지 올려 주었다. 그러면서 눈치챈 건데, 이 녀석.

"냠, 냠……."

내 베개를 고기로 착각이라도 하는지 열심히 입에 물고 질겅질겅 씹고 있다. 덕분에 베개가 침으로 뒤범벅이다. 빨아야겠네. 나는 그런 생각을 하며 랑이의 어깨를 흔들었다.

"랑이야. 일어나자. 밥 먹고 자. 응?"

잘 자고 있는데 밥 먹으라고 깨우면 일어나기 싫은 법이다.

"우-응. 괜찮으니라."

얼굴을 가로저으며 침 범벅인 베개에 얼굴을 비빈다. 깨운 다음에 씻기는 일도 추가다.

"그러지 말고 밥 먹고 자. 밥 안 먹으면 키 안 큰다."

"으……."

이 말은 효과가 있었다. 랑이는 일어나기 싫은 듯 요를 두 손으로 꽉 잡고 잠시 동안 고민을 하는 눈치더니, 엉덩이를 뒤쪽으로, 그러니까 내 쪽으로 쭉 빼며 기지개를 폈다.

"으냐냐냐냐냐아아-!"

이불을 덮어 줘서 망정이지 안 그랬다가는 큰일이 날 뻔했다.

랑이가 요 위에 무릎을 꿇고 앉아 고개를 휙휙 흔들더니 내 쪽으로 몸을 돌려 두 팔을 벌렸다.

"안아 주어라."

명령이냐.

"왜?"

"몸에 힘이 들어가지 않느니라."

"어디서 거짓말이야?"

"진짜이니라. 치이를 살리는 것이 너무 힘들어서 몸에 힘이 하나도 안 들어가느니라. 너무너무 힘들어서 오늘 하루 동안은 계속 잠만 자야 할 것 같으니라."

그렇게 말씀하시면 제가 할 말이 없죠. 그래도 평소라면 못 이기는 척하면서 랑이를 안아 주겠지만 지금은 문제가 있다. 랑이가 알몸이라는 것. 이불에 돌돌 싸서 데려가는 방법도 있지만 무슨 애벌레도 아니고 그건 아니지.

"옷부터 입어. 그러면 안아 줄게. 옷은 혼자 입을 수 있지?"

"할 수 있느니……."

랑이가 대답을 하며 고개를 끄덕이려다가 급하게 좌우로 흔들었다.

"아니, 아니. 힘이 없어서 못 하겠느니라."

이미 늦었네요.

"혼자 옷 입을 수 있지?"

조금 인상을 굳히고 토씨 하나 틀리지 않고 똑같이 말하자 랑이가 뜨악하고 놀라더니 고개를 끄덕였다.

"이, 입을 수 있느니라. 랑이 혼자서 입을 수 있느니라."

잠이 확 깼는지 랑이가 벌떡 일어났다. 앉아 있던 나는 고개를 돌렸다. 아무리 랑이라고 해도 인간적으로 봐서는 안 되는 곳이 있으니까. 잠시 고개를 돌리고 있자니 랑이가 영차영차 입으로 소리를 내며 옷을 입었다. 넌 옷을 입으로 입냐.

"다 입었느니라."

그제야 나는 고개를 돌렸다. 조금 어설프긴 하지만 제대로 옷을 입은 랑이가 서 있었다. 바지의 지퍼와 단추가 풀려 있는 걸 고려해 봐도 그럭저럭 합격점이다. 머리는 세희보고 땋아 달라고 하자.

"잠깐만."

나는 랑이의 지퍼를 올려 주고 단추를 잠가 주었다.

"다 됐다."

……응? 고개를 들어 보니 랑이가 퐁 하고 얼굴을 붉히고 있었다.

"왜 그래?"

"아, 아무것도 아니느라."

잘은 모르겠지만 아무것도 아닌가 보다.

"그럼 밥 먹으러 가자."

나는 손을 내밀었고, 랑이는 두 팔을 벌렸다. 쳇, 이 녀석. 얼렁뚱땅 손만 잡고 갈 생각이었는데 안 통하네.

"알았어."

나는 몸을 숙여 랑이의 허리를 안아 들었다. 덥다. 랑이는 품에 안기자 두 다리로 내 허리를 휘감고 두 손으로 내 목을 껴안았다. 덤으로 내 목에 볼을 비비기까지 한다. 야, 하지 마라. 너 아까전만 해도 침 흘린 베개에 얼굴을 비볐잖아. 그래도 랑이가 너무 좋아하는 것 같으니까 이번 한 번은 봐주자.

"일단 씻으러 가자."

"으냐앗?!"

그래도 씻기기는 할 거지만.

간단하게 고양이 세수만 시킬 생각이라서 수돗가로 랑이를 데려갔는데, 마당에 바둑이와 아라가 보이지 않았다. 다만 사람 하나가 묻혀 있다가 뽑혀져 나간 듯한 흔적만이 남아 있다.

아라가 정신을 차렸나? 아니면 설마 바둑이가 먹……. 아니, 그건 아니겠지. 그냥 정신을 차려서 식사를 챙겨 주려고 마당에서 뽑았다고 생각하자. 그래, 그렇게 생각하자.

랑이를 씻기고 들어가자, 안에는 이미 자리를 잡고 앉아서 우리 둘이 오기만을 기다리며 꼬리를 흔들고 있는 바둑이와 단정하게 앉아 있는 세희가 있었다. 응? 한 명이 비는데? 나는 머릿속에 떠오르는 '바둑이 아라 꿀꺽설' 을 무시하며 물어보았다.

"아라는?"

"아까 설랑 언니가 데려갔어요."

설랑?

"그건 누구야?"

바둑이한테 물어봤지만 대답은 세희가 했다.

"원래 이 집 안에 살던 요괴입니다. 세속에 찌든 인간의, 아니, 도련님의 홀아비 냄새가 참을 수 없다 하여 지금은 나가서 살고 있습니다."

이런 이야기를 들으면 내가 꼭 안 씻는 사람처럼 보이겠지만, 나는 하루에 다섯 번이 넘게 샤워를 한다. 날씨가 더운 것이 가장 큰 이유지만 랑이가 매번 내 냄새, 내 냄새거리는 것도 무시할 수 없는 이유다. 아니, 중요한 건 그게 아니지.

"어디로 데려갔는데?"

"영국으로 간다고 했어요."

이번에는 바둑이가 대답했다.

"저보고 같이 갈 거냐고 물어봤는데 전 괜찮다고 했어요. 저

잘했죠, 도련님?"

뭘 잘했는지는 모르겠지만 바둑이가 눈을 반짝반짝 빛내며 두 손을 앞으로 모으고 뭔가를 요구해 온다. 나는 아무 말 없이 바둑이의 머리를 쓰다듬어 주었다. 손에서 느껴지는 머리카락의 감촉과 행복해하며 볼을 붉히는 바둑이를 보자니, 아라 같은 나이스한 몸매의 누나가 영국으로 간 것 따위는 생각할 필요가 없다는 생각이 들었지만 나는 마음을 바로잡았다. 나중에 또 무슨 일이 생길지 어떻게 알아?

"네가 시켰냐?"

그래서 세희에게 물어보았다.

"그렇습니다."

"왜?"

"교육을 시키기에는 본고장이 가장 좋을 것이라 생각했습니다."

무슨 교육이기에 영국이 본고장이냐고 묻고 싶었지만 이번에는 야성의 감이 말렸다. 지금 이걸 물어보면 나중에 있을 쓸데없는 일로 지금부터 골이 아플 거라고 내 감이 말한다. 나는 잠시 동안 아라에 대해 잊기로 했다.

"어떤 교육인지 물어보시지 않는 겁니까?"

세희가 짙은 미소를 지으며 물어온다. 이렇게 된 이상 철저하게 무시해 주자. 세희가 또 무슨 흉계를 꾸미고 있는지는 모르겠지만 위궤양이 무섭다고.

"됐어. 치이가 네게 맡긴 일이니까."

"현실 도피는 안 좋은 버릇입니다, 도련님."

"그 전에 네 주인님이 현실에서 도망치고 있으니까 그걸 먼저 해결해 봐라."

고개를 숙이자 현실 도피 중인 랑이가 자기는 아무것도 모르겠다는 듯이 똘망똘망한 눈을 깜빡이며 나를 올려다보았다.

"왜 그러느냐?"

"밥 먹어야지, 이 녀석아. 내려가서 제대로 앉아."

"아, 그렇구나."

그제야 허리를 휘감은 두 다리를 풀고 내 옆으로 내려앉……는 게 아니라, 앞뒤만 바꿔 앉았다.

"야."

"숟가락을 들 힘도 없느니라. 네가 먹여 주면 안 되겠느냐?"

어디서 배웠는지 모르겠지만 살짝 몸을 틀며 손가락을 들어 내 가슴팍에 원을 그리기 시작한다. 어디서 배우긴 어디서 배우냐. 세희한테 배웠지. 이 녀석에게 어른 무서운 법을 가르쳐 주기 위해 주먹을 들어 올렸는데 세희가 말했다.

"불과 어젯밤의 일을 잊을 정도의 기억력이라면 병원에 가시는 것이 좋을 것입니다."

"그렇게 빙 돌려서 말하는 거 힘들지 않냐?"

"말씀드리지 않았습니까? 익숙해지면 편합니다."

병원에 가는 게 좋겠군.

결국 내 주먹은 펴져서 랑이의 머리를 쓰다듬어 주게 되었다.

"이번만이다?"

"헤헤헤. 알겠느니라."

랑이가 가슴에 볼을 비비며 꼬옥 안긴다. 아이구, 이 녀석

아. 그게 그렇게 좋냐. 그렇게 시작된 늦은 아침 식사 겸 점심 식사. 나는 무시무시한 호랑이 요괴님에게 공물을 바치기로 했다.

"자, 아."

"아-."

냠.

"뭐 먹을래?"

랑이가 손을 들어 된장으로 우린 국물에 넣고 삶은 돼지고기, 쉽게 말해 보쌈을 가리킨다.

랑이는 고기를 좋아한다. 그런 랑이도 사실 고기 중에서 가리는 종이 있다. 예를 들어, 매운 것은 먹지 못한다. 제육볶음 같은 것. 불고기는 좋아한다. 달달하니까. 갈비도 잘 먹는데 입 안에 한 번 들어가면 나올 때는 뼈만 남게 된다. 바둑이가 그 뼈를 마당에서 잘그락거리며 씹어 먹는 모습도 본 적이 있다. 물론 인간의 모습이라서 뭐라고 말을 해야 할지 모를 기분이 들었지. 그건 그렇고, 랑이가 가장 좋아하는 것은 별다른 간을 하지 않고 굽거나 찐 고기. 고기의 종류는 가리지 않고 기름장, 쌈장 같은 것에 찍지 않고 그냥 먹는 걸 가장 좋아한다. 물어보지는 않았지만 먹는 걸 보면 쉽게 알 수 있다. 하루 이틀도 아니고 며칠 동안 같이 밥을 먹으면 식성 정도는 파악하게 된다고.

그래서 나는 도라지나물을 집어서 랑이에게 들이댔다. 매일 고기만 먹고 살 생각이냐, 이 편식 요괴야! 지금 네 모습을 보면 쑥과 마늘만 먹으면서 100일 동안 견뎠다는 말이 믿기지가 않는다!

랑이가 자신에게 가까워지는 도라지나물에 아- 하고 열고 있던 입을 갑자기 꼭 다물고 고개를 도리도리한다.

"먹어, 인마. 요괴는 고기만 먹고 살 것이 아니라, 야채도 먹고 살아야 한다는 말도 모르냐?"

다시 도리도리. 이 녀석 눈치가 빨라졌군. 말하려고 입을 벌리면 그대로 집어넣을 생각이었는데. 그렇다면 볼을 손으로 눌러서 입을 억지로 벌린 다음에 집어넣어 버릴까.

"……."

"……."

세희 님이 하면 죽는다는 뜻으로 무섭게 노려보십니다. 어쩔 수 없지. 나는 나물을 내 밥공기 위에 놓고 보쌈을 집어 랑이에게 들이댔다. 그제야 입을 열고 행복해하며 냠, 젓가락을 입에 문다. 으이구, 이 녀석아. 그러니까 안 자라지.

"난 고기가 좋으니라."

"어련하시겠습니까, 호랑이님."

넌 옆의 바둑이를 본받아라. 풀도 뜯어 먹을 기세로 가리지 않고 잘 먹잖아.

상을 치운 뒤, 랑이에게 이를 닦으라고 시킨 다음 나 역시 이를 닦기 위해 마당으로 나왔다. 양치질을 끝내고 마루에 느긋하게 앉아서 배를 식히고 있자니, 랑이가 문을 열고 안방에서 나온다. 한 손에 커다란 베개를 안고서. 그러고 보니 오늘 하루 동안은 계속 자야 한다고 했었지? 오늘 하루는 쓸쓸하겠네. 그런데 랑이가 안고 있는 베개가 조금, 아니, 엄청나게 이상하다. 일단 크다. 세워 놓으면 랑이의 키보다 더 클 것 같다. 그것까지는 그냥 좀 큰 베개라고 생각할 수 있겠지만 문제는 그것이 아니다. 베개의 커버. 베개를 덮는 커버에 어디서 많이 본 남자가 인쇄되어 있는 것이 내 시선을 잡아끌었다. 어디서 많이 봤냐면, 거울에서 많이 봤다. 그래. 나다. 랑이가 옆구리에 끼고 있는 베개 커버에는 어째서인지 모르겠지만 내가 이불 위에 누워서 한쪽 다리를 세운 채 정면을 바라보는 사진이 인쇄되어 있었다. 그것도 뭔가 야릇하게 보이는, 다시 말해 기분 나빠 보이는 표정까지 짓고 있었다. 나의 인간성을 위해서 말해 두지만 나는 저런 표정을 지은 적 없다. 내가 베개에 얼이 빠져 있는 도중에 랑이가 사뿐사뿐 다가와서 내 손을 덥석 잡아 왔다.

"성훈아. 나 졸리다. 같이 자러 가면 안 되겠느냐?"

그제야 정신이 들었다.

"그 전에 그 베개는 뭐냐."

랑이가 내게서 베개로 시선을 돌린 다음 활짝 웃으며 내게 자랑하듯 말했다.

"세희가 줬느니라!"

친절하게 베개의 뒷면까지 보여 준다. 앞면만을 보고 충격에 빠진 나를 바보라고 비웃어라. 뒷면을 보지도 않고 놀란 나를 말이다.

뒷면에는 어째서인지 볼을 붉히고 풀러 헤친 와이셔츠에 네

타이를 매고, 아래에는 트렁크 팬티를 입고 있는 내가 있었다. 그뿐일까. 한 손은 머리카락을 뒤로 젖히고, 한 손으로는 트렁크 팬티의 정 가운데 부분을 잡고 아래로 내리려고 하고 있다. 온몸에 뭔가 알 수 없는 액체가 묻어 있는 상태로.

나는 속에서 튀어나오려는 비명을 억지로 집어삼키며 말했다.

"……그거 줘 봐."

그래서 목소리가 스산해질 수밖에 없었다. 눈썹이 꿈틀거리는 것도, 입가에 경련이 오는 것도 당연한 일이다. 그런 나를 보고 랑이가 히익 하고 놀라더니 베개를 끌어안고 뒤로 물러나려 했지만, **나는 인간으론 불가능한 몸놀림**으로 움직여 베개를 빼앗았다.

"앗?!"

랑이가 뭐라고 하든지 말든지 나는 잽싸게 베개 커버를 벗기고 차곡차곡 접은 다음에 손에 쥐었다. 손이 파르르 떨린다. 격투게임의 주인공처럼 손에서 불이라도 나왔으면 소원이 없겠네.

"왜, 왜 그러느냐? 오늘부터는 너와 이 베개를 같이 쓸 생각이었……."

화를 참는 것도 한계가 있다.

"내가 미쳤냐!!"

"으냐악!!"

랑이가 깜짝 놀라 비명을 지르며 엉덩이를 보이고 네 발로 후다닥 도망친다. 조금 미안한 감이 없지 않아 있지만, 이런 상황에서 내가 화를 안 내면 그게 이상한 거다. 나는 있는 힘껏 이런 망할 베개와 베개 커버를 랑이에게 준 그 녀석의 이름을 외쳤다.

"세에에에에히이이이이이의!!"

"그렇게 하드코어처럼 제 이름을 부르시지 않으셔도 됩니다, 도련님."

내가 지금 하고 싶은 건 데스메탈이다. 세희가 나타나자 랑이는 황급히 세희의 뒤에 샤샤 숨어서 빼꼼 하고 얼굴만 내민 채 내 눈치를 살폈다. 나는 애써 그런 랑이를 무시하며 세희에게 말했다.

"이거에 대해 설명해 봐."

세희는 부들부들 떨리는 내 손에 한 번 시선을 주더니 태연하게 말했다.

"주인님을 위해 어젯밤에 특별 제작한 베개 커버입니다. Maid in Korea로 품질 보장 마크를 받았습니다."

예민해진 내 감각은 Maid와 Made의 차이까지 알 수 있었다. 그보다, 너. 이런 걸 만들 시간이 있으면 차라리 자라.

"왜."

"도련님께서 주인님과 같이 주무시지 않을 경우, 주인님께서 조금이라도 마음의 위로를 받으시라고 만들었습니다."

세희의 뒤에 숨어 있던 랑이가 반걸음 옆으로 나오더니 고개를 끄덕였다. 하지만 아직도 손은 세희의 허리에 가 있어서 내가 소리라도 지르면 바로 숨을 낌새다. 랑이에게 겁을 줄 만한 행동은 자제하자.

"네 냄새가 배게 하기 위해서 며칠 동안 너와 같이 쓸 생각이었느니라."

자제하자. 자제해야 한다.

"쓰지 마."

나는 이런 게 세상에 존재한다는 것 자체를 용납 할 수 없다. 이거 그거잖아? 안고 자는 베개! 옛날에 케이블 TV에서 본 적이 있어! 공중파 뉴스에서도 나왔었고!

"이건 압수! 압수다! 랑이, 너! 단 한 번이라도 이걸 베고 자는 걸 보게 되면 나 진짜 화낼 거니까 그렇게 알아!"

그 말에 랑이가 울상이 된다.

"우-. 왜 그러느냐?"

"왜 그러긴 인마!"

내가 창피해서 못 산다고! 만약에 다른 사람이 네가 저런 베개 커버를 껴안고 자는 걸 보기라도 해 봐라! 무슨 공개 수치 플레이냐?! 그런 걸 들키게 되면 나는 그 날로 성형외과를 찾아가야 한다고!

그런 내 생각과는, 랑이와 정미 누나의 가슴 크기만큼이나 차이가 나는 의견을 세희가 말했다.

"도련님은 주인님께서 이런 것으로 자신을 대신하려는 것이 못마땅하신 겁니다. 속 좁은 남자의 질투라 할 수 있겠지요."

왜곡도 이렇게 심하면 할 말이 없다. 그보다 더한 문제는 세희의 말도 안 되는 헛소리를 랑이가 철석같이 믿어 버린 것이다. 침울해하던 녀석이 귀를 바짝 세우고 어깨를 들썩이며 한여름의 태양조차 빛을 바랠 것 같은 함박웃음을 짓는 걸 보면 말 안 해도 알 수 있다.

"정말이느냐?"

말 안 해도 안다니까.

"걱정 말거라! 이건 어디까지나 너의 대용품으로 나는 언제나 너만을……."

문답무용. 나는 자리에서 일어나 자기만의 세계에 빠져서 양손으로 두 볼을 감싸며 황홀해하는 랑이의 머리를 쥐어박았다.

"우냐앗?!"

랑이에게는 불시의 일격이었는지 많이 아파하며 원망 섞인 눈초리로 나를 올려다본다. 뭐냐. 내가 머리라도 쓰다듬어 줄 줄 알았냐? 나는 울상이 된 랑이와 눈높이를 맞추며 진지하게 말했다.

"만약, 설령, 앞으로 단 한 번이라도 이런 무시무시한 물건이나, 비슷한 물건이라도 네가 가지고 있는 걸 내가 보게 되면, 나는 이 집을 나가서 저 먼 북쪽의 극한의 땅에 얼음집을 만들어 평생을 그곳에서 혼자 살면서 네가 찾아온다 해도 문전박대를 한 다음에 소금을 뿌릴 거다. 알겠냐?"

랑이가 내 협박에 겁에 질려서 고개를 쉴 새 없이 위아래로 끄덕인다. 좋아. 이제 랑이는 됐고.

"세희."

"걱정하지 않으셔도 됩니다, 도련님. 도련님을 위해 주인님의 모습을 본뜬 베개 커버도 만들어 놓았으니까요."

세희가 소매에 손을 집어넣고 무엇인가를 꺼내려고 한다.

위험해!

저것이 세상에 드러나게 되면 여러 가지로 문제가 생길 거야! 나는 재빨리 손을 뻗어 세희의 손목을 잡아 다시 소매 안으로 집어넣었다.

"호오? 이제야 인간의 한계를 벗어나고 계시는 겁니까."

세희가 놀리듯 감탄하는 것을 무시하며 할 말만을 전한다.

"꺼내지 마. 보여 주지 마. 만들지 마. 하지 마."

"한 번쯤은 보시는 게 좋지 않겠습니까? 꽤 심열을 들여 여러 가지 질감을 표현했기에, 만지시면 실제의 감촉을 느낄 수 있습니다."

무슨 질감인지 알고 싶지 않다. 무슨 감촉인지도 말이야.

"내가 랑이에게 할 말, 못 할 말, 다 하기 전에 그만하시지."

"……알겠습니다, 도련님."

나는 한숨을 쉬며 다시 마루에 털썩 주저앉았다. 밥 먹은 지 얼마 되지도 않았는데 이러다가 체할 것 같다. 마음의 안식을 찾기 위해 호흡을 조절하는데 랑이가 엉덩이를 내게 보이며 슬금슬금 뒷걸음질해서 조심스럽게 내 옆으로 다가온다. 언제든지 도망칠 수 있게 네 발로 엎드린 상태로, 고개만 이쪽으로 돌린 채 내 팔뚝을 꼬리를 움직여 콕콕 찌른다. 랑이에게 어울리지 않을 정도로 소극적이다.

"왜."

"……이런 거 만들어서 화났느냐?"

"응."

베개 커버에 인쇄된 내 사진이 조금 정상적인 거라면 이렇게까지는 화내지 않았겠지. 하지만 그런 이상한 표정에 이상한 자세에 이상한 옷차림이라니! 로션과 비슷한 무엇인가가 빠진 것 같지만 그건 무시다! 어쨌든, 이런 상황에서 내가 화가 안 나는 게 이상한 거다!

하지만 그것과 랑이가 내 쪽으로 몸을 돌려 입술을 삐쭉 내밀며 눈시울을 붉히려는 것과는 다른 이야기다. 이런 일로 랑이를 울려서야 되겠냐. 나는 급하게 랑이를 달랬다.

"그래도 지금은 화 다 풀렸으니까 걱정 마."

랑이의 볼을 툭툭 두드려 주었다. 이 녀석은 내 반응에 너무 민감해서 문제다. 볼 터치로는 조금 모자란 감이 있어서 머리까지 쓰다듬어 주자, 그제야 평소의 모습으로 돌아왔다.

"헤헤헤."

봐봐. **만약에 내가 사라지게 되면 이 녀석이 어떤 반응을 보일지 상상만 해도 무섭다니까.**

"응. 알겠느니라. 그러면 성훈아."

"왜?"

"같이 자러 가자."

여전히 감정 변화가 빠르다.

"아니, 난 별로 안 졸린데?"

"나는 졸리다!"

그렇다고 졸리지도 않은 내가 같이 자야겠냐. 그렇다고 나 때문에 지친 랑이를 혼자 재우는 것도 인간으로서 할 짓이 아니다. 그래서 나는 중도책을 냈다.

"그러면 네가 잠들 때까지 옆에 있어 줄게."

랑이가 잠들면 오랜만에 컴퓨터로 인터넷도 좀 하고 뉴스도 봐야겠다. 산 구석에 처박혀 있자니 세상이 어떻게 돌아가는지 하나도 모르겠으니까.

"우웅……. 같이 자는 건 안 되느냐? 히잉, 혼자 자기는 외로워서 싫으니라."

랑이는 내 제안이 그리 마음에 들지 않는지 랑이가 볼을 살짝 부풀리고 검지를 입에 문다. 그 모습이 너무 귀여워서 나는 랑이를 끌어안고 볼에 뽀뽀를 할 수밖에 없었다.

……아니, 이건 조건 반사적인 행동이라고. 내 의지는 1mm도 들어가지 않은 영혼의 조건 반사 말이야.

"……어?"

랑이도 이런 상황에서 내가 뽀뽀해 줄 거라고는 생각도 못했는지 자신의 볼에 손을 대며 놀란다. 에라, 모르겠다. 이왕 이렇게 된 것, 이 상황을 어떻게든 이용해 보자.

"오, 오늘은 이거로 참아. 알겠지?"

"그, 그러면 혼자 잠들면 이, 입술에도 쪽 해 줄 수 있느냐?"

몸을 배배 꼬며 물어보는 랑이를 보고 있자니 무엇이든지 해 주고 싶은 마음이 치솟았지만, 달라! 이건 그냥 이 녀석이 귀엽고 사랑스러워서 그런 거다!

"시끄러, 이 녀석아."

실망하는 랑이에게 손을 내민다.

"재워 줄게. 가자."

랑이가 내 손을 잡는다. 나는 랑이의 따뜻한 온기를 느끼며

내 방으로 들어갔다. 이렇게까지 해 줄 건 없지만, 세희를 계속해서 입 다물게 해 준 랑이에 대한 내 나름대로의 보답이다. 단지 그거뿐이라고.

피곤하다는 건 거짓말이 아닌 듯, 랑이는 자리에 누운 지 얼마 되지 않아 깊은 잠에 빠져들었다. 랑이의 훤히 드러난 배 위까지 이불을 덮어 주고 나는 조심스럽게 방문을 열고 나왔다.

밖에서는 세희가 기다리고 있었다. 이제는 바로 코앞에서 기다리고 있는 세희에게 놀라지 않는 내 자신이 기특하다. 나는 조심스럽게 문을 닫고 방에서 멀어진 다음에 날 따라오는 세희에게 입을 열었다.

"왜?"

"알려드릴 것이 있었지만 두 분의 야릇한 시간을 방해하지 않기 위해서 기다리고 있었습니다."

손만 잡고 재웠다.

"어이구, 고맙습니다."

"별말씀을."

비꼬는 투로 말해 봤자 이 자식 한테 통할 리가 없지.

"그래서 뭔데?"

세희가 아무렇지 않게 말했다.

"정미가 지리산에 들어왔습니다. 아마 이곳으로 오는 것 같습니다."

그리고 나는 숨이 멈췄다.

"누가 온다고?"

"보청기를……."

"농담하지 말고."

내가 지금 장난칠 기분이 아니라는 것을 알았는지 세희가 정색을 하며 말했다.

"곰의 일족의 수장, 정미가 오고 있습니다."

정미 누나가 이곳으로 온다. 예전의 나라면 '정미 누나가 오나 보다~, 그 커다랗고 아름다운 가슴을 다시 한 번 내 두 눈으로 볼 수 있다니 나는 정말 행운아야~.' 같은 멍청한 생각이나 하고 있었겠지만 지금은 다르다. 세희에게 이것저것 단련돼서 그럴까. 아니면 어제의 일 때문에 그럴까. 머릿속에서 온갖 안 좋은 생각들이 떠오르기 시작했다.

가장 최악의 상황은 정미 누나가 웅녀를 설득시키지 못했을 경우. 이건 그야말로 최악이다. 다시 곰의 일족과 한판 벌여야 할 수도 있으니까. 랑이가 피곤해서 잠들어 있는 지금 말이야.

두 번째는 내가 몽둥이를 제멋대로 사용한 것. 웅녀의 신물이라고 했으니까 나 같은 평범한 인간이 사용한 것이 어떤 문제를 야기할지 모르는 일이다.

세 번째는 나래에 대한 것. 나래의 일이 잘못돼서 직접 나를 찾아왔다거나. 전에 들었던 말에 따르면 확률이 낮은 일이지만 불가능한 일은 아니겠지.

네 번째는 청소년기 남자아이의 성적 욕구를 그 음란한 몸으로 풀어…… 이건 또 무슨 바보 같은 생각이냐.

어쨌든 네 가지, 아니, 세 가지 생각이 순식간에 스쳐 지나가는 것에 나 자신도 놀랐다. 내가 이렇게 머리를 잘 굴리게 되었나 감탄까지 나온다.

"도련님께서 걱정하시는 일은 아닐 겁니다."

그리고 세희는 내 머리 꼭대기에 있었다.

"내가 무슨 걱정을 했는데?"

세희가 아랫것을 보는 눈으로 나를 내려다보며 말했다.

"정미가 웅녀를 설득하지 못했을 리는 없을 겁니다. 만약 그러했다면 다른 곰의 일족의 기운도 느껴져야 할 텐데, 제가 느낄 수 있는 것은 정미와 반쪽짜리 힘도 가지지 못한 곰의 일족 한 명뿐입니다. 그러하니 도련님께서 생각하시는 최악의 상황은 아닐 겁니다."

나는 입을 떡 벌리고 세희의 말을 들었다.

"또한, 웅녀의 뼈다귀는 정미가 저희에게 맡긴 것이니 도련님이 어떤 용도로 사용한다 해도 웅녀나 곰의 일족이 문제로 삼을 명분이 없습니다. 나래 님의 경우, 문제가 일어날 일 자체가 없습니다. 가슴에서 모유가 나오는 것은 시간이 지나면 저절로 낫게 되어 있고, 일시적으로 곰의 일족의 힘을 깨달았지만 자신이 원하지 않는 이상 가슴의 크기가 작아 곰의 일족의 힘을 모두 각성하기에도 그 시기가 이릅니다. 만약 그렇다 하더라도 지금은 반 푼도 안 되는 떨거지 정도겠죠. 마지막으로, 정미가 자신의 몸을 이용해 도련님의 음험한 욕망을 풀어주기 위해 이곳에 온다는 것은…… 풉. 도대체 평소에 뭘 보고 자라신 겁니까?"

"살려 주세요."

나는 붉어진 얼굴로 고개를 숙이며 말했다.

"살려 드리겠습니다."

나는 고개를 들지 못하고 세희에게 말했다.

"솔직하게 말해 봐. 너 독심술 쓸 줄 알지?"

"지금의 경우, 지금까지 보여 주셨던 단순하기가 미토콘드리아보다 더한 도련님의 사고방식을 통해 유추해 본 것뿐입니다."

고개를 숙일 때가 아닌 것 같다.

"지금의 경우라는 말이 상당히 귀에 거슬리는데. 거기다 은근슬쩍 대답을 피하는 것도 그렇고."

"비밀이 많은 여자가 사랑받는 법입니다."

"누구한테?"

"알고 싶으십니까?"

무서우니 관두자.

"아니, 그보다. 그래서 네 생각은 어떤데? 정미 누나가 왜 오는지 알 것 같아?"

"짐작이 가는 것은 몇 가지 있지만 제가 섣불리 말씀드리면 어제의 일로 겁이 많아지신 도련님께서 막 잠드신 주인님을 깨운 다음, 가슴에 얼굴을 묻고 젖을 빨며 무서우니 같이 있어 달라고 엉엉 울며 매달리실 것 같으니 삼가겠습니다."

"야!!"

"그러면 잠시 실례하겠습니다."

내가 뭐라고 더 말하기도 전에 세희는 평소와 같이 눈 깜짝할 사이에 사라졌다. 으……. 정말 시간을 되돌리고 싶다. 정말로 말이야.

첫 번째 이야기

시간을 앞으로 돌리고 싶다. 멍하니 기다리는 것도 이제 지치거든.

세희의 말을 들은 뒤, 나는 마루에 있기로 했다. 언제 정미 누나가 올 줄 모르기 때문에 나름대로 대비한다는 이유였지만, 시간이 지나도 이 누나는 올 생각을 하지 않았다. 30분, 한 시간, 두 시간이 지나도 가슴, 아니, 속옷 하나 비치지 않는다. 그런 내 곁에 바둑이가 놀러 와서, 머리를 쓰다듬어 주고 있자니 어느새 무릎에 턱을 기대고 잠들어 버렸다. 나도 나중을 위해서 잠깐 눈이라도 붙일까 생각했지만, 정미 누나가 온다는 걸 알고 있는데 그럴 기분이 들지 않았다. 하지만 지루함에 장사 없다고 해가 저물어 갈 때쯤 꾸벅꾸벅 졸기 시작했고,

"그야말로 병든 닭이 따로 없습니다."

세희가 상냥하게 나를 깨워 주었다. 나는 퍼뜩 고개를 들어 입가에 흘러내린 침을 쓰윽 닦았다.

"가지가지 하십니다."

그걸 안 걸고 넘어가면 세희가 아니지.

"자다가 그럴 수도 있지."

"술 마시고 한 짓입니다 수준의 변명이군요, 도련님."

시끄러. 나는 마음의 안식을 찾기 위해서 잠들어 있는 바둑이의 복슬복슬한 꼬리를 손으로 가지고 놀며 말했다. 바둑이가 잠들어 있으면서도 꼬리를 흔든다.

"그래서, 왜?"

"정미와 나래 님이 곧 도착하실 겁니다."

……응? 내가 잘못 들은 게 아니지?

"뭐? 나래가 온다고?"

"역시 도련님 귀에 보청기 하나 달아 드려야겠군요."

"같은 농담은 한 번만 해라."

핀잔을 하며 머리를 굴려 본다. 나래가 정미 누나와 같이 온다는 말을 다시 말하면.

"네가 말한 정미 누나와 같이 오는 곰의 일족이 나래라는 거야?"

세희가 자신이 놀랐다는 걸 보여 주고 싶은지 손으로 입을 가린다.

"세상에. 도련님께서 생각을 하실 수 있으시다니."

"이제 그 정도는 아무렇지 않게 웃어넘길 수 있게 된 내 자신이 자랑스럽습니다."

"랭크 업시켜 드릴까요."

하지 마.

"그런데 나래가 왜 오는 거야? 설마 곰의 일족의 힘 때문에 문제가 있는 건 아니지?"

"역시 도련님이시군요. 전 분명 문제가 일어날 일이 없다고 말씀드렸는데요."

……그래서 설마라고 말했잖아.

"알고 있으면 대답 좀 해 줘라."

"직접 물어보시죠. 다 오신 것 같으니까요."

말 마치는 것이 아쉽다는 듯 밖에서 시끄러운 엔진소리가 들렸다. 정말로 왔구나. 그럼 일단 나래와 정미 누나를 마중 나가 볼까. 그런데 무릎 위에서 잠들어 있는 바둑이는 어떻게 하지? 깨울까? 아니, 아니. 이렇게 축 늘어져서 행복하게 잠들어 있는 바둑이를 깨우는 건 악마가 아닌 이상 무리다. 그렇다고 이대로 집 안에서 손님을 맞이하는 건 예의가 아닌데. 내가 이러지도 저러지도 못한 채 바둑이를 깨울 것인가, 내가 못된 놈이 될 것인가 고민하고 있을 때.

"써야 할 곳에 쓸 신경을 그런 데다 쓰시니까 그 모양 그 꼴인 겁니다."

세희가 바둑이의 허리를 한 손으로 잡고 들어 올렸다.

"……하아아암?"

바둑이가 세희의 손에 대롱대롱 매달린 채 늘어지게 하품을 하고는 위를 올려다보았다. 세희가 바둑이를 내려다보면서 말했다.

"집 지키는 개라면 이럴 때는 알아서 일어나세요."

악마냐? 네놈은 악마냐? 그리고! 바둑이한테 집 지키는 개라고 대놓고 말해도 되는 거냐?!

"헤헤, 도련님의 무릎베개가 너무 기분 좋아서요……."

하지만 문제는 그런 취급을 당한 바둑이가 평소보다 홍조를 더욱 붉히며 부끄러워한 것이다. 지금까지 잠들어 있던 것이 진심으로 부끄러운 것 같다. ……이 녀석아. 그럴 때는 세희한테 뭐라고 한 마디 정도는 해라. 너 그래도 힘 좀 쓴다는 요괴라며.

세희는 손님이 오셨으니 간단하게 집 안을 정리한다고 방 안으로 들어가며 내 안전을 바둑이에게 맡겼다. 솥뚜껑 이후로 정말로 믿음이 안 가는 말이다. 뭔가 다른 꿍꿍이가 있는 것 같아. 어찌되었건 바둑이를 데리고 조금 긴장되는 마음으로 대문을 열자, 내가 본 것은 커다란 트럭이었다. 그 미국 드라마나 영화 같은 걸 보면 황야를 달리는 아리조나 카우보이가 아니라, 수염을 기른 무법자 아저씨들이 타고 다니는 그런 커다란 트럭 말이다. 바퀴 하나가 바둑이 키만 하다.

"우와……. 엄청 큰 차에요, 도련님."

실체는 저 트럭보다 큰 녀석이 놀라고 있다. 나도 놀라고 있지만. 어떻게 저런 트럭을 우리나라에서 타고 다닐 생각을 할 수 있는 걸까. 서부극에서 갑자기 한복을 곱게 차려입은 여자가 나와 리볼버로 총싸움을 하는 것만큼 안 어울린다. 트럭에 대해서 순수하게 감탄하고 있는데, 조수석의 문이 열리고 내가 잘 아는 여자아이가 **중력이 뭔지 모른다는 듯이 사뿐히 뛰어내린다.** 내가 세상에서 누구보다 좋아하는 나래다. 입고 있는 원피스를 살짝 정리한 나래는 내게 미소와 함께 말을 건넸다.

"오랜만에 보는 것 같네?"

나도 그렇다. 실제로는 일주일도 안 됐지만 꼭 7개월 만에 보는 거 같다.

"그러네."

그래도 전혀 어색하지 않은 것은 10년 동안 알고 지낸 소꿉친구이기 때문이겠지. 나래도 나와 마찬가지가 아닐까. 그런 감상에 빠지고 있자니, 바둑이가 손을 잡아끌며 물어왔다.

"도련님, 저 언니는 누구에요?"

그러고 보니 나래와 바둑이는 초면이다.

"어머, 너무 귀엽다."

나래가 나를 지나쳐 바둑이 앞에 다가가 허리를 굽히며 말했다.

"이름이 뭐니?"

"바둑이에요."

나래가 당황하는 눈치다.

"그, 그러니? 잠깐만."

나래가 허리를 펴고 당황스러워하는 표정으로 갑자기 내 옆구리를 푹 찔렀다. 아얏! 내가 뭘 잘못했다고!

"야. 왜 저 애 이름이 바둑이야?"

"저희 할아버지께서 바둑이가 개의 요괴라서 바둑이라고 지은 겁니다. 제가 지은 게 아닙니다."

"그래도 바둑이는 아니잖아?"

나도 그렇게 생각한다. 바둑이가 아니라 누렁이가 맞겠지.

……뭔가 나래가 말한 뜻과는 다른 것 같지만.

"그런데 이름보다는 바둑이가 요괴라는 거에 놀라야 하는 거 아니야?"

나래가 흥 하고 코웃음을 쳤다.

"랑이도 있고, 그런 일도 있었는데 어떻게 놀라라는 거야?"

왜 내 주위에는 이렇게 대범한 여자들밖에 없는 거냐. 매사에 당황하는 내가 소심한 것 같잖아.

"그리고 너. 내가 여기까지 와 줬으면 좀 기뻐해야 하는 거 아니야? 왜 그렇게 반응이 시큰둥해?"

별로 시큰둥한 건 아닌데요? 물론 이런 말을 하면 나래에게 맞는다.

"어떤 식으로 해 드릴까요?"

"알아서 잘 생각해 봐."

주관식입니까.

"……서프라이즈 파티라도 열어 드릴까요."

"할 수 있으면 해 보든가."

"무리죠."

그 일 이후, 처음 보는 나래는 그전과 다를 것이 없어 보여서 마음이 놓였다. 안도의 한숨을 내쉬고 있는데 시동이 꺼지고 반대편 문이 열리는 소리가 들렸다. 운전석의 문을 열고 트럭을 돌아 이쪽으로 나온 사람은, 내가 기다리고 있던 정미 누나였다.

"감동적인 상봉은 끝났니?"

나와 나래를 위해서 안에서 기다려 준 것 같다. 이해심이 많은 누나다.

"안녕하세요, 누나."

나는 고개를 꾸벅 숙이며 인사하며 가장 궁금한 것을 단도직입적으로 물었다.

"그런데 무슨 일로 오셨어요?"

말을 하고서 깨달았다. 내가 지금 상당히 무례한 행동을 했다는 것을. 하지만 누나는 눈웃음을 지으며 내 무례를 넘어가 주셨다.

"그건 안에서 이야기하면 안 될까? 오랫동안 운전하느라 어깨가 뻐근해서 말이야."

정미 누나가 어깨를 툭툭 두드리는 것과 동시에 커다란 가슴이 한쪽으로 밀려 모양새가 변한다. ……운전을 한 것보다는 가슴의 무게 때문에 어깨가 결린 것 같지만 그런 이야기를 나래 앞에서 했다가는 죽겠지.

"너, 야한 생각하고 있었지."

죽겠군.

"아니요."

"거짓말."

옆구리를 다시 한 번 찌른다. 검지의 한 마디가 쑤욱 들어갔다.

"아파!"

"아프라고 한 거야."

……소꿉친구는 이런 것도 닮게 되는 건가. 나는 옆구리를 문지르며 바둑이에게 말했다.

"바둑아. 안에 들어가서 세희한테 손님 맞을 준비 좀 해 달라고 해 줘."

말 안 해도 이미 다 해 놓고 있겠지만.

"알겠어요, 도련님."

바둑이는 꼬리를 흔들면서 집 안으로 뛰어 들어갔다. 신발 정도는 제대로 벗고 올라가라. 바둑이에게 나중에 뭐라고 말을 해야겠다고 생각하는데, 옆에서 나래가 말을 걸어왔다.

"저런 어린애한테 도련님이라고 부르라고 시킨 거야? 너 취향이 이상해진 것 같다?"

무슨 무서운 말씀이십니까.

"그럴 리가 없잖아. 바둑이가 알아서 그렇게 부르는 거야."

"흐음. 믿을 수가 있어야지. 그런데 랑이는 안에 있어?"

상냥한 나래는 바로 달려가서 자고 있는 랑이를 깨운 다음 어디 다친 곳 없나 자기 눈으로 확인할 것 같은 기세다. 나는 고개를 끄덕이며 말했다.

"괜찮아. 안에 있긴 한데, 피곤한 일이 있어서 자고 있어."

"……그때 일 때문이야?"

나는 나래를 안심시켰다.

"아니야."

"그래? 그러면 다행이다."

나래가 가슴에 손을 대고 깊은 안도의 한숨을 내쉬었다. 하지만 곧바로,

"그러면 너는?"

화살이 내게 향해졌다.

"나? 내가 뭐?"

"넌 어디 안 다쳤냐고, 이 바보야!"

나래가 화를 낸다. 왜 그러지? 전에 전화로 이야기해 줬잖아.

"조금 다치긴 했는데 다 나았다고 말했잖아?"

"그래도! 처음에 거짓말했잖아! 그런데 믿을 수가 있겠어?"

그제야 나는 나래가 왜 화를 내는지 깨달았다. 동시에 나래가 이곳에 온 이유도 말이야.

"아, 나 걱정해 주는 거야? 그래서 여기까지 찾아와 준 거고?"

"윽?! 아, 아니야! 난 그냥 여러 가지 일도 있고, **보충수업 일도 있어서** 온 거라고!"

나래가 얼굴을 확 붉힌다. 봐라. 나래는 이런 아이다. 전화로 괜찮다는 이야기를 들었지만, 자기 눈으로 직접 확인을 해 보고 싶어 이 먼 곳까지 와 줄 정도로 상냥한 아이다. 신청도 안 한 보충수업을 핑계로 삼을 정도로 부끄러워하는 나래의 모습에 가슴이 벅차 오려고 할 때.

"그, 그건 그렇고 너, 휴대폰 왜 꺼 놨어?! 그거 때문에 내가 얼마나 짜증난 줄 알아?!"

갑자기 태도가 180도 변해서 눈썹을 바짝 올리며 서슬 어린 목소리로 말한 나래에게 깜짝 놀라 나는 얼이 빠져 대답했다.

"밧데리가 나갔습니다!"

바른 말 고운 말을 사용합시다. 나래가 뒤로 한 발자국 물러서더니 팔짱을 끼고 탁탁탁 발로 땅을 찬다.

"그거 변명?"

"진실 혹은 사실입니다."

“충전기도 없어?”

“시골이라서요.”

“하긴. 오는 데 시간 정말 오래 걸리더라.”

“그렇지?”

“그러면 안 오셔도 됩니다.”

어느샌가 대문을 열고 나온 세희가 나래의 속을 박박 긁으면서 대화에 끼어들었다. 너, 너 인마. 나를 신경성 위염도 모자라 신경성 장염까지 걸리게 만들고 싶냐?

“아. 오랜만이야, 세희야. **그런 짓을 한 다음**에 도망치듯 사라져서 내가 얼마나 보고 싶었는지 알아? 이렇게 만나니까 정말 반갑다, 얘.”

말과 표정이 전혀 매치가 안 되십니다.

“저도 기쁩니다, 나래 님. 제 손길을 잊지 못하고 찾아오셨습니까? 하지만 죄송하게도 제게는 그쪽 취향이 없어서 다시 그런 부탁을 하신다면 아무리 저라도 조금 난감하군요.”

너도 아무렇지 않게 불난 집에 기름 뿌리지 마라. 나래의 주먹이 불을 뿜잖아.

“우헉?!”

나한테.

“넌 뭘 듣고 있는 거야! 귀 안 막아?!”

나는 왠지 모를 억울함을 느끼며 배를 부여잡고 허리를 숙였다. 왜 나를 때려? 도대체 그게 무슨 이야기인데?

“저기, 나도 왔어요.”

“췟.”

세희가 혀를 차며 정미 누나 쪽으로 고개를 돌렸다.

"오셨습니까."

"선물은 사 오지 못했어. 사정상 갑자기 오게 돼서 말이야."

"다행이군요. 선물을 열어 보니 시한폭탄 같은 이야기는 싫으니까요."

"역시나 창귀. 생각하는 게 음험해."

"바로 전대의 곰의 일족 수장이 실제로 했던 일입니다."

무섭다, 곰의 일족!

"도시락 폭탄이라니. 시대를 타고 나셨으면 독립운동가가 되셨을 텐데 말이죠."

"괜찮았어?"

"괜찮았습니다. 바둑이에게 열라고 시켰으니까요. 머리카락이 파마가 되긴 했지만 다치지는 않더군요."

묻고 싶다, 바둑아. 너는 정말 이런 취급을 받아도 괜찮냐?

어찌됐건, 짧은 대화로 나는 확실히 깨달을 수 있었다. 곰의 일족과 세희는 사이가 나쁘다는 것을. 랑이는 곰의 일족에 대해 조금은 미안한 감정이 있으면서도 그 뒤에 있는 웅녀가 싫은 것이라면, 세희는 곰의 일족 자체가 싫은 것 같다. 왜 그럴까?

"그럼 들어오시죠. 저는 멀리서 찾아온 손님들을 밖에다 세워 놓고 들어오라는 말도 없이 잡담 나누기에 열심인 사회성 없는 도련님과는 다르게, 연락도 안 하고 찾아온 불청객이라 할지라도 걸레 짠 물, 실례, 화장실 변기 물, 실례, 걸레 짠 물과 화장실 변기 물로 커피라도 대접해 드릴 줄 아니까요."

"내가 준비해야겠네."

나래의 말에 세희의 눈썹이 꿈틀거렸다.

"불청객은 가만히 앉아서 주는 대로 처먹으시, 실례, 처드시지요."

처먹으라는 말과 처드시라는 말은 둘 다 좋은 말이 아니다. 당연히 그런 말을 들은 나래도 세희에게 질세라 눈썹을 꿈틀거렸다.

"내가 왜 불청객인데? 여기는 성훈이네 집이잖아? 그러면 나한테도 남의 집이 아니야."

"아니, 여긴 우리 집이 아닌데."

찌릿하고 나래 님께서 노려보시기에 저는 조용히 이야기를 되돌리기로 했습니다.

"그건 그렇고 일단 들어가서 이야기하자."

집주인은 아니지만 대리인으로서 안내를 하려는데, 나래가 나를 말렸다.

"잠깐만. 그 전에 짐 좀 내릴게."

……짐? 무슨 짐? 왜인지 모르겠지만 짐이라는 말에서 나는 또다시 불길한 느낌이 들었다. 내 안색이 변해 가는 것 따위는 자기가 알 바 아니라는 듯, 나래는 사뿐히 트럭 위로 날아올라! 랑이만 한 트렁크 세 개를 한 손에 들고! 다시 사뿐히 뛰어내렸다! 그 말도 안 되는 모습을 보자 내 입이 떡 벌어져서 닫힐 생각을 하지 않았다. 나래를 만난 반가움에 잊고 있었지만, 그렇다. 세희는 나래를 반쪽짜리 곰의 일족이라고 말했다. 그 말이 나래가 요술을 쓸 수 있다는 것을 암시한다는 것을 나는 잊고 있었다. 지금까지. 얼이 빠진 나를 보며 나래가 말했다.

"왜 그래?"

"어버, 어버버버버."

손가락으로 나래를 가리키며 이상한 소리를 냈지만 나래는 내 말을 이해해 줬다.

"요술이야."

"요, 요술?"

너 요 며칠 사이에 무슨 일이 있었던 거야?!

"저번에 나래에게 사과하러 갔는데, 요술 쪽에 관심을 보이고 재능도 있어서 조금 가르쳐 줬어. 그래서 지금 나래는 곰의 일족도 아니고 평범한 인간도 아닌 조금 어중간한 입장이야."

옆에서 정미 누나가 태평스럽게 내게 알려 주었다.

"별거 아니니까 들어가자."

나래가 내 팔을 붙잡고 안에 들어갈 때까지 나는 제정신을 차리지 못했다. 별거 아니야? 소꿉친구가 요술을 쓰는데? 이제 제 주위에는 평범한 인간은 없는 겁니까?!

아버지와 어머니는 그 존재 자체가 평범과는 동떨어지신 분들이니까 제외입니다.

혼자서 차를 준비하겠다는 말과는 다르게 세희는 마루에 짐을 내려놓은 나래를 데리고 함께 부엌으로 들어갔다. 나는 그 두 명에게 커피는 안 마신다고 미리 선수를 쳤다. 절대로 세희가 걸레 짠 물과 화장실 변기 물로 커피를 끓인다는 말이 마음에 걸려서가 아니라, 예전에 겪었던 끔찍한 일을 다시 한 번

겪고 싶은 생각이 없어서다.

둘이 부엌으로 들어가자 자연스럽게 방 안에는 나와 정미 누나가 상을 사이에 두고 앉게 되었다. 상을 앞에 두고 있어서 그런지 정미 누나의 일정 신체 부위, 그러니까 가슴이 한층 더 부각된다. 그게 무슨 말이냐면…….

지금부터 할 말을 오해하지 마라. 나는 있는 사실을 그대로 말하는 것뿐이고 이것에 내 망상, 상상 같은 것은 전혀, 요만큼도, 단 1mm도, 랑이의 색기만큼도 들어가지 않는다. 이렇게 철저하게 비난의 화살을 막아 두고 하고 싶은 말이 뭐냐면, 올려져 있다. 뭐가? 가슴이. 어디에? 상 위에. 그러니까, 가슴이 너무 커서 상 위에 올려져 있다 이 말이다. 상이 조금 높고 정미 누나가 몸을 앞으로 숙여 턱을 괴고 있는 까닭이 없지는 않지만 그렇다고 해서 누구나 가능한 일은 아닐 것이다. 그야말로 차려진 밥상.

오, 신이시여. 저를 용서하소서.

나도 모르게 시선이 힐끗힐끗 그쪽으로 간다. 아니, 그게 말이죠. 남자라면 당연한 것 아닙니까? 당연한 거죠? 당연한 거라고 믿습니다. 시선을 다른 곳으로 돌리려고 해도 이상하게 자동적으로 그쪽으로 향하는데 이게 죽을 맛이다. 제, 젠장. 쿨해져라. 세희만큼 쿨해지는 거다.

여러 가지로 한창인 남자애가 그런 게 되겠냐?!

내 시선이 특정 부위에 계속해서 쏠리는 바람에, 나는 정미 누나의 볼에 홍조가 들었다는 것을 눈치채지 못했다.

"관심 있어?"

드, 들켰습니까? 저 지금 들킨 거예요? 수치심에 얼굴이 새빨갛게 달아올라서 횡설수설 말도 안 되는 소리가 입 밖으로 튀어나간다.

"죄, 죄송합니다! 그, 그게, 저도 모르게 시선이 그쪽으로 가게 돼서요!"

"괜찮아. 그런 시선은 익숙하기도 하고, 네가 그러는 거는 별로 기분 안 나쁘니까."

이해받고 있다. 죽고 싶어.

"아니, 그, 저기, 그러면 죄송하지만 단추라도 잠가 주시면 안 될까요."

셔츠 사이로 보이는 속옷과 가슴골이 내게 너무 위험하다는 뜻이었지만, 정미 누나는 곤란해하며 대답했다.

"억지로 잠그면 튕겨 나가서 안 돼."

현실은 픽션보다 더욱 허구적인 이야기로 가득 차 있습니다.

"괜찮아. 너는 우리들 곰의 일족의 은인이니까 원한다면 마음껏 봐도 상관없어."

살짝 부끄러워하는 정미 누나에 의해 심장이 터져 나가며 알 수 없는 말이 튀어 나가려는 순간.

"곰의 일족은 모두 노출광이 된다고 생각하면 되겠군요."

세희가 문을 열고 들어오며 내 이성을 되찾아 주었다. 휴, 위험했어. 하마터면 인간으로서 중요한 무엇인가를 잃어버릴 뻔했다.

“너는 보여 줄 것도 없으니까 그런 말을 하는 거지.”

세희의 뒤를 나래가 유리잔이 놓인 쟁반을 들고 뒤따라 들어온다. 둘의 사이에 전기가 튀는 걸 보니 부엌 안에서 무슨 일이 있었는지 안 봐도 알 것 같다. 또 싸웠구나. 한편으로는 세희와 말싸움을 할 수 있는 나래가 정말 부러워졌다.

“그런데 너 진짜 겁도 없다. 내가 바로 옆방에 있는데 그런 짓도 다하고.”

이건 다른 이야기지만 싸움은 동등한 관계에서 일어나는 거다. 그러니까 나와 나래의 관계에서는 싸움이 일어나지 않는다. 나래의 일방적인 학살이 될 뿐이지. 나래가 상에 쟁반을 내려놓고 내 옆에 앉아 옆구리에 손을 뻗는 것이 학살의 시작을 알리는 신호탄일까. 나는 살아남기 위해 필사적으로 변명을 생각해 냈다.

“그게, 사춘기 소년으로서 어쩔 수 없는 신체의 반응으로 이것은 뇌에서 일어난 것이 아니라 신경 쪽에서 일어난 반사적 현상이라서 저도 어쩔 수 없으라아악!”

아프다. 옆구리가 아프다. 살이 떨어져 나갈 것 같다.

“미안해, 성훈아. 네 헛소리에 나도 모르게 반사적으로 움직여 버렸어. 어쩔 수 없는 일이니까 이해해 줘.”

“이해합니다! 이해하니까 자신의 의지를 가지고 손을 떼 주세요!”

그제야 나래가 손을 떼 줬다. 오늘따라 왜 이렇게 폭력성이 높아지셨나요. 나래가 또 뭐라고 해코지하기 전에 나는 이야기를 해 나가기로 했다.

“그러면 일단 목 좀 축이고 찾아오신 이유나…… 응?”

그러고 보니 상 위에 있는 것은 커피가 아니었다. 투명한 유리잔에 담겨 있는 것은 다름 아닌 과일 주스였다.

“설마 이 더운 날 식후도 아닌데 손님께 커피를 대접할 거라 생각하신 것은 아니겠지요, 상식 없는 도련님.”

미안하다. 슬쩍 살펴보니 나와 나래는 토마토 주스, 정미 누나는 오렌지 주스, 세희는 얼음이 띄워져 있는 검은색 주스였다. 아무리 봐도 커피 같지만 그건 아니라고 했으니까 저것도 과일 주스라는 말인데……. 어떤 과일인지 짐작도 안 간다.

“그건 뭐야?”

그래서 물어보았다.

“커피입니다.”

미안하다는 말 취소다.

“커피잖아!”

“아, 이런 실수를. 냉커피입니다.”

커피와 냉커피는 다른 음료다. ……열 받네. 나는 속을 식히기 위해 주스를 한 모금 마셨다.

“?!”

주스가 입에 들어오자마자 안에 퍼지는 시큼한 맛에 몸이 버티지를 못하고 뱉어 내려고 했지만 나는 최대한 자제심을 발휘했다. 바로 내 맞은편에 앉아 있는 사람이 정미 누나다. 여기서 주스를 뿜어도 뱉어도 내 이미지상 안 좋다. 나는 인간의 의지로 주스를 일단 삼키고 난 뒤 소리쳤다.

"셔!!"

시다! 시다고! 왜 이렇게 셔?! 냄새를 맡아 보니까 토마토 주스에는 날 리 없는 시큼한 향이 난다. 아무리 봐도 식초다. 어째서? 저 지금 괴롭힘 당하고 있는 거예요? 있는 힘껏 나래와 세희에게 불만을 표출하려는데,

"성훈아."

옆에서 나래가 다정하게 내 이름을 부르는 순간. 나는 왠지 모르게 알 수 있었다. 내 주스에 못된 장난을 친 것이 나래라는 것을.

"남기지 말고 다 마셔야 돼?"

생긋. 천사와 같은 미소를 짓고 있지만 등 뒤로는 곰 한 마리가 덩실덩실 칼춤을 추고 계신다.

"왜, 왜 그러십니까, 나래 님. 제가 무슨 잘못이라도 했나요."

"방금 전에 부엌에서 들었는데, 너 늑골 세 대가 부러지고, 두개골과 어깨뼈와 팔, 허벅지에 금이 갔고, 뇌출혈에, 대장이 터지고 신경계통에 이상이 오는 죽을 뻔한 중상을 입었다며? 그런데 나한테 뭐라고 했더라? 조금 다쳤다고?"

나는 식겁해서 세희를 쳐다보았다. 세희는 유리잔을 내려놓고 별것 아니라는 듯 말했다.

"사실을 사실이라고 말씀드렸을 뿐입니다. 무슨 문제라도 있습니까, 거짓말쟁이 도련님?"

발등에 불이 떨어졌다. 나래가 아랫입술을 깨물고는 내게 말했다.

"나한테 거짓말했지? 방금 전에도 말이야."

"했습니다."

"불만 있어?"

"……없습니다."

"아. 그러고 보니까 성훈아."

이 지옥 같은 상황에서 나를 구해 주실 상냥한 누님의 도움이 왔다는 생각에 나는 목소리를 높여 대답했다.

"예! 누나! 말씀하시죠!"

정미 누나가 눈웃음과 함께 음흉한 미소를 지었다.

"너 소문이 쫙 돌았더라? 호랑이님하고 매일 밤마다 이렇고 저렇고 하는 문란한 생활을……."

정미 누나의 말에 신경을 쓸 수 없었기에 뒤의 이야기를 들을 수 없었다. 나의 모든 신경은 내 왼쪽에 앉아서 어느새 비어 버린 유리잔을 손가락으로 탁탁 튕기고 있는 나래에게 소모되느라 바빴으니까. 그러니까, 그거다. 지금 나래는 이렇게 생각하고 있을 거야. 이 녀석을 어떻게 하면 효율적이며 효과적으로 아프고 괴롭게 죽일 수 있을까.

"그래. 나도……."

유리잔에 금이 가고 있는 것 같은데.

"나도 그 소문, 언니한테 들었는데 말이야. 이게 어떻게 된 일인지 설명해 줄 거라고 믿고 있어, 성훈아."

등 뒤에 식은땀이 흐른다. 신께서는 내게 열두 가지 시련을 이번 방학 내에 다 겪게 만들 생각인가.

"왜 그러십니까, 도련님? 그런 소문이 나는 것은 각오하신 일이라고 하시지 않았습니까? 저는 도련님이 입만 산 애송이가 아니라고 믿고 있습니다."

꼭 지금 그런 말을 해야 되냐?

"아. 설마 어제의 상처가 아직 아프기 때문에 그리 안색이 좋지 못하신 겁니까?"

그러니까 지금 해야 되겠냐고?! 어딜 봐도 세희가 날 괴롭히려고 한 말에 나래의 눈썹이 눈에 띄게 확 올라갔다.

"상처? 그건 또 무슨 말일까? 또 나한테 숨기는 거라도 있는 거야? 에이, 그럴 리가. 성훈이는 이제 나한테 숨기는 거는 하나도 없을 텐데 말이야. 안 그래? 그렇지, 성훈아? 숨기는 거 없지? 응? 지금까지 기회가 없어서 말 못 한 거지? 그런데 왜 지금도 말 안 해 주는 걸까? 무슨 이유일까? 왜 말 안 하는 거야? 숨기는 거야? 왜 그렇게 성훈이는 나한테 숨기는 게 많을까? 이번에는 또 뭐야? 말해 줘, 성훈아. 응? 나 화 안 낼 테니까 걱정하지 말고 말해 봐. **말해 보라고.**"

히이이이이이이이이이익. 지금은 세희에게 신경 쓸 틈이 없는 것 같다. 무서워요, 나래 님! 눈동자에서 빛이 사라진 것 같아요!

"이, 일단 진정하시죠!"

"진정할 게 어디 있니? 난 평소하고 똑같은걸."

어딜 봐서.

"지금은 정미 누나가 온 이유를 들어야 하니까 조금 있다가 자세한 설명을 해 드리겠습니다. 그러니까 일단 용서해 주세요."

내 진심 어린 사과가 나래의 마음을 움직인 것 같다. 나래는 화가 조금은 풀린 듯, 다시 생기가 돌아온 눈동자로 나를 노려보며 아랫입술을 깨물었다. 나는 식은땀을 줄줄 흘리며 어색한 웃음을 흘릴 수밖에 없었다. 나를 말려 죽일 생각은 없는지, 나래가 후우 하고 한숨을 쉬고 손가락을 들어 조금밖에 줄어들지 않은 내 유리잔을 가리키며 말했다.

“이거 한 번에 다 마셔. 그러면 지금은 봐줄 테니까.”

지금은, 이라는 말이 신경 쓰이지만, 내게 선택의 여지는 없다. 나는 눈을 질끈 감고 주스를 쭉 들이켰다. 죽을 것 같다. 레몬을 통째로 씹어 먹는 기분이야. 내가 TV에 나오는 연예인도 아니고!

“휘파람 불어야 인정입니다.”

세희가 옆에서 약 올리는 소리를 한다. 넌 나중에 두고 보자.

“너희 둘 다 고생한다.”

정미 누나가 한숨을 쉬며 이해 못할 말을 했다.

“지금…… 고생하는…… 건 저밖……에 없는데요.”

혀가 마비된 것 같아서 말도 제대로 안 나오네.

“쓸데없는 말 하지 마세요, 언니.”

나래가 당황하며 나를 훔쳐보고는 화제를 돌리듯 말했다.

“그리고 그런 말 하는 언니도…… 아.”

정미 누나는 씁쓸하게 웃었고, 나래는 말실수를 했다는 듯 입을 손으로 가리며 당황했다. 내가 무슨 말이냐고 물어보려는 찰나, 세희가 입을 열었다.

“그보다. 이제 슬슬 방문하신 목적을 알려 주시죠. 실리콘이라도 넣었는지 의심되는 지방덩어리를 요술로 받쳐 주며 이

먼 곳까지 찾아오신 이유가 있을 테니까요."

"요술을 잘 써도 쓸데가 없네, 넌."

독설에 독설로 받아치는 나래.

"분명히 요술로 밑에서 받쳐 주고 있기는 하지만 그렇게 남용하지는 않아. 조금 모양새를 꾸며 주는 것 정도라고. 그리고 실리콘으로는 이렇게 자연스런 모양새가 안 나오는걸?"

사실을 사실대로 말하며 가슴을 슬쩍 들어 올리는 정미 누나. 나는 귀까지 새빨갛게 물들이고 고개를 숙였다. 히, 힘듭니다. 저 힘들어요.

"언니!"

"성훈이 앞에서 할 행동은 아니었나?"

정미 누나가 미소 지으며 나래의 말을 넘겼다. 오, 부럽다. 나도 저렇게 어른스럽게 받아넘길 수 있으면 얼마나 좋을까.

"어, 어쨌든! 나는 그냥 언니가 같이 가자고 해서, 방학이기도 하고 보충수업 일정도 알려 줄 겸, 랑이가 걱정돼서 왔을 뿐이야! 아, 알았어? 또 멋대로 이상한 생각 하면 죽인다?"

나래가 팔짱을 끼며 나를 흘겨본다. 평소와 다를 것이 없는 태도에 나는 안심했다. 짐작은 하고 있었지만 나래의 입으로 직접 이곳에 온 이유를 듣고 싶었거든. 단순히 나와 랑이가 걱정돼서 와 줬다니 정말로 고마울 뿐이다. 보충수업이라는 건 단순한 핑계겠지. 부끄럼쟁이 천사라니까, 나래는.

"이상한 생각 하지 말라니까!"

이상한 생각 안 했습니다.

"그럼 슬슬 내가 찾아온 용건을 말해도 될까?"

그건 그렇고 가장 중요한 이야기가 아직이었다.

"그러면 먼저, 성훈이가 제일 궁금한 건 내가 찾아온 이유지?"

나는 고개를 끄덕였다.

"웅녀의 설득이 어떻게 되었냐는 것도요."

나래와 랑이를 위해서도 가장 중요한 것이 정미 누나의 웅녀 설득이다. 잘못되면 그날 같은 일이 또 일어나지 말라는 법이 없으니까. 나는 나도 모르게 주먹을 꽉 쥐고 말았다. 그런 나를 보는 정미 누나의 얼굴이 살짝 붉어졌다.

"방금 전까지 허둥대기만 하던 남자애도 그런 얼굴을 할 줄 아는구나."

"……예?"

정미 누나가 갑자기 무슨 말을 하는 건지 이해를 못하고 있는데,

"도련님의 똥마려운 강아지 같은 얼굴이 마음에 드신다면 지금 당장 안경을 다시 맞추는 게 좋을 것 같습니다."

세희가 이해하기 편하게 설명해 줬다. 그러니까 내가 지금 똥마려운 강아지 꼴이라 이거지.

"이거 도수 없는 안경인데?"

"안경 누님이라니. 취향이 고루하십니다."

"어린애들한테 은근히 잘 먹히는 걸 모르네."

이 사람들아. 지금이 농담이나 할 때냐. 나는 손을 들어 둘의 말장난을 막고 대답을 재촉했다.

"그래서 어떻게 됐는데요?"

정미 누나가 흠흠 하고 헛기침을 하더니 다시 원래의 화제

로 돌아갔다.

"웅녀님은 이쪽의 설득을 조건부로 받아들였어."

"좋았어!"

나도 모르게 입에서 환호성이 터져 나왔다. 그도 그럴 것이 나래와 랑이에게 가장 위험한 일이 사라진 것이다. 혼자서 북 치고 장구 치고 꽹과리를 울릴 정도로 기쁜 게 사실이다.

……그런데 세희야. 넌 왜 나를 그렇게 한심하다는 듯이 보고 있냐? 그리고 나래 님. 나래 님께서는 어째서 그렇게 새침한 표정으로 저를 보십니까?

"듣고 싶은 것만 골라 들으시는 재주가 있으시군요."

일단 세희의 인간 이하의 생물을 바라보는 시선에 대한 이유를 알겠다. 내가 정미 누나의 말에서 놓친 부분이 있다는 것이 그 답이다.

"잠깐. 조건부요?"

정미 누나가 고개를 끄덕였다.

"그래. 아, 그렇다고 너무 걱정하진 마. 정말 간단한 거니까."

난 그런 말이 제일 무섭다. 작은 문제라는 말에 너무 크게 데여서 말이야. 내 예상대로 정미 누나가 말한 웅녀가 건 조건은, 내게는 절대로 간단한 일이 아니었다.

"웅녀님은 호랑이님이 진심으로 너에게 반했다는 걸 믿으셨어. 하지만 문제는 너야."

"저요?"

"그래. 호랑이님이 반한 인간인 강성훈. 그때, 호랑이님은 당신이 성훈이라는 남자애한테 진심으로 반했다는 증거를 보여 주셨지만, 너한테는 조금 문제가 있었어."
기억을 되살릴 것도 없다. 그때의 일은 바로 어제의 일처럼 생생하게 기억하고 있으니까.
랑이에게 마음의 상처를 주었던 날. 나는 랑이를 붙잡기 위해 호랑이 굴에 들어갔다. 그리고 거기서 인간의 몸으로 랑이의 호랑이 펀치를 맞고도 살아남았고, 봉인을 힘으로 부수려다가 이성을 잃은 랑이에게 일생일대이자 최초의 고백을 했다.
"……그게 모자라다는 거예요?"
그렇다면 웅녀를 데려와서 호랑이 펀치에 맞게 해 주고 싶다. 그러면 인정해 주겠지. 나도 모르게 화가 나서 그런지 언성이 조금 높아지고 말았다. 정미 누나는 내 변화에 고개를 저으며 내 말을 부정했다.
"그런 건 아니야. 다만 네가 웅녀님이 신경을 쓸 말을 했다는 게 문제였어."
"도대체 제가 무슨…… 아."
그제야 생각이 났다. 그때 내가 무슨 말을 했는지.

'하지만 너는 나래를 좋아하는……. 사랑하지 않느냐.'
'그래. 하지만, 난 너도 좋아한다. 너도 사랑해.'
'……그런 게 어디 있느냐?'
'여기 있다.'
'바보 같으니라.'
'그런 게 사람 마음이라는 거야. 나는 분명 **나래를 좋아하지**

만, 너도 좋아해.'

으악! 으아아악!! 으아아아아악!! 그랬지! 그랬다! 이건 완벽한 양다리 선언이었던 것이다! 웅녀가 내 진심을 의심해도 할 말이 없다. 나도 그럴걸? '이 자식, 도대체 뭐라는 거야?' 하고.

그런 눈을 하고 나를 보고 계시는 분이 내 오른쪽에 앉아 계신다. 다행인 건, 나래가 지금 나와 정미 누나가 무슨 이야기를 하는지 이해를 못 하고 있다는 것. 나래는 나와 정미 누나의 눈치를 살피며 물어볼 기회를 엿보고 있는 것 같다.

"무슨 이야기에요, 언니? 그때는 일이 잘 풀렸다고 말했잖아요?"

행동력 있는 소꿉친구를 둬서 슬프다.

"나도 그렇게 생각했는데 웅녀님의 의심병이 도지는 바람에 그렇게 됐어."

고마워요, 누나. 은근슬쩍 중요한 이유를 말하지 않고 넘어가 줘서 정말 고마워요. 나는 나래가 어째서 웅녀가 의심을 하게 되었는지에 대해 궁금해하기 전에 재빨리 말했다.

"왜요?"

다시 말하지만 나는 행동력 있는 소꿉친구를 둬서 슬프다. 가슴이 덜컥 내려앉을 정도로 깜짝 놀랐지만 나는 겨우겨우 마음을 바로잡을 수 있었다. 그러면서 누나에게 필사적인 눈짓으로 나 좀 살려 주세요!! 라고 외쳤다.

그 눈빛이 통했다.

"그게, 그때 성훈이가 이런 말을 했거든. 나는 가슴이 큰 여자가 좋다고.”

반만.

“헤에……. 그런 말을 했구나.”

나래의 경멸 어린 시선이 아픕니다. 따가워요. 심장이 따끔따끔한 것으로도 모자라서 한여름이지만 시베리아에 알몸으로 있는 것처럼 몸이 서늘해질 정도예요. 나는 최대한 나래에게 신경을 쓰지 않도록 애쓰며 정미 누나에게 말했다.

“그, 그, 그, 그래서요? 무, 무, 무, 무슨 조건이 걸린 건데요?”

물론 신경을 쓰지 않으려고 해도 쓰이는 것은 어쩔 수 없다. 나래의 손이 슬금슬금 내 팔뚝에 와 닿았거든. 내가 아무리 나래를 좋아한다고 해도 이런 스킨십은 사양하고 싶습니다.

이런 내 사정은 모르겠다는 듯, 정미 누나는 매력적인 눈웃음을 치며 말했다.

“웅녀님은 너와 호랑이님과 곰의 일족의 여자 중 한 명. 이렇게 세 명이서 러브러브하는 영상을 보고 싶다고 하셨어.”

러브러브한 영상이란 단어에서 오디오(Audio)와 비디오(Video)의 앞 글자를 생각해 낸 나는, 자랑스러운 우리나라의 자라나는 청소년이다.

“그런 걸 왜요?”

“보고 싶으신 거지. 호랑이님하고 네가 좋아하는 가슴 큰 여자하고 같이 있을 때 네 남자로서의 능력을.”

“잠깐만요, 누나. 지금 무슨 말을 하는지 모르겠거든요?”

남자로서의 능력이라니? 아직 고등학생인 나한테서 경제력을 보고 싶어 하는 건 아니겠고, 포용력이나 관용력 같은 걸 말하는 건가? 아니면 정말 내 생각대로의 흐뭇므흣한 일은 아니겠지? 그런 얼빠진 생각을 하고 있는 나를 나래가 원래 세계로 되돌려 놨다.

"……."

팔뚝을 꼬집어서.

"아얏! 왜 그래?!"

"몰라서 물어?"

알고 있습니다. 그렇게 나는 생각이 얼굴에 다 드러나나? 문득 궁금해져서 정미 누나에게 물어보았다.

"누나, 혹시 제가 지금 무슨 생각하는지 아시겠어요?"

"응? 모르겠는데?"

저런 반응이 정상이지. 나래는 어떻게 내 생각을 그리 잘 아는지 모르겠다. 나는 일단 므흣흐뭇한 상상은 접어 두고 정미 누나에게 내가 바보라는 것을 고백하기로 했다.

"아니, 그건 그렇고 전 남자로서의 능력이 무슨 뜻인지 모르겠는데요."

"흐응?"

정미 누나가 다시 한 번 눈웃음을 지었다. 정말 눈웃음이 잘 어울린다. 누구하고는 다르게 말이야. 눈웃음이 안 어울리는 귀신이 옆에서 누나를 대신해서 친절하게 설명을 해 줬다.

"도련님께서 주인님과 나래 님에게 자신의 성욕을 짐승처럼 풀면서도 두 분이 서로를 질투하지 않도록 잘 다스리며 가화만사성을 이룰 수 있는지 확인해 보겠다는 겁니다."

"아, 그런 거였어?"

뭐야, 알고 보니 정말로 쓰레기 같은 인간이 가질 만한 능력이군. 그럼 상관없겠네. 나야 워낙 요괴들 사이에서 인간쓰레기로 이름이 널리……. 잠깐. 지금 세희가 뭐라고 했지? 머릿속에서 세희가 한 말이 이해가 된 순간 나는 이렇게 외치고 있었다.

"뭐라고?!"

"괜찮아. 웅녀님은 환웅님만 아니라면 남자가 여러 여자를 처첩으로 삼는 것에 관대하시니까. 일단 옛날 분이시잖니?"

지금 그 말을 듣고 있는 저는 요즘 사람입니다. 그리고 여기에는 나 말고 요즘 사람이 한 분 더 계신다.

"자, 잠깐만요! 그게 무슨 말이에요, 언니?! 그러니까 지금 성훈이가 처, 첩을 들인다는 말이에요? 랑이를?!"

"왜 주인님을 첩이라고 생각하시는지 모르겠습니다."

나래는 세희의 말을 무시하고 정미 누나의 대답을 기다렸다. 누나는 손사래를 치며 말했다.

"그런 건 아니야. 말했잖아. 웅녀님은 그런 상황을 보고 싶어 하시는 것뿐이라고. 더 알기 쉽게 말하면, **그런 상황에서 성훈이가 호랑이님의 마음이 변할 수 있을 정도의 큰 실수를 저지를지, 다른 여자의 질투로 그 사이가 깨질 수 있는지.** 그 여부를 보고 싶어 하신다고나 할까?"

랑이의 마음이 변할 정도의 큰 실수? 그런 실수가 있다면 나도 알고 싶다. 절대로 그런 실수는 하지 않게 말이야.

"그래서 말인데."

정미 누나가 다시 이야기를 이어 나갈 생각인가 보다. 이 혼돈의 중심에서 할 말을 잃지 않는 것은 배워야 할 것 같다.

"러브러브한 영상을 찍어 주는 걸 부탁해도 될까? 웅녀님은 한 일이십 분 분량이면 충분할 거라고 말씀하셨는데."

내가 그 부탁을 거절할 수 있을까? 없다. 이건 선택이 아니라 강요다. 이 일을 거절하면 웅녀가 어떻게 나올지 모른다. 그런 불확실한 일에 랑이의 안전을 걸고 싶은 생각은 없다. **다시는 랑이가 그렇게 펑펑 우는 모습을 보고 싶지 않다. 다시는 랑이가 그렇게 상처 입은 모습을 보고 싶지 않다고.** 세희도 내가 이 일을 받아들이는 게 좋다고 생각하는 것 같다.

"그 정도면 짧게 네다섯 장면만 촬영하면 되겠군요. 만약 승낙하시게 된다면 촬영과 더빙 및 특수효과는 제가 하게 될 테니 도련님께서는 그 여부만을 결정해 주시면 됩니다."

그 전에 물어보자.

"더빙은 왜?"

"주인님과 도련님, 그리고 다른 한 분의 대화 내용을 그대로 녹음했다가는 웅녀가 트집을 잡을 수 있으니 제가 조금 손을 보겠다는 겁니다."

역시 랑이와 관계되는 일이라면 철저한 세희다. 나는 속으로 두 손을 들며 정미 누나에게 대답했다.

"해야겠는데요."

"잘됐네. 한시름 놓았어."

그런데 누나의 말에는 몇 가지 빠져 있는 것이 있다.

"그러면 누나. 영상을 찍는 건 문제가 아닌데 뭐로……."

나는 세희가 꺼낸 스마트 폰을 보고 입을 다물었다.

"요즘에는 아이돌들도 스마트 폰으로 영화를 찍는 시대입니다, 도련님."

한순간에 구시대의 인물이 되었다. 나는 질문을 바꿨다.

"그래서, 누구하고 찍으라는 거예요?"

정미 누나가 손가락을 들어 나래를 가리켰다. ……아. 난 바보냐. 가슴 큰 여자가 좋다는 말은 정미 누나가 날 위해 한 거짓말이었잖아.

"저요?"

자신을 손가락으로 가리키며 묻는 나래에게 누나가 고개를 끄덕였다.

"응. 지금까지 말은 못 했는데, 사실 널 데려온 이유가 그거야."

나래가 화들짝 놀라며 말했다.

"제, 제가 왜요? 제가 왜 성훈이하고 그런 영상을 찍어야 되는데요?! 시, 싫어요! 기분 나쁘잖아요!"

치이는 잘못 생각했다. 나를 죽이는 데에는 좋아하는 여자아이의 한 마디면 충분하니까. 나래는 고개를 휙 돌리며 입을 다물었고, 나는 속에서 올라오려는 신음을 꾹 참았다.

지금은 내 감정의 문제가 우선이 아니다. 웅녀는 나와 나래와 랑이의 일상을 보고 싶어 한다고 했다. 하지만 제대로 된 사정을 설명하지 않으면서 나래를 설득할 수 있을까? 저렇게 싫어하는데 힘들겠지. 그렇다면 지금이라도 내가 한 고백을 나래에게 사실대로 말해야 하는 거 아닐까? 사실대로 말하면 나래는 일단은 나를 도와줄 테니까. 문제는 그 이후에 있지만.

나래가 내 고백을 거절하기만 하는 것은 차라리 나은 편이다. 최악의 경우에는 나래가 나를 미워할 수도 있다. 누가 '나는 너 말고 다른 여자애도 좋아해.' 라는 고백을 좋아할까?

하지만 랑이를 위해서 말해야 한다. 사실대로 말하고 미움을 받는다고 해도 나래의 마음을 돌릴 수 있는 방법이, 기회가 언젠가는 찾아올지도 모르니까. 내가 미움받는 것이 무서워서 랑이의 안전이 걸려 있는 일을 손 놓고 지켜볼 수는 없잖아? 그래. 말하자. 나는 마음을 굳히고 입을 열었다. 하지만 곧 다시 다물었다. 정미 누나가 고개를 돌리고 있는 나래 몰래 내게 입을 다물고 있으라는 뜻으로 검지를 입술에 지그시 눌렀거든. 무슨 생각이 있나? 내가 침묵을 유지하자 정미 누나가 말했다.

"그러니, 나래야? 그러면 내가 내 동생한테 부탁해 볼까? 내 동생도 가슴이 큰 데다가 너희하고 나이도 비슷해서 괜찮을 것 같은데. 예쁘기도 예뻐서 성훈이도 좋아할걸?"

무슨 생각인가요, 누나. 왜 그런 말을 했는지 이해 못 하고 있을 때.

"아, 안 돼요!"

갑자기 나래가 큰 소리를 내며 반대했다. 나는 당황해서 고개를 돌렸고 나래는 내 시선을 의식하지 못하며 눈썹을 높이 치켜뜨고 누나를 향해 무시무시한 안광을 흘리며 말했다.

"절대로 안 돼요, 언니! 그랬다가 성훈이가 그 영상을 핑계로 여자애한테 진짜로 야, 야한 짓이라도 하면 어쩌려고요?!"

나래 님. 저는 나래 님께서 생각하시는 것만큼 가슴만 크면 좋아하는 그런 사람이 아닙니다. 만약, 아주 만약에 나래의 가슴이 작았어도 나는 나래를 좋아하게 되었을 거다. 그런 끔찍한 예를 들지 않아도 나는 랑이를…… 아니, 그건 됐고.

"하지만 곰의 일족의 다른 아이들을 위해서도 그 정도는 감수할 수밖에 없어."

일단 부정부터 해 주세요, 누나!

"원래부터 이 일은 나래, 너한테 부탁할 생각이었어. 너한테는 성훈이가 꼼짝도 못하니까. 하지만 네가 그렇게 싫어할 줄은 몰랐는데 어떻게 해? 그렇다고 포기할 수도 없는 노릇이잖니? 그랬다가는 호랑이님이나 성훈이뿐만 아니라, 우리 곰의 일족들에게도 끔찍한 일이 벌어질 텐데."

"윽."

정미 누나의 말에 나래가 낮은 신음을 흘리며 몸을 움찔 떨었다. 나래의 입장에서는 누나의 말이 정론일 테니까. 누나가 어른의 눈으로 나래를 보며 말했다.

"그렇게 걱정되면 네가 하면 되잖아. 그건 왜 싫은 건데. 이유라도 말해 봐."

"아, 알고 있으면서 치사해요."

"치사해도 어쩔 수 없어. 나한테 가장 중요한 건 아무것도 모르고 이용만 당하다 죽을 수도 있는 아이들의 안전이야. 네 마음도 중요하지만, 생명과는 그 무게가 달라."

"하, 하지만……."

나래는 말꼬리를 흐리며 나를 힐끔 쳐다보고는 아예 입을 다물었다. 나는 깜짝 놀랐다. 나래를 이렇게까지 몰아세울 수 있는 사람이 있다니. 그만큼 어른스러운 정미 누나는 내가 보기에도 상대하기 힘들어 보였다. 이것이 어른의 여유인가? ……나이는 나하고 별 차이가 안 나지만 정신적인 문제입니다.

우물쭈물하던 나래는 혼자서 대응하는 걸 포기했는지 고개를 이쪽으로 돌렸다. 상당히 분해하는 눈치다. 그런데 왜 저를 보십니까? 나는 나래의 시선이 무서워서 정미 누나 쪽으로 고개를 돌렸다. 누나가 말했다.

"알았어. 그러면 내가 할게. 그러면 네가 걱정하는 일은 일어나지 않을 테니까 괜찮지? *이 일을 핑계로 마음껏 스킨십도 할 수 있고 저번에 보지 못한 성훈이의 반바지 입은 모습을 직접 볼 수도 있고. 아니, 이 기회에 끝까지 해 버릴까? 그것도…….*"

"할게요! 하면 되잖아요! 제가 할게요, 언니!"

나래가 상을 치며 벌떡 일어나서 잘 들리지 않는 정미 누나의 말을 끊었다. 얼굴을 새빨갛게 물들이고 울 것 같은 표정으로 그리 말하는 나래를 나는 멍하니 바라보았다. 누나, 도대체 무슨 말을 한 겁니까? 왜 나래가 갑자기 요구를 받아들인 거예요?

"꼭 그럴 필요는 없는데?"

"제가 하겠다니까요! 언니한테 부탁하느니 제가 하는 게 나아요!"

정미 누나는 진심으로 아깝다는 듯이 약간 풀이 죽어서 고개를 끄덕였다.

"……알았어."

이해할 수 없는 이야기 끝에 상대역이 나래로 정해진 것 같다. 자세한 사정은 모르겠지만 파고들자니 무섭다. 그래. 좋은 게 좋은 거라고 생각하자. 나는 나래와 정미 누나가 평소대로 돌아오기를 기다린 뒤 아까부터 궁금한 것을 물어보았다.

"그런데, 누나. 저는 러브러브라고 해도 도대체 어떤 영상을 찍어야 하는지 모르는데요. 좀 가르쳐 주세요."

풀이 죽어 있던 정미 누나가 고개를 들며 내게 말했다.

"너, 꽤 의욕적이네? 그렇게 나래하고 이런 영상을 찍는 게 좋아?"

"당연하죠. 이런 좋은 기회를 놓칠 리가 없잖아요."

최대 위협거리인 웅녀가 그런 얼빠진 조건으로 랑이에게서 신경을 끊어 주겠다는데 받아들이지 않으면 그게 진짜 바보다. 일이 이렇게 된 이상 그쪽의 요구를 받아 주는 것이 내가 할 수 있는 최선이다. 그런데…… 왠지 상에 둘러앉아 있는 여성 삼인방의 시선이 아프다.

"결국 이렇게 지금까지 쌓아놓은 사춘기 소년의 정욕을 풀 생각이시군요."

"생각보다 많이 밝히네?"

"너, 너, 너, 너어어! 도대체 나한테 무슨 짓을 하려는 거야?!"

굴려라, 내 머리. 살아남으려면 잔머리를 최대한 굴려라. 어째서 내가 지금 목숨의 위협을 느끼게 되었는지! 나래가 내 옆구리에 엄지와 검지를 가져다 대었을 때, 나는 내가 한 말이

듣는 사람의 입장에서 어떻게 들릴 수 있는지 깨달았다.

"아니, 오해입니다! 그런 뜻이 아니아아악!!"

"오해는 무슨 오해야, 이 변태! 어떻게 생각하는 게 그쪽으로만 가는 거야?!"

'그쪽으로 생각이 안 났으니까 그런 말을 할 수 있었습니다.' 라는 말은 비명으로 대신 하게 되었다. 나래는 내 옆구리가 뜯어져 나갈 때쯤이 돼서야 손을 놓아 주었다. 나는 눈물을 소매로 훔치며 변명했다.

"아니, 그런 뜻이 아니라 이 정도의 일로 웅녀가 더 이상 귀찮게 굴지 않는다면 남는 장사라는 뜻이었어요."

소꿉친구에게 자연스럽게 존댓말을 하는 내가 불쌍해진다.

"이 정도? 네, 네가 말하는 게 나한테는 얼마나 큰 일인 줄 알아?"

나는 당당하게 대답했고,

"모릅니다."

나래의 손으로 처벌당했다.

"바보야! 언니가 말했잖아! 러브러브라고! 러브러브!!"

그 말에 나는 턱에 손가락을 대고 고개를 갸웃거리며 눈을 깜빡였다. 랑이를 따라 한 것이었고, 나래는 내 명치에 주먹을 날렸다.

"쿨럭!"

"귀여운 척하지 마! 기분 나쁘니까!"

몸을 부여잡고 방바닥을 구르며 깨달았다. 장난도 칠 때와 치지 말아야 할 때가 있다. 지금은 명백한 후자였지.

"왜? 귀엽잖아?"

"언니!"

서슬 퍼런 나래의 일침에 정미 누나가 어깨를 으쓱한다.

"네가 너무 과민 반응하는 거야. 그러다가 미움받는다?"

"받아도 상관없는데요."

딱 잘라 말하는 나래에게 내 마음도 딱 잘라졌다. 오늘 나, 살아남을 수 있을까. 갑자기 아침에 집을 떠난 치이가 보고 싶어진다. 그 녀석은 언제 다시 오려나. 치이가 오면 문답무용으로 껴안고 볼을 비벼 주자.

치이를 떠올리는 것으로 정신적, 육체적 충격을 이겨 낸 나는 다시 한 번 정미 누나에게 물어보았다.

"도대체 러브러브한 게 뭐기에 그래요?"

"음……. 평소에 네가 호랑이님하고 하는 일 정도?"

……그놈의 소문이 내 인생을 망치는구나.

"소문을 듣고 하는 말이라면……."

내 말을 다 듣기도 전에 정미 누나가 손을 흔들며 말했다.

"얘는? 이래 봬도 곰의 일족 수장이야. 그 정도도 모를 거 같아?"

"그런데 그런 말을 해요?"

"너 모르는구나? 평소의 너희 둘이 남들이 보기에 얼마나 알콩달콩해 보이는지?"

에? 그게? 그리고 그걸 어떻게 아십니까? 내 멍한 얼굴을 보며 정미 누나가 살짝 눈웃음을 지었다.

"그러면 내가 너희 둘이 평소에 어떤 모습인지 간단하게 보여 줄게.”

잠깐. 설마 나를 상대로 보여 준다는 건 아니겠지? 그랬다가는 후환이 두렵지만……. 기대된다, 정말로!

“나래야, 잠깐 이리 와 봐.”

기대가 크니 충격도 크구나.

“왜요?”

“잠깐이면 돼.”

“……싫은데요.”

나래가 인상을 찌푸리며 반항했다. 정미 누나는 그럴 줄 알았다는 듯 짓궂은 미소를 지으며 말했다.

“내가 너희 집에서 **본 것들** 성훈이한테 말한다?”

정미 누나의 말에 나래가 얼굴을 확 붉히며 소리쳤다.

“치, 치사하게! 가면 되잖아요, 가면!”

나래가 벌떡 자리에서 일어난다.

이럴 수가?! 정미 누나는 나래에게 강제력을 발휘할 수 있는 비밀을 알고 있는 건가?! 저기, 그거 저한테도 알려 주시면 안 됩니까? 그러면 저도 좀 안 맞고 살 수 있을 테니까요. 이런 멍청한 생각을 하고 있을 때 나래는 정미 누나의 옆에 앉아 귓속말을 들었다.

그리고 천국이 도래했다.

정미 누나의 무릎 위에 나래가 얼굴을 새빨갛게 물들이며 정면으로 마주 앉았다는 것만으로 공기가 바뀌었다.

"뭐, 뭘 그렇게 봐?"

나래의 핀잔에도 나는 눈을 뗄 수 없었다. 나래는 정미 누나에게 안겨 있는 채로, 한 팔을 누나의 목에 둘렀다. 마치 사랑하는 연인에게 그러하듯이. 그래. 정미 누나의 품에 나래가 안겨 있다는 말이다. 이게 뭐가 그렇게 특이한 일이냐고?

문제를 하나 내자. 나래와 정미 누나는 곰의 일족이다. 곰의 일족은 여러 가지 특징이 있는 것 같지만, 가장 두드러지게 눈에 띄는 것은 단순히 내가 남자이기 때문이 아니라, 그 커다란 가슴이다. 곰의 일족으로 힘을 각성한 여자들은 모두 D컵 이상. 나래는 아직 C컵인 것 같지만 그 크기가 작은 것은 절대로 아니다. 그리고 정미 누나는 내가 태어나서 지금까지 실제로 봐 온 그 누구보다도 가슴이 크다. 동영상이나 잡지에서 본 모델들 정도는 돼야 비슷할 정도다. 어떤 동영상이고 어떤 잡지인지는 말 안 해도 알고 있겠지. 누구나 살아오면서 한 번쯤은 본 적이 있을 테니까. 어찌되었건, 그런 두 명이 서로를 마주보면서 껴안고 있다. 그렇다면 어떤 일이 벌어질까?

간단한 예를 한 가지 더 들어 보자. 지금 내 양손에 적당량의 물이 들어가 출렁거리며, 터지지는 않는 물 풍선이 있다. 그 물 풍선 두개를 겹쳐 보자.

그래. 이제 알겠지? 그런 일이 지금 내 눈앞에서 벌어지고 있는 것이다. 내 머릿속에서 온갖 망상이 봄날의 죽순처럼 자라나기 시작했다. 멈출 수 없었다. 브레이크 없는 F1 머신처럼, 하늘에 쏘아 올린 로켓처럼 폭주해서 멈추지 않는다.

그래도 어쩔 수 없다. 그것이 당연한 것이다. 지금 내 두 눈

으로 직접 보고 있는 것은 그런 것이다. 나는 내 몸의 변화를 신경 쓰지 못할 정도로 눈앞에 나타난 환상향, 파라다이스, 이상향, 천국에 넋을 잃었다. 그야말로 대한민국의 광복을 알리는 소식을 지하 감옥에서 들은 독립투사 분들처럼, 계속된 가뭄에 목말라 하는 농민이 단비가 내리는 하늘에 감사하는 것처럼, 나는 바로 앞에서, 바로 눈앞에서, 손만 뻗으면 닿을 수 있는 거리에서 일어난 이 기적에 눈물을 흘릴 것 같았다. 살아 있어서 다행입니다. 지금까지 살아 있어서 행복합니다. 저는 이 순간을 보기 위해서, 보여 주기 위해서 이 땅에 태어났습니다.

부끄러워서 어떻게든 떨어지려고 하는 나래와 그런 나래의 허리를 잡은 채 일정 거리 이상 떨어지지 않으려고 하는 정미 누나의 움직임으로 그 아름다운 세계는 쉴 새 없이 변했고, 약동했으며, 진화했다. 새로운 우주의 탄생보다 더 숭고하고 위대한 순간을 단 한순간도 놓칠 수 없었기에, 나는 눈을 뗄 수 없었다.

"네가 평소에 하는 행동이 대충 이런 거야. 확실하게 하고 싶으면 여기서 조금 더 나가도 돼."

말이 하반신에서 뇌를 거치지 않고 입 밖으로 나왔다.

"그 확실하다는 걸 잘 모르겠는데요. 직접 보여 주세요."

"성훈이, 너!!"

나래의 분노 섞인 목소리에도 나는 두려워하지 않았다. 여기서 물러나면 나는 그야말로 인간쓰레기다. 인간 말종이다. 로리콘이다. 죽는 한이 있더라도 물러날 수 없다. 언젠가는 죽게 될 삶. 그렇다면 나는 이 두 눈에 아름다운 것을 가득 담고 눈을 감으리라.

"그러니?"

정미 누나는 얼굴을 붉히고 옅은 미소를 지으며 나래의 허리를 감싸 안은 팔에 힘을 줘서 자기 쪽으로 끌어당겼다! 둘의 거리가 더욱 더 가까워지는 것과 비례해서 내 눈도 점점 커졌다.

"자, 잠깐만요, 언니!"

"왜 그래?"

"너, 너무 누르지 마세요! 아프다고요!"

"성훈이가 보는 게 부끄러운 게 아니라?"

"언니!!"

나는 이제 죽으련다.

"어쨌든, 이 상태에서 이렇게."

정미 누나가 나래의 머리 뒤로 손을 둘렀다. 그리고 점점 가까워지는 둘의 얼굴. 진지한 정미 누나와 당황해서 이러지도 저러지도 못하고 허둥대는 나래가 점점 가까워진다.

"어, 어? 자, 자, 잠깐만요, 언니?!"

나래가 정신을 차리고 기겁을 하며 떨어지려고 했지만 정미 누나는 놓아주지 않았다. 나래가 울 것 같은 목소리로 소리쳤다.

"저, 처, 처음이라고요!"

"괜찮아. 이런 건 노 카운트니까."

정미 누나는 말에 나래가 눈을 감으며 입술을 꼭 다물었다. 이대로 나래는 입술을 빼앗기는 것인가! 아쉽기도 하지만 왠지 모르게 기대되는 순간이다! 하지만 정미 누나는 그렇게까지 할 생각은 없었는지 입술이 닿을 듯 말 듯한 곳에서 방향을 틀어 볼에 키스하고는 빙긋 미소지었다.

"그래도 불쌍하니까 여기까지 할게."

정미 누나가 팔을 놓자 나래가 허둥지둥 내 뒤로 도망쳤다. 두 팔로 나를 붙잡고 두려움 섞인 눈으로 자신을 보는 나래가 신경 안 쓰이는지, 정미 누나는 태평하게 말을 이었다.

"이제 어떤 건지 알겠지? 잘할 수 있겠어?"

나는 진심으로 말했다.

"열과 성을 다해 열심히 하겠습니다."

나래도 진심으로 때렸다.

"죽어, 이 변태야!!"

"쿠헉?!"

나래의 요술이 실린 듯한 어퍼컷에 공중에 붕 뜬 뒤, 돌려차기에 찍히듯 차여 방구석에 처박힌다. 숨도 제대로 쉬기 힘든 고통에, 나는 정직함이 사회의 미덕이 아니라는 것을 깨달았다.

잠시 후. 나는 몸을 추스르고 다시 내 자리에 돌아와 앉았다. 그런 나를 나래가 무시무시한 눈으로 노려봤고 제정신으로 돌아온 나는 몸을 움츠렸다. 그런 우리들을 보던 정미 누나가 말했다.

"그래도 이제 알겠지?"

"뼈에 사무치도록 알겠습니다. 그러니까 평소처럼만 하면 된다는 거죠?"

정미 누나가 고개를 끄덕였다.

"그래. **나래에게도 말이야.**"

그건 조금 힘들겠지만 어떻게 잘되겠지. 나는 그런 생각으로 고개를 끄덕였고 내 승낙에 만족한 미소를 지은 정미 누나가 자리에서 일어나며 말했다.

"그러면 일도 잘 풀린 것 같으니까 나는 이만 가 볼게."

아니, 그런 섭섭한 말씀을?! 온 지 얼마나 됐다고 그 아름다운 육체를 감상할 수 있는 기회를 제게서 뺏어 가시는 겁니까!

"벌써 가시게요? 저녁이라도 드시고 가세요."

정미 누나는 고개를 흔들었다.

"요즘 들어서 꽤 바쁜 일이 생겼거든."

"무슨 일이요?"

"너희가 신경 쓸 일은 아닌데, 요즘에 **위험한 요괴**가 다시 활동을 시작해서 그래. 그 일만 아니면 나도 여기에 머무르면서 오해를 풀고 싶었는데 말이야."

"……위험한 요괴요?"

뭔가 불길한 기분이 드는데.

"아, 너는 신경 쓸 거 없어."

신경이 쓰이니까 문제죠. 누가 뭐라고 해도 가슴이……. 남자아이라서 죄송합니다. 불타는 사춘기라서 죄송합니다.

"그럼 그 고인돌에서나 나올 것 같은 몽둥이라도 가져가시죠."

세희가 웅녀의 뼈 몽둥이를 언급했다. 웅녀의 신물이라고 했고 그 성능을 이미 몇 번이나 증명했으니 가지고 가면 도움이 될 텐데 이상하게 정미 누나는 고개를 흔들었다.

"아니. 그건 여기 있는 게 좋아. 그래야……."

정미 누나는 말을 흐리며 나를 힐끗 쳐다보고는 고개를 돌렸다. 평범한 사람인 나하고는 이런 쪽의 이야기를 피하는 것 같아서 나는 다른 것을 소재 삼아 말을 걸었다.

"그런데 제가 무슨 오해를 하고 있다는 거예요?"

그제야 정미 누나가 나를 바라보았다.

"아……. 원래 우리들은 인간들에게 해를 입히는 요괴들을 퇴치하기 위해 존재하는 사람들이야. 그래서 힘이 약한 요괴들은 우리를 무서워하기도 해. 단지 호랑이님이 가장 위험한 요괴이기도 하시고……."

정미 누나는 한숨을 쉬었다.

"웅녀님 때문에 너한테 오해를 사고 말았지만. 어쨌든 그 일이 잘 마무리되면 다시 와서 제대로 설명해 줄게. 비디오도 받아 가면서……."

말꼬리를 흐린 정미 누나가 살짝 부끄러워하면서,

"네가 얼마나 여자를 잘 다루는지 보고 싶으니까."

농담을 건넨다. 그런 정미 누나에게 나도 농담으로 받아 줬다.

"주소만 알려 주시면 소포로 보내 드릴 테니까 비디오로 감상하세요. 사정이야 메일로 보내셔도 되고요."

"……그럴 줄 알았어."

"뭐가요?"

"그런 말투는 귀엽지 않다고."

정미 누나가 입을 삐죽 내민다.

"다시 올 거니까 기다리고 있어."

하지만 귀여운 소녀같이 미소를 지은 정미 누나는 자신의 말을 지키지 못했다.

두 번째 이야기

"설명."

소꿉친구라는 것은 여러모로 닮는 것 같다.

정미 누나를 배웅하고 안방으로 들어가려는 나를 붙잡아 빈 방으로 끌고 간 나래는, 내게 무릎을 꿇고 앉아 두 손을 공손하게 그 위에 올려놓는 자세를 하라고 시켰다. 나는 아무 말도 못하고 나래의 명령대로 따랐다. 어딜 봐도 잘못을 저지른 아이가 어머니에게 혼나는 모습이다.

"무슨 설명이요?"

"네가 서울에서 사라진 후에 있었던 일. 내가 모르는 거 전부 다 말해."

꼭 그렇게 전부 다 아셔야 되겠습니까? 남자아이의 비밀은 소중한 법인데요.

나만 아는 네 비밀, 세희한테 말해 버린다.

눈빛으로 나눈 대화 끝에, 나는 백기를 들었다.

"어떤 것부터 말씀드릴까요?"

"내가 가장 궁금해할 것 같은 것부터 말해 봐."

눈썹이 치켜 올라간 각도를 보아 진짜로 화가 난 것 같지는 않다. 좋아. 내게도 아직 기회는 있다. 나는 그 기회를 잡기 위해 머리를 굴렸고, 답이 나왔다.

"나래 님께서 들었던 소문은 과장된 겁니다."

나래가 아랫입술을 깨물었다. 오답이었군요.

"누가 그걸 모를 줄 알아?!"

눈을 부라리며 화를 내는 모습이 꼭 내 처참한 성적표를 보고 반 평균을 깎아 먹었다고 자칭 엑스칼리보그라는 몽둥이를 들고 화내시는 담임선생님을 연상케 한다.

"모르실 것 같았어요."

"내가 바보야?"

나래가 내 손등을 꼬집었다. 눈물이 찔끔 날 정도로 아프다.

"요괴들 때문에 그런 소문을 세희가 퍼트렸다는 것 정도는 언니한테 들어서 알고 있어. 아니, 그 전에. 너 말이야. 내가 그런 소문을 곧이곧대로 믿을 것 같았어?"

"믿고 안 믿고를 떠나서 화는 났잖아."

"당연히 화나지! 네가 그런 취급을 당하는데!"

아, 조금 감동했다.

"넌 가슴이 크고 몸매가 좋은 여자만 보면 넋이 나가는 변태잖아! 그런데 이제 와서 로리콘이라니! 그게 말이 돼? 내가 너 때문에 얼마나 고생하는지 알아? 소문을 내려면 제대로 내든가!"

왜 내 감동은 3분 이상 계속되는 일이 없는 걸까. 그런데 내가 그렇다고 왜 나래가 고생을 했다는 거지? 그거에 대해 물어보려고 했지만, 나래는 내게 말할 틈을 주지 않았다.

"그리고! 내가 가장 궁금해한 게 그거 같았어? 진짜야? 나 그러면 진짜 화낸다?"

나는 아무 말도 하지 못했다. 솔직하게 말하면 그건 어디까지나 내가 나래한테 제일 먼저 하고 싶었던 변명이었으니까. 그래서 나는 나래가 가장 듣고 싶어 하는 이야기를 꺼냈다.

"세희한테 들었던 것처럼, 랑이를 구하러 갔을 때 사실은 죽을 뻔했어."

나래가 침울해하거나 화를 내거나 나를 때리기 전에 재빨리 말을 잇는다.

"걱정할 것 같아서 이야기 안 한 거야. 그리고 그때는 요술로 다 나아서 상관없을 것 같았고. 미안해. 숨겨서."

"그다음."

"왼손은 어제 부엌에서 과도에 찔렸는데 보다시피 멀쩡해. 저는 지금 아무런 문제도 없는 팔팔한 상태입니다."

어째서 시작은 반말이었는데 끝은 존댓말로 끝났는지 모를 일이다.

사실대로 말한 나를 나래는 날카로운 눈빛으로 노려보다가 눈을 감았다. 그리고 깊은 한숨을 내쉬며 내 머리에 콩 하고 꿀밤을 때렸다. 안 아프다.

"바보야. 아까부터 계속 거짓말만 해서 지금도 어디 아픈가 걱정했잖아. 정말 괜찮은 거야?"

정말로, 자신의 일처럼 걱정해 주는 나래를 보고 있자니 미안하다. 이왕이면 그런 걱정은 나를 때리거나 벌칙 주스를 만들 때 해 줬으면 하지만.

“응.”

“정말……. 너 그거 모르지?”

“뭘?”

“너 거짓말할 때 목소리가 조금 변한다는 거.”

……그랬어? 나도 모르고 있던 사실이다.

“조금이지만 목소리 톤이 낮아져. 너 그때 전화 끊었을 때 내가 얼마나 걱정했는 줄 알아?”

“전화를 끊은 건 너였…… 으악!”

“나, 남자애가 뭐 그렇게 쫀쫀해?!”

세상은 부조리에 가득 차 있다. 나는 옆구리를 어루만지며 그런 진리를 다시 한 번 깨달았다.

“어, 어쨌건.”

나래는 부끄러움을 숨기기 위해 팔짱을 끼고 흥 하고 콧방귀를 뀌었다.

“그 까치라는 아이는?”

“일이 모두 잘 풀려서 지금은 집으로 돌아갔어.”

“다행이다.”

나래는 자신의 일이 잘된 것처럼 가슴을 쓸어내리며 안도했다. 나래는 이런 아이다. 평소에는 화를 잘 내면서도 남의 일을 자신의 일처럼 걱정하고 도움을 주려는 아이가 나래다. 이러니 제가 반할 수밖에 없죠.

"그리고 내가 없는 동안에 또 무슨 일 있었어?"

가끔씩 이렇게 눈을 번쩍이는 게 무섭긴 하지만.

"별다른 일은 없었는데? 그 치이, 아, 까치의 애칭이야. 치이 때문에 조금 소란스럽기는 했지만……."

"정말이야?"

나래가 똑바로 내 눈을 바라보기에 나는 피하지 않고 대답했다.

"응."

"알았어. 사실인가 보네."

그러면 나래도 화가 풀린 것 같으니까 슬슬 편하게 앉아 볼까. 정좌는 익숙하지 않아서 다리가 저리니까. 나는 슬쩍 다리를…….

"아직 이야기 안 끝났어."

다시 제자리.

"그 소문."

다시금 그 화제를 부상시킬 줄은 상상도 못했기 때문에 당황하고 말았다.

"어디까지가 사실이야?"

"안 믿는다며?!"

"내가 언제? 난 곧이곧대로 안 믿는다고 했지 완전히 안 믿는다고는 안 했어!"

믿고 있는 겁니까? 그 소문을 조금이라도 믿고 있는 거예요? 10년이 넘게 알고 지낸 소꿉친구보다 정체불명의 귀신이 흘린 소문을 믿는 거예요?

"……그 전에 네가 들은 소문이 어떤 건지 확실하게 듣고 싶은데."

나래는 마치 속사포 래퍼처럼 말했다.

"서울에서 내려온 한 놈팡이 쓰레기 로리콘 페도필리아 만년 발정한 수캐와 같은 사기꾼 인간이 자신들의 주인이며 요괴들의 세상을 열게 할 호랑이님을 속인다음 자신의 노리개로 삼아 매일매일 채찍과 양초와 삼각 목마를 이용해서 열락에 빠져 음탕하고 농밀한 밤을 지낸다고."

……나래야. 그런 소문을 듣고 어디까지가 사실이라고 묻는 건 아니잖아. 거기서 단 한 가지라도 사실이라면 나는 지금 전자발찌를 차야 한다고.

"몽땅 거짓말인데."

"진짜지?"

"제 눈이 거짓말하는 사람의 눈같이 보이십니까?"

나는 최대한 빠르게 눈꺼풀을 깜빡거리며 나래를 올려다보았다. 세계를 노릴 수 있게 된 주먹이 아프다.

"기, 기분 나쁘잖아!"

나는 반 강제적으로 사과를 하는 모습이 되어 말했다.

"……장난 좀 친 건데 너무하잖아."

"흥! 이건 네가 잘못한 거야!"

나래가 지금 무슨 말을 하는지 모르겠다.

"네가 뭘?"

"네가 하도 평소에 랑이를 그렇게 대하니까 오해할 수밖에 없잖아?"

……아니, 그러니까 제가 뭘 어쨌다는 겁니까. 제가 그렇게 다른 사람들이 보기에 로리콘으로 보이는 행동을 했다는 거예요? 서울에 있을 때, 그 짧은 시간 동안 나래가 내 취향을 의심하게 될 만한 행동을 내가 했다는 건가? 나는 나래의 잘못된 오해를 풀어 주기 위해서 진지하게 말했다.

"그건 랑이가 귀여워서 그런 거야. 절대로 다른 사심이 있어서 그런 게 아니라고."

만약에 랑이가 내 나이 또래로 성장한 상태라면 나는 그런 짓을 못한다. 좋아하는 여자애에게 그런 짓을 할 정도로 얼굴이 두껍지 못하니까. 랑이가 아직 꼬맹이, 그러니까 어린아이이기 때문에 가능한 일들이다. 그렇다고 오해는 하지 말았으면 좋겠다. 지금의 랑이를 좋아하지 않는다는 것은 아니다. 다만 영어로 하면 지금의 랑이는 LIKE. 랑이가 성장하게 되면…… 아니, 일단 그건 됐고.

"……화난 거야?"

나래가 슬쩍 내 눈치를 살핀다. 진지하게 말했을 뿐인데 화가 났다는 오해를 받다니. 평소의 나는 도대체 어떤 모습으로 보이는 걸까.

"아니, 별로."

"그러면 됐지, 왜 그래?"

말과는 다르게 나래가 가슴에 손을 얹고 숨을 내쉰다.

"그냥."

"됐어."

나래가 팔짱을 끼며 말했다.

"그러면 너 랑이는 그냥 동생같이 귀여워서 그런 거지?"
지금은.
"응."
고개를 끄덕이며 대답하자 나래가 화제를 돌렸다.
"그러면 너한테 하고 싶은 말이 있어."
"뭔데?"
나래는 입을 열었다가 다물고 옆으로 시선을 피했다가 얼굴을 붉히며 아랫입술을 깨물더니 고개를 흔들고 나를 똑바로 쳐다보며 말했다.
"그, 촬영하는 이야기 말이야."
나는 고개를 끄덕이며 나래의 이야기를 재촉했다.
"그, 웅녀 때문에, 그, 나하고 너하고 러브……러브하는 영상을 찍어야 되잖아."
그렇게 말하기 힘들면 꼭 러브러브라고 말하지 않아도 된다.
"응."
"그, 그러니까!"
나래가 몸을 앞으로 숙여 내게 바짝 다가왔다. 나는 최대한 고개를 숙이지 않도록 노력했지만 내 눈동자에는 별 영향력을 끼치지 못했다. 자연스럽게 내 시선은 나래의 가슴 계곡으로 향해졌다.
"너, 나한테 이걸 핑계로 이상한 짓 하면 죽을 줄 알아."
그래서 뜨끔하고 말았다.
"아, 안 합니다."
"진짜지?"

나래의 눈이 가늘어져서 나는 고개를 끄덕였다.

"저, 절대로 안 할 거니까 걱정 마세요. 하늘이 두 쪽이 나고 제가 죽는 한이 있더라도 절대로 나래 님의 손가락 하나 건들지 않을 테니까요."

세상이 부조리로 가득 차 있다는 것을 몇 번의 경험을 통해 알고는 있었지만 지금은 그 경우가 심했다. 나는 분명히 나래가 원하는 대답을 해 줬는데 왜 내가 지금 방바닥에서 고통에 휩싸여 데굴데굴거리고 있는지 그 이유를 모르겠다.

"안 하면 안 되잖아!"

"하지 말라면서요?!"

"조금은 해야 될 거 아니야?"

"저보고 어떻게 하라는 겁니까!"

나래가 잠시 말을 골랐다.

"그, 그러면 영상을 찍는 동안은 나도 랑이처럼 대해 줘."

"예?"

무슨 소리를 하시는 겁니까? 나래는 내 시선을 피하며 대답했다.

"웅녀가 보고 싶은 건 네가 나하고 랑이를 어떻게 대하는지잖아. 그러니까 네가 랑이를 생각하는 것같이 나를 생각해서, 랑이한테 하, 하는 일들을 나한테 해 주면 간단하게 해결되는 거니까. 지, 진짜로 그거야. 다른 이유는 없어."

확실히 나래의 의견에는 문제는 없다. 하지만 그건 나래의 입장에서 생각할 때. 나에게는 한 가지 문제가 있었다.

"너한테?"

그건 지금 그런 말을 하는 게 나래라는 거다.

"나한테."

랑이한테 하는 행동을 너한테도 똑같이 하라고?

"무리죠."

"왜?"

왜라니!

"랑이는 애니까 할 수 있는 일입니다."

"나도 애야."

그건 무리가 있는 발언입니다.

"어딜 봐서!"

"그러면 내가 아줌마니?!"

아줌마가 아니면 애입니까? 이 얼마나 무서운 흑백논리란 말인가!

"자라나는 청소년이지요."

"그래서 랑이한테는 할 수 있는데 나한테는 못 한다는 거야?"

……이 이야기를 왠지 어디서 들은 기억이 있다. 며칠 전의 이야기인 것 같은데 꼭 몇 달은 지난 것 같아서 잘 기억이 나지 않는다. 내가 기억을 되살리려고 하는데 나래가 날 가만히 두지 않았다.

"하고 죽을래, 안 하고 죽을래."

"왜 다 죽나요."

"내 마음이야."

방금 전까지만 해도 상냥하던 나래는 어디로 갔는지 모르겠다. 그렇다면 설득하는 방법을 바꾸자. 머리를 쓰는 거다. 아,

좋은 방법이 생각났다. 그래. 나래의 수치심을 자극해서 제 발로 물러나게 만드는 거야. 나는 죽음을 각오하고 최대한 세희의 미소를 따라 하며 말했다.

"정말 괜찮겠어?"

내 예상대로 나래가 몸을 움찔 떨며, 살짝 몸을 뒤로 뺀다.

"으, 응? 갑자기 왜 그래?"

우후후후, 계획대로다.

"내가 랑이한테 하는 짓은 손을 잡고, 뭐 그런 수준이 아니야. 허리를 끌어안는 건 기본 중의 기본. 내 허벅지 위에 앉히기도 할 거고, 밥 먹을 때는 내가 먹여 주기도, 밤에는 꼭 껴안은 채 같이 자기도 하고, 랑이한테 날 등 뒤에서 껴안으라고 시키기도 한다고. 그걸 너도 똑같이 하겠다고?"

나래가 부끄러워서 몸을 움찔움찔거린다. 나는 나래의 부끄러워하는 모습이 내 마음속의 알 수 없는 것에 불을 붙였다.

"그뿐이 아니야! 네 몸 어디에도 내가 마음대로 입을 맞출 수 있고, 알몸에 와이셔츠 하나만을 입힐 수도 있어! 엉덩이를 툭툭 두드리는 건 예삿일! 네 잘록한 허리와 배를 내 마음대로 손으로 만지고 실수를 가장해서 네 가, 가슴을 마음껏 움켜쥘 수 있다는 것을 말한다!"

여보세요. 거기 경찰서죠? 여기 변태가 있어요. 나는 객관적으로 자신이 지금 무슨 미친 짓을 하고 있는지 알면서도 입을 멈추지 않았다.

"네가 싫다고 해도 난 억지로 너를 껴안고, 볼이고 이마고 이, 입술이고 막 뽀뽀할 거다! 그뿐만이 아니야! 네 어, 엉덩이나 가, 가슴 이곳저곳을 내 욕망에 따라 마음껏 주물럭주물럭거릴 수도 있다, 이 말이야! 그래도 괜찮겠냐, 나래? 네게 그런 치욕스러운 일을 감당할 자신이 있어?!"

콰광!! 기분 탓이지만 내 뒤로 폭우가 쏟아지고 번개가 쳤다. ……나도 만화를 그만 봐야 하나. 나래는 내 성희롱 발언에 고개를 푹 숙이고 몸을 부들부들 떨었다. 그래. 화내라. 내가 너에게 이런 소리를 했다는 거에 대해 화를 내라고. 랑이에게 했던 일을 너한테 똑같이 하면서 내 이성을 갉아먹느니, 차라리 죽도록 맞는 게 낫다. 영상을 찍는 건 조금 더 수위가 가벼워도 될 테니까. 하지만 내가 나래에게 그런 짓을 하고 싶지 않다는 말도 안 되는 오해는 하지 말았으면 한다. 8년이 넘도록 한 여자만을 짝사랑한 순정파를 우습게 보지 마! 나래는 내가 좋아하는 여자아이다. 순수하게 서로가 서로를 좋아하게 된 후면 모를까 이런 일을 기회 삼아서 내 멋대로 하고 싶은 생각은 없다.

……솔직히 조금은 있지만.

아니, 있다.

그래. 솔직히 엄청 많이 있다.

"그러니까 그런 이야기는 하지 마. 지금 이 정도만 해도 충분하게……."

"하겠어."

시간이 멈췄다.

"……예?"

"하겠다고."

나래가 고개를 들었다. 나래의 눈가는 물기에 젖어 있었고, 볼에는 짙은 홍조가 들어 있었지만 그 표정만큼은 결의에 가득 차 있었다. 그리고 나는 알 수 있었다.

지금 나래는 내 성희롱이 아닌 다른 무엇으로 인해 진심으로 화가 났다는 것을.

……어라? 나 방금 뭔가 엄청나게 위험한 말을 해 버린 건가?

"저기, 잠깐……."

"성훈아."

나래는 상냥하지만 꼭 상냥하지만은 않은 미소로 입을 다물게 만들며 내게 말했다.

"알겠지? 영상을 찍을 때 꼭 랑이한테 했던 것만큼 똑같이 내게 해야 된다? 안 그러면 네 중학교 때 자필 시집을 복사해서 친구들한테 다 보여 줄 거야. 아니, 인적사항까지 같이 인터넷에 뿌려 버릴 거야."

아니, 명령했다.

"그, 그걸 왜 네가 가지고 있어?! 그거 분명히 쓰레기로 버렸는데!"

나래는 대답하지 않았다.

"알겠어, 말겠어?!"

주먹을 들어 올렸을 뿐.

"알겠습니다."

나는 눈물을 흘리며 넙죽 엎드려 나래에게 굴복했다.

나래와의 일대일 면담이 끝나고, 수학 시험을 끝마치고 나온 것같이 기운이 쫙 풀린 상태로 밖으로 나오자, 옆에서 문이 열리는 소리가 들렸다. 고개를 돌려 보니 랑이가 내 방문을 열고 나오고 있었다. 이제 일어난 거냐.

"으냐아아암……."

입을 크게 벌려 송곳니를 드러내며 늘어지게 하품을 한 랑이는,

"앗?!"

내가 옆에서 뚫어지게 쳐다보고 있다는 걸 그제야 깨닫고 입을 두 손으로 가리며 얼굴을 붉히고는 몸을 살짝 틀며 우물쭈물 말했다.

"이, 있으면 있다고 말하지 그랬느냐?"

"왜 그러냐."

"부, 부끄러워서 그러느니라. 지아비에게 부끄러운 모습을 보인 것이 무지무지 부끄럽느니라."

이제 와서 늘어지게 하품한 것 정도로 부끄러워하다니 신기하다. 너는 좀 더 다른 것에 부끄러워해라. 뭐라고 한 마디를 해 주려는데, 나를 손으로 퍽 밀고 나온 나래에게 말문이 막혀 버렸다.

"오랜만이야, 랑이야."

"어?"

랑이의 입장에서는 그야말로 갑자기 없던 사람이 툭 튀어나온 것이었기에 잠시 멍하니 나래를 올려다보며 물음표를 만들다가,

"으냐앗?!"

전기가 오른 것같이 꼬리와 몸을 쫙 펴며 깜짝 놀란다. 조금 남아 있던 잠기운이 사라진 듯 총기 어린 눈동자가 귀엽게 보인다.

"그동안 잘 있었어?"

"으, 응."

랑이는 어색하게 고개를 끄덕였다.

어린이공원에서 그 일이 있은 후의 첫 대면이다. 이유야 어찌되었건 랑이는 나래에게 상처를 줬다. 그것이 마음에 남아 있는 것 같은 눈치다. 하지만 나래는, 내가 좋아하는 소꿉친구는 그런 것을 마음에 둘 아이가 아니었다.

"왜 그렇게 울상이야? 귀여운 얼굴이 보기 안 좋잖아? 여자애는 그런 얼굴 하는 거 아니야."

어려워하는 랑이의 앞에 주저앉아 눈높이를 맞추고 볼을 손으로 쓰다듬어 준다. 방금 전 내 앞에서 보여 줬던 무서웠던 모습은 어디로 갔는지 모르겠다. 어머니, 저는 여자가 무서워졌어요. 아니, 말할 상대가 잘못됐군. 어머니는 원래 무서우니까. 아버지, 저는 여자가 무서워졌어요. 저 하늘의 별이 된 아버지께서 아들아, 나도 무섭단다, 라고 말한 기분이 들었다.

랑이는 나래의 손을 피하지 않고 받아 주었다. 랑이의 볼이 이리저리 변하는 게 귀여운지 나래가 볼을 아프지 않게 꼬집

으면서 흔든다.

"그때 일은 신경 안 쓰니까 랑이도 신경 쓰지 마. 알겠지?"

"하지만 나는 네게 나쁜 짓을……."

"떽."

손가락으로 랑이의 볼을 튕긴다. 띠용띠용 하고 랑이의 볼이 탄력 있게 흔들린다.

"어린애는 그런 거 마음에 두는 거 아니야. 그러면서 크는 거니까."

그러면서 슬쩍 나를 쳐다보니까 뜨끔했다. 옛날 일을 생각나게 만드네. 하지만, 야. 그건 너도 마찬가지잖아. 그러니까 그런 눈으로 보지 마.

"으, 응. 알겠느니라. 그때는 미안했느니라."

"착한 아이네. 누구하곤 다르게."

그만하시라니까요.

나래는 몸을 일으켜서 랑이의 머리를 쓰다듬었다. 랑이는 기분 좋게 웃으며 그 손길에 몸을 맡긴다. 아, 정말 보기 좋은 훈훈한 광경이다.

"그럼 랑이는 저녁 먹었어?"

"아직 안 먹었느니라. 그래서 배가 꼬르륵거리는 소리에 일어났느니라."

의식주에서 먹는 게 가장 중요한 녀석이군.

"그럼 같이 가자."

나래가 손을 내밀자 랑이가 그 손을 잡았다. 그리고 남은 빈 손을 내게 내밀었다. 뭐야, 나보고 잡으라는 거야? 아직 날도 더운데 내가 왜 네 손을 잡아 줘야 하냐?

"……."

"……잡겠습니다."

나래 앞에서 나는 왜 이리 작아지는가.

세희가 차려 준 저녁을 먹고 소파에 앉아서 느긋하게 TV를 본다. 랑이는 배가 부르자 또 졸리는지 소파 위에 몸을 눕히고 내 무릎을 벤 채 잠에 빠져 들었다. 치이를 살리는 일이 랑이에게 얼마나 힘든 일이었는지 오늘 하루 종일 잠만 자는 랑이를 보니까 알 것 같다. 랑이가 기운을 차리면 내 나름대로 보답을 해 줘야겠다. 착한 일을 했으니까 상을 주는 거지, 별다른 의미가 있는 건 아니야. 잠들어 있는 랑이의 모습이 너무 천사 같아서 그런 게 아니다. 응.

"랑이는 또 잠들었어?"

옷을 갈아입으러 방에서 나갔던 나래가 언제 왔는지 내 쪽으로 오며 말을 걸었다. 소파는 랑이가 독점하고 있어서 자연스럽게 나래는 내 다리 옆, 바닥에 앉았다. 나래를 보면 자연스럽게 시선이 아래로 내려가게 되는데 이게 또 나를 시험에 빠져들게 만든다. 예전에 집에서 입던 탱크톱에 핫팬츠로 갈아입어서 가슴의 윗부분이 드러난단 말이야. 자세히 보면 그 아래까지 볼 수 있을 거라는 악마의 유혹이 들려온다. 하지만 내가 누구냐. 나는 젠틀맨의 굳은 의지로 시선이 특정 부분 이하로 내려가지 않도록 선을 그었다.

"……보고 싶어?"
그 전에 들켜서 문제지만.
"……보면 죽겠죠?"
"잘 알고 있네."
"시선 돌리겠습니다."
나는 고개를 휙 위로 돌렸다. 나래가 쿡 하고 웃는다.
"무슨 일 있었어? 랑이가 많이 피곤한 것 같던데."
"좀 무리를 했거든. 아, 걱정할 건 없어. 하루 푹 쉬면 괜찮다고 세희가 말했으니까."
나래가 입을 쭉 내민다.
"그런 애가 뭐 믿을 만하다고 그래?"
"적어도 랑이에 대해서는 거짓말을 안 하니까."
나도 그 귀신은 못 믿는다. 무슨 꿍꿍이를 가지고 있는지 감이 안 잡힌다고.
"그러면 나중에 짐 정리 좀 도와줘."
그러고 보니 그 짐들에 대해 할 말이 있었다.
"무슨 짐을 그렇게 많이 가지고 왔어?"
마치 여기서 살 수 있을 정도로 짐의 양이 많았다. 혹시나 저번같이……. 내 생각을 눈치챘는지 나래가 고개를 휙 돌리며 말했다.
"여자애는 원래 짐이 많은 법이야."
"그래도 너무 많은데요."
"그래서? 불만 있어?"
나는 입을 다물었다. 말 한 마디면 내 목숨이 날아갈 지경이다. 더 이상 깊게 따지고 들어가는 건 그만두자.

"됐어. 난 짐정리 하러 갈 거니까 넌 그냥 랑이나 재우고 있어."

꼭 이 자리를 피하려고 하는 말 같다. 혹시 내 말에 기분이 상했나? 나는 상황파악을 위해 고개를 돌려 나래를 보았다. 나래가 몸을 일으켜 세운다. 자연스럽게 내 시선이 가슴에서 나래의 홀쭉한 허리로 옮겨진다. 랑이처럼 통통한 배가 아닌, 여성의 매혹적인 허리는 절묘하게 이어진 라인으로도 남자의 마음을 두근 하고 뛰게 만들지만 더 무서운 것은 그 위치다. 허리의 위치는 남자의 망상력을 총동원시키는 매력이 있다. 봐라. 일단 위로 올라가면 남자의 꿈이 가득한 풍만한 가슴의 아랫부분이 보이고 아래로 내려가면…….

"일단 맞아."

나래의 주먹이 보인다.

"아픕니다!"

"너 요즘 들어서 너무 음흉해졌어. 어딜 보는 거야, 어딜?"

나래가 두 손으로 배꼽을 가리며 노려본다. 나는 고개를 숙였다. 곤히 잠들어 있는 랑이의 얼굴을 보니 '내가 지금 무슨 생각을 했지?' 라는 생각이 들었다.

"그렇다고 나 없는 사이에 랑이한테 이상한 짓 하면 죽을 줄 알아."

그런 시선이 아니었습니다, 나래 님.

"……내가 뭘 어쨌다고."

"내 가슴을 뭘 어쩐다고 했더라?"

그 이야기를 갑자기 왜 꺼내시는 겁니까?! 얼굴에 피가 몰려서 말없이 고개를 돌리자 나래도 자기가 한 말이 얼마나 위험한 말인지 깨달았는지,

"돼, 됐어. 난 가 볼 거니까!"

양 볼을 새빨갛게 물들이며 도망치듯 방에서 나갔다. 자기도 부끄러워할 농담은 하지 말아 주세요. ……뭐, 가끔씩 깜빡하는 나래의 모습도 귀여우니까 상관없지만.

"도련님, 잠시 드릴 말씀이 있습니다."

나래의 귀여움으로 여운에 잠기고 싶었는데 넌 왜 갑자기 튀어나온 거냐. 여느 때와 같이 내 앞에 나타난 세희를 보자마자 나래의 귀여운 모습을 떠올릴 수 없게 된 건, 내가 이 귀신을 얼마나 껄끄럽게 생각하고 있는지에 대한 반증일 것이다.

"……실례되는 생각을 하고 계시는 것 같군요."

"정답입니다. 상품으로 무엇을 드릴까요?"

"어느새 그리 능글맞아지셨습니까?"

"누구 때문일까?"

세희가 짐짓 모르겠다는 듯 고민에 잠긴 듯한 표정으로 고개를 삐딱하게 꺾으며 말했다.

"저 때문입니다."

이것이 진정한 언행불일치가 아닐까.

"능글맞아진 재수 없는 도련님."

"마음대로 불러라. 그래서 한 말이 뭐야?"

세희는 평소와 다름없는 무미건조한 목소리로 말했다.

"제게 세뇌를 당하시지 않겠습니까?"

내가 아무 말 없이 무시무시한 눈으로 노려보자, 세희는 무표정한 얼굴로 자신의 머리에 자기 손으로 꿀밤을 먹이며 혀를 내밀고 귀여운 척을 했다. 나를 놀리기 위해서라면 평소에 하지 않을 짓까지 하는 세희가 이제는 존경스럽게까지 느껴진다.

"앗, 말실수를 했군요. 죄송합니다, 도련님. 최면을 가장한 세뇌를 당하시지 않겠습니까."

도대체 뭐가 다른 거냐. 아니, 자신의 본심을 숨긴 게 다르구나.

"너 제정신이냐."

"질문에 질문으로 대답하는 버릇은 좋지 않습니다, 도련님."

"네 말이 너무 뜬금없어서 그런 거다. 무슨 소리야? 세뇌라니, 너 그런 것도 할 줄 아냐?"

"5천 년 가까이 살아온 귀신을 너무 우습게 보시는 것 아닙니까?"

세희가 의미심장한 미소를 짓는다. 그런데, 지금 네가 한 말은 틀렸다. 난 단 한 번도 널 우습게 본 적이 없어.

"그러면 이유나 들어 보자."

방금 한 말이 어이는 없지만, 세희가 아무리 나한테 화가 났다고 해도 이유 없이 이런 말을 할 녀석이 아니라는 건 알고 있다. 지금 생각해 보면 랑이가 내 곁을 잠시 떠났던 날. 세희가 그렇게 화를 냈던 것도 내가 랑이에게 갈 결심을 하도록 연기를 했다는 생각이 들 정도니까. 이번에도 뭔가 이유가 있겠지. 내 생각대로 세희는 조용히 자신이 그런 말을 한 이유를 밝혔다.

"도련님을 저의 꼭두각시로 만들어서 이번 일을 제 마음대로 끝내는 것이 가장 편하기 때문입니다. 도련님께서 주인님과 나래 님을 범하도록 만드는 것이 가장 좋겠군요."

나는 눈이 뒤집혀서 소파 앞에 있는 탁자를 두 손으로 잡고 힘차게 뒤집었다. 탁자가 공중에 붕 떠서 빙글 돈다. 세희는 놀라지도 않고 솜씨 좋게 공중에서 뒤집어진 탁자를 반 바퀴 다시 돌려 원래대로 내려놓았다.

"도심에서만 살아온 청소년에게 시골에서의 생활이 어떠한 폭력적인 영향을 줄 수 있는지 알아볼 수 있는 좋은 행동이었습니다."

진정하자. 진정해. 화내면 지는 거다.

"네 곁에서 하루만 있으면 성인군자라도 입에서 욕설이 튀어나올걸."

"농담은 그만하시죠. 저는 진지하게 말씀드린 겁니다."

그렇다면 더 질이 나쁘다.

"농담은 네가 먼저 시작했잖아! 더 할 말 없으면 난 간다."

무릎 위에서 잠들고 있는 랑이를 깨울 수는 없으니까 품에 안고 자리에서 일어나려고 했지만 세희가 내 어깨를 눌러 강제로 앉혔다. 이 녀석이 이제는 말로도 모자라서 힘까지 쓸 생각인가? 나는 고개를 돌려 세희에게 한 마디 해 주려고 했지만 어느새 진지해진 세희의 모습에 입을 다물었다.

"농담이 아니라고 말씀드렸습니다."

나는 세희가 진심이라는 것을 알 수 있었다. 그렇다면 도대체 무슨 생각으로 그런 말을 했는지 내 머리로는 상상도 못하겠으니 일단 이야기를 들어 보자. 침묵으로 이야기를 재촉하자, 세희가 이내 입을 열었다.

"내일 하루 동안 도련님을 제 뜻대로 조종해서 일을 처리하는 것이 가장 좋은 방법이기에 말씀드리는 겁니다."

"그런 말을 해도 되는 거냐?"

"도련님을 믿으니까요."

하느님 맙소사.

"나 방금 너하고 제일 안 어울리는 말을 들은 것 같은데."

"가끔 이렇게 평소와 다른 모습을 보여야 인기가 올라가지 않습니까? 이런 걸 이쪽 용어로 갭 모에라고 합니다."

누구한테 인기를 끌 생각이냐. 그리고 갭 모에는 뭐야? 이쪽 용어라고 했으니 요술의 이름이냐? 그런 어찌되어도 좋을 건 그렇다 치자.

"그래서 무슨 일을 하려고?"

"주인님과 도련님, 그리고 나래 님의 3P영상을 찍는 것입니다."

아까 전에 한 말과 뭐가 다른 거야.

"그런 말을 진지하게 할 수 있는 네가 정말 신기하다."

"도련님의 성적 판타지를 충족시키기 위해 일부러 그런 저속한 단어를 입에 담은 것뿐입니다. 원하신다면 좀 더 우아한 단어를 사용할 수도 있습니다."

하지 마.

"뭐가 문제인데 그래?"

"도련님께서는 영상을 찍는 걸 의식하지 않고 두 분께 애정 행각을 벌이실 자신이 없으실 것 같아서 그렇습니다."

……읏?! 생각지도 못한 말에 가슴이 뜨끔하다. 세희의 말은 내가 생각하지 못하고 있던 핵심을 찌르고 있었다.

나는 연극부가 아니다. 만약, 세희가 재주 좋게 내 시야에서 안 보이게 영상을 찍어도 촬영을 한다는 사실이 신경이 쓰여서 나도 모르게 몸이 딱딱해지고 얼굴이 굳거나 말투가 어색해질 거다.

"사실 그것과는 다른 문제도 있습니다만."

"응? 뭐라고?"

너 뭐라고 했냐? 목소리가 너무 작아서 제대로 듣지 못했는데.

"이럴 때의 혼잣말은 넘어가 주는 것이 예의입니다."

어디의 예의가 그 따위야.

"알았다. 그런데 내가 조금 어색해 보여도 그 정도는 봐주지 않을까?"

"웅녀를 너무 우습게 보시는군요."

세희는 가차 없었다.

"웅녀가 만약 그런 성격이었다면, 제가 지금까지 이런 고생을 하고 있을 리가 없지요."

할 말이 없습니다.

"……그래서?"

"제가 도련님께서 영상을 촬영한다는 것을 의식하지 않도록 간단히 도련님을 세뇌를 하겠다는 겁니다."

다시 원래의 이야기로 돌아왔다.

“나래나 랑이는 어쩌려고?”

“웅녀가 보고 싶은 것은 도련님이지 주인님과 나래 님이 아닙니다.”

나는 요괴들에게만 인기인이군.

“그래도 세뇌는 조금 그렇지 않냐?”

“도련님을 괴롭히기 위해서 일부러 세뇌라는 단어를 말한 것입니다.”

술을 마실 수 있는 나이라면 세희와 대작을 하면서 딱 터놓고 도대체 나한테 뭐가 불만인지 묻고 싶다.

“그리고 도련님께서 해 보신 성인용 게임에서 나오는 그런 세뇌는 아니니까 걱정하지 않으셔도 됩니다.”

무, 무슨 소리를 하는 거야?!

“나, 나는 그런 생각 안 했어!”

애초에 그런 게임은 친구가 빌려 줘서 몇 번 해 본 게 다란 말이다!

“그래도 그쪽 지식은 가지고 있으시군요. 취향 나쁘신 도련님.”

고개를 숙인다. 나도 모르게 알고 있다는 걸 인정했으니까 할 말이 없다.

“그럼 다르게 말씀드리죠. 제가 하려는 것은 단순한 요술입니다.”

요술이라는 단어에는 정말 방대한 의미가 있는 것 같다. 그렇지만 나는 입을 다물고 세희의 말을 기다렸다.

"도련님께서 영상을 촬영하는 것을 의식하지 않고 결국에는 자신의 마음에 솔직해지는 요술을 걸 생각입니다."

세희가 그렇다고 한다면 그런 거겠지. 사실을 숨기기거나 에둘러 말하기는 해도 거짓말은 안 하는 것 같으니까.

"그 말은 평소의 내가 가식덩어리라는 것같이 들린다?"

나처럼 솔직한 사람이 어디 있다고.

"주인님께 손을 대지 않기 위해 스스로 걸어 놓으신 자기 세뇌를 인식하실 수 있으실 정도로 위대하신 분이었다면 제가 지금까지 이 고생을 하고 있지는 않겠죠."

"무슨 헛소리야."

세희는 대답을 하는 대신 나를 도발했다.

"도련님께서 마음에 걸리시는 것이 없다면 제가 요술을 건다 해도 아무런 문제가 없을 겁니다. 말씀드렸다시피, 저는 단순히 도련님께서 영상 촬영을 의식하지 않고 자신의 마음에 솔직해지도록 만드는 요술을 걸면서, 겸사겸사 **맛이 간 도련님의 정신을 고쳐 보려는** 것뿐이니까요."

대놓고 내가 정신이 나갔다고 말하는구나. 이런 **농담**은 받아 줘야겠지. 무엇보다 촬영을 의식하지 않게 해 준다는 것은 나에게도 필요한 일이니까.

"좋아. 마음대로 해."

"그 말을 기다리고 있었습니다, 도련님."

세희의 말에 나는 내가 지금 말실수를 한 게 아닐까 하는 생각이 들었다. 하지만 어쩌겠냐. 이게 다 랑이를 위해서인데.

그렇게 해서 나는 세희에게 요술을 빙자한 세뇌, 혹은 최면을 당하게 되었다. 세희는 TV에서 본 것처럼 불로 시선을 끌거나, 숫자를 세도록 하는 짓은 시키지 않았다. 세희는 그저 내 눈을 똑바로 바라보며 이렇게 말한 것이 전부였다.

"Open your mind & Eros."

잠시 동안 침묵이 우리 둘 사이에 흘렀다. 나는 그 어색한 침묵을 견디지 못하고 세희에게 물어보았다.

"……끝이냐?"

"끝입니다."

"간단하네."

"요술이니까요."

공포의 대마왕이 지구를 멸망시키려고 해도 너라면 '호이!'라는 한 마디로 세계를 구할 수 있을 것 같다. 어찌되었건 내게 요술을 가장한 세뇌를 거는 것으로 세희가 찾아온 용무는 얼추 끝난 것 같다. 그러면 나도 세희에게 한 가지 부탁을 해볼까. 혼자서 짐을 정리하러 간 나래가 신경 쓰이니까 말이야.

"그런데 너 지금부터 할 일 있어? 부탁할 게 있는데."

"주인님께서 잠드시고 나래 님께서 자리를 비운 지금 상황에서 제게 부탁하실 것은……."

"랑이를 여기서 제대로 재워 달라는 건전한 부탁입니다. 난 나래가 짐 정리하는 것 좀 도와주게."

세희가 낮게 혀를 차고 말했다.

"짐 정리를 핑계로 삼아 나래 님과 애정행각을 벌일 생각이시군요. 벌써부터 효과가 있을 줄은 몰랐습니다."

나는 세희의 농담에 아무런 대꾸도 하지 않기로 했다. 그래

봤자 더 놀림받을 테니까.

"아, 그리고 랑이가 내일 일어나면 네가 이 일에 대해서 잘 설명해 줘. 그런 건 네가 잘할 것 같으니까."

"너무 유능한 것도 문제가 있군요."

나는 대답 대신 랑이의 머리를 조심스럽게 두 손으로 들고 살짝 자리를 빠져나왔다. 세희는 자연스럽게 내 대신 그곳에 앉았다. 평소라면 랑이가 깰 수도 있었을 텐데 깊은 잠에 빠져 있는 걸 보니 다시 걱정이 되었다. 나는 랑이의 볼을 간질이는 머리카락을 옆으로 넘겨 주며 말했다.

"그런데 랑이는 진짜 괜찮은 거야?"

"죽은 요괴를 살리는 일이 쉽다고 생각하시는 건 아니시겠지요."

내가 원한 대답은 그게 아니다. 세희가 미소 지었다.

"괜찮습니다. **전에** 그리 했던 것처럼, 내일은 평소와 같은 주인님으로 돌아오실 테니까요. 그러니까 도련님께서도 주인님이 놀아 주지 않는다고 외로워진 강아지처럼 낑낑대지 마시죠. 보는 쪽이 안쓰러워집니다."

나는 속을 들킨 것 같아서 붉어지려는 얼굴을 숨기기 위해 재빠르게 방에서 도망쳐 나갔다.

나래의 짐은 많았지만 내가 도와줄 수 있는 것은 별것 없었다. 하는 거라곤 나래가 가지고 온 커피 제조기와 원두를 부엌에 갖다 놓든가, 짐을 꺼낸 가방을 창고에 집어넣는 것 정도? 나래는 내가 이곳에 있는 게 방해가 될 정도라고 생각될 정도로 혼자서 척척 옷과 짐들을 정리해 갔다. 다만 방구석에 있는 작은 가방은 풀지 않았다. 저 가방 안에 있는 것이 뭔지는 저번의 경험을 통해 알고 있기 때문에 그걸 화제로 삼는 바보짓은 하지 않았다.

"그런데 여기에 콘센트는 없어? 찾아봤는데 안 보이네?"

짐을 정리하던 나래가 휴대폰 충전기의 꼬리를 좌우로 흔들며 물어왔다. 콘센트라. 여기에 콘센트가 있었나? 형광등도 있고 TV도 컴퓨터도 놓을 수 있는 걸 보면 있을 것 같은데 왜 난 지금까지 본 기억이 없지?

"잠깐만, 나도 찾아볼게."

"……너희 집인데 그런 것도 몰라?"

나래가 한심해하는 눈초리에 나는 변명을 하려고 했다. 하지만 그 전에,

"도와드릴 게 생긴 것 같군요."

"꺅!"

나래가 새된 비명을 지르며 내게 달라붙었다. 나, 나래야! 가, 가슴! 가슴이 팔뚝에! 아니, 팔뚝이 가슴 사이에 파묻혔습니다!

야, 인마, 세희야! 정말 고맙다!

"왜 그러십니까, 나래 님?"

나래는 뻣뻣하게 굳어 있는 내게서 떨어질 생각을 안 하고, 오히려 더 꽉 달라붙으며 세희에게 소리쳤다.

"까, 깜짝 놀랐잖아, 너! 어디서 나타난 거야?!"

그런 말은 안 하는 게 좋을 텐데.

"귀신이라서 말이죠."

봐라. 세희는 방금 전까지만 해도 나와 나래의 앞에 있다가 지금은 뒤에서 말을 걸어왔다. 나래가 다시 화들짝 놀라며 몸을 돌렸다. 괴력을 발휘하는 두 팔로 잡혀 있는 나도 우아하게 한 바퀴 턴을 선사해야만 했다. 공중에 붕 떠서.

"그런 거 하지 마!"

제가 하고 싶은 말입니다.

"노력해 보겠습니다."

안 한다는 말은 아니죠.

"그보다, 무엇을 찾으셨습니까?"

그보다 내가 궁금한 건 이 녀석이 랑이를 어떻게 했는지에 대한 것이다. 랑이는 혼자서 자게 하면 막 투정 부릴 것 같은데 말이야. 그건 일단 나중에 물어보기로 하고 지금은 당황해하고 있는 나래 대신에, 세희의 이런 일이 조금이라도 더 익숙한 내가 대신 상황을 정리하자.

"아, 전기 콘센트가 안 보여서 찾고 있었어."

"저기 있지 않습니까?"

세희가 내 뒤쪽을 가리켰다. 뒤를 돌아보자 벽에 220V 콘센트가 있었다. 이상하다. 내 기억에는 저런 곳에 콘센트가 없었는데. 잘 살펴보니, 마치 방금 전에 만든 것처럼 새것같이 반짝반짝거린다.

"……야."

"궁금하신 것이라도 있으십니까?"

"방금 전에 네가 만든 거 아니야? 내가 보기에는 그런 것 같은데?"

"기분 탓입니다."

"아니……."

"기분 탓입니다."

"예, 기분 탓입니다."

기분 탓인가 보다. 말을 말자. 따지지를 말자. 그래 봤자 결국 내 손해다.

"그런데 왜 왔어?"

세희가 찾아오는 경우는 보통 무슨 용건이 있는 경우가 대다수다. 역시나 이번에도 다를 건 없었다.

"좋은 생각이 나서 실례를 무릅쓰고 찾아왔습니다."

"무슨 소리야?"

전혀 감도 못 잡고 있는 나와는 다르게 나래는 눈썹을 꿈틀거리면서 세희에게 쏘아붙였다.

"우리 둘이 같이 방에 있으니까 뭐라도 할 줄 알아서 온 게 아니라?"

머릿속에서 천사와 악마가 대화를 나눈다. 방 안에서 단둘이 뭘 할까? 단순한 짐 정리요. 야한 짓이 아니라? 나래가 그런 생각을 할 리 없어요!

"다음부터 참고하겠습니다."

"지금 비꼰 거 몰라?"

"이런, 그렇게 수준 낮게 비꼴 수 있다는 것은 상상도 못했습니다. 죄송합니다, 나래 님."

"귀신은 모두 너처럼 음험한가 봐?"

아아, 그야말로 용과 호랑이의 싸움. 정확히 말하면 귀신과 곰의 싸움이겠지만, 어찌되었건 내가 끼어들 수 없다는 것은 확실하다. 그러니까 일단 내 팔 좀 놓아주시고 싸우면 안 될까요. 팔에서 느껴지는 감촉이 너무 황홀해서 몸의 일부분이 상당히 곤란해지려고 하는데. 이대로 있으면 몸을 부자연스럽게 앞으로 숙이거나, 주저앉아서 한쪽 무릎을 세워야 될 것 같단 말이야.

"음험하기로는 곰의 일족을 따라갈 수가 없지요. 지금도 보란 듯이 제 앞에서 어른의 단계를 밟아 가고 있지 않습니까?"

"어른의 단계라니……."

나래는 말을 하다가 세희의 시선을 눈치채고 아래를 보았다. 자신의 가슴에 푹 파묻힌 팔이 있었다. 옆을 보았다. 어색하게 몸을 굽히고 있는 내가 있었다. 나는 최대한 자연스러운 미소를 지으려고 노력하며 말했다.

"이제 좀 놓아주면 안 될까?"

놓아준다와 던진다가 같은 뜻은 아닐 텐데. 나는 나래에게 던져져서 벽에 부딪혔다. 등짝! 내 등짝!! 성할 날이 없다는 불만이 몸 쪽에서 폭주하지만 사람은 이성을 가진 동물이다. 나는 입을 다물고 꾸욱 참았다. 누가 뭐래도 가슴을 두 팔로 가리고 부끄러워하는 나래가 귀여웠으니까.

"미, 미안! 그, 그, 그래도 이건 깜짝 놀라서 그런 거야! 알지?!"

모르면 때려서라도 알게 만들 것 같은 패왕의 기백이었지만, 지금은 정말로 부끄러워서 그런 말을 한다는 걸 모를 내가 아니다.

"세희야. 다음에도 부탁한다."

그래서 나는 장난을 치고 말았다. 그게 내 저승행 열차의 기차표인 줄도 모르고.

"이-잇!!"

약이 올랐는지, 나래가 가슴을 가리던 팔을 내리고 성큼성큼 다가와서 옆에 있는 베개를 들고 나를 두들겨 팼다. 베개로 맞아 본 사람들은 알겠지만, 아프다. 제대로 맞으면 베개로 때려도 정말 아프다.

"이 바보! 변태! 뭐가 다음에도 부탁해야?!"

말 한 마디에 사람 하나 잡는 건 순간이죠. 나래의 일방적인 폭력에 돼지 멱따는 비명을 지르는 내가 보기 힘들었는지, 세희가 나래를 말렸다.

"나래 님. 그러다가 도련님께서 피학적인 성적 취향에 눈을 뜰 수도 있습니다."

내가 바둑이냐?! 거기다 나래가 직접 손이나 발로 때리는 것도 아닌데 눈을 뜨겠어?

……아니, 그럴 경우에도 뜰 눈은 없다.

"그럴 거면 옛날에 그랬겠지!"

나래도 그렇게 생각하나 보다.

"그래서 그렇군요."

"아니거든?! 아, 그리고. 세희, 너. 예전부터 말하고 싶었는데 멋대로 성훈이를 그런 식으로 몰고 가지 말아 줄래? 로리콘이니 뭐니 하는 거 은근히 짜증나니까! 성훈이는 그런 애 아니야!"

오! 나래의 말에 정신이 번쩍 든다. 방금 전까지 맞고 있어서 그런 것도, 지금은 베개를 손에서 내려놓았다는 것에 기뻐서도 아니다. 나래가 솔직하게 내 편을 들어 주었다는 것에 감격해서 그렇다!

"이 애 취향은 내가 더 잘 알아! 성훈이는 나같이 가슴이 큰 여자를 좋아하는 변태라고! 아, 아니! 가슴만 크면 다 좋아하는 변태야! 겉만 이렇게 번지르르하지, 속은 완전히 밝히는 중년 아저씨라고!"

내 감격 물어내. 나는 마음에 깊은 상처를 입고 엉금엉금 기어서 방구석에 처박혀서 무릎을 끌어안고 머리를 묻었다. 내가가슴 큰 여자를 좋아하게 된 이유가 자신에게 있다는 것을 알고나 하는 말일까.

모르겠지. 후후후. 팔 년간 간직했던 내 순정이 이렇게 여겨지는구나. 하하하하하.

"……너 갑자기 왜 그래?"

현실 도피를 하고 있는 내게 나래가 다가와 쭈그려 앉았다. 나는 고개를 들었다. 쭈그려 앉아 무릎에 의해 부각되는 나래의 가슴골에 시선이 제일 먼저 가고, 그다음에 나를 걱정하는 나래의 얼굴에 간다.

그래, 난 이런 녀석이었어. 가슴만 크면 아무나 좋다 이 말이다! 그래! 난 밝히는 중년 아저씨다! 그 말을 증명하기 위해서 나는 손을 들어 나래의 가슴을 움켜쥐고 조물락조물락거렸다

그럴 리가 있나. 바보 같은 생각은 그만하자. 나래가 진짜로 걱정한다.

"아니, 그냥. 마음의 위안을 찾고 있었어."

나래가 일어나서 허리에 손을 올리며 한숨을 쉬었다.

"휴우. 너 요즘에 이상한 소리를 할 때가 많이 늘었어."

"그야 요즘에 이상한 일만 생겼으니까."

"그 이상한 일이 방금 전까지만 해도 방구석에서 일어나고 있었습니다, 도련님."

네가 나래 방에 들어온 게 가장 이상한 일이다.

"농담은 그만하고. 너 왜 온 거야? 진짜 그런 이유는 아니잖아?"

"개구리에서 도마뱀으로 격상시켜 드리겠습니다, 도련님"

그게 그거 아닌가. 어느 쪽이 진화론에서 우위에 있는지 모르겠네. 생물시간에 공부를 좀 더 해 둘 걸 그랬다.

"성훈이는 도마뱀보다는 개가 어울리지 않을까?"

"시골에 가면 자주 볼 수 있는 똥개 말이군요. 도련님이 사실 바둑이의 아들이었다는 충격적인 출생의 비밀이 이렇게 밝혀지는군요."

이런 집안에서 바둑이가 그렇게 해맑게 자란 것이 이해가 되지 않는다. 지금 중요한 것은 그게 아니지만.

"멋대로 이야기를 삼천포로 끌고 가지 마."

이제 그만 쉬고 싶으니까. 방 정리가 끝나면 내 방으로 가서 좀 자고 싶다. 어제의 피로가 아직 다 안 풀린 것도 있고, 오늘도 만만치 않게 피곤했으니까.

"그러면 이것을 읽어 주시지 않겠습니까?"

세희가 소매 안쪽에서 책 한 권을 꺼내서 내게 건네주었다.

이게 목적이었냐? 며칠 전에 받은 은혜 갚은 까치에 대한 기억이 되살아난다. 이번에 건네준 책의 표지에는 **나와 호랑이님**이라는 글자와, 랑이가 생기발랄한 포즈로 있는 그림이 그려져 있었다. 뒤표지에는 저자 강세희, 씨앗 출판사, 정가 6,800원이라고 한글로 써 있다.

"이건 뭐야."

"소설책입니다."

물어볼 게 생겼다.

"내가 전에 부탁한 백과사전은?"

"집필 중에 있습니다."

나오긴 나온다는 거지.

"일단 두 분이서 읽어 보시죠."

"책은 한 권인데?"

"시간적 여유가 없어서 한 권밖에 적지 못했습니다. 수작업이라서 말이죠."

도대체 이런 걸 할 시간이 어디서 나는 거야?

"그럼 난 나중에 읽으면 되겠네."

"같이 읽으시길 바랍니다. 그 모습을 찍는 것도 괜찮을 것 같으니까요."

"꼭 지금 해야 돼?"

"꼭 지금 해야 합니다. 그리 시간이 넉넉한 건 아니지 않습니까, 나래 님?"

알 수 없는 세희의 말에 나래가 한숨을 쉬며 말했다.

"……어쩔 수 없네."

우앗? 갑자기 나래가 바짝 다가왔다. 나래에게서 희미하면서 달콤한 향기가 난다. 그뿐일까. 팔에 닿는 나래의 부드러운 가슴에 정신을 유지하기 힘들다. 이, 이 상태로 어떻게 읽으라는 거야? 조금만 팔을 움직이면 흔들릴 것 같은데 실수를 가장해서 해 볼까?

"이, 이상한 생각하면 죽어."

전 죽어야 되겠군요. 나래가 얼굴을 붉히면서도 좀 더 내 쪽으로 달라붙는다. 왜 이러냐고 묻고 싶었지만 나래가 눈으로 말하는 것을 눈치챘다.

세희가 벌써 찍고 있잖아, 바보야.

시선을 위로 올리자 세희가 어느새 스마트 폰을 들고 입꼬리를 올리고 있었다. 농담인 줄 알았는데 진짜였어? 그러면 어쩔 수 없네. 이 상황을 남자답게 헤쳐 나갈 수밖에!

……무리였습니다.

"저, 저기 그래도 조금만 옆으로 떨어져 주시면 안 되겠습니까?"

"그, 그러면 안 보이잖아!"

"그, 그래도 말이죠!"

가슴 닿는다고요!

"뭐 불만 있어?"

나도 알고 있어! 죽을래, 그냥 볼래?!

"어, 없습니다!"

나는 어쩔 수 없이 그 상태로 책을 읽기로 했다.

세희는 소설책이라고 말했지만, 안에 적힌 것은 오히려 대본집 같은 거였다. 나는 글을 읽어 보았다.

S#1. 안방의 소파 위.

성훈과 나래가 나란히 소파 위에 앉아서 TV를 보고 있는 모습. TV에서는 연인들의 베드신과 함께 농밀한 음악이 나온다. TV를 잠시 동안 보고 있던 성훈이 아무 말 없이 나래의 허리를 끌어안는다.

나래 : 서, 성훈아? 왜 그래?

성훈 : 하고 싶어서.

나래 : 그, 그래도 그렇지. 아직 한낮이잖아. 밤까지 참아.

성훈 : 그게 뭐 어때서?

성훈은 손을 당겨서 허벅지 위에 나래를 앉힌다. 성훈은 풍만한 감촉에 만족감을 느끼고 미소를 지으며 부끄러워 어찌할 줄을 모르는 나래의 몸을 뒤로 젖혀 손으로 지탱한 뒤 속삭인다.

성훈 : 싫어?

나래 : (고개를 숙이며) 싫은 건 아니지만, 그래도…… (고개를 돌려 마루와 이어진 문을 바라보며) 랑이가 언제 올지도 모르고.

성훈, 나래의 귀를 살짝 깨문다. 나래, 낮은 신음성을 흘린다.

성훈 : 그러면 더 좋지 않아? 중간부터는 **셋이서 같이 즐기**

면 되잖아.

나래 : (주위를 둘러보며) 벼, 변태.

나래, 고개를 숙여 성훈의 허벅지 쪽을 바라본다.

나래 : 그, 그런데 아까부터 뭔가 엉덩이에 계속 닿는데.

성훈 : 뭔지 몰라서 그래? 이미 몇 번이나 봤으면서.

나래 : 모, 몰라. 이 바보야.

성훈, 나래의 턱을 잡아 자신 쪽을 보도록 한다.

성훈 : 그러면 다시 확인해 볼래?

성훈, 아무 말도 못하고 있는 나래의 손을 잡아 아래로 이끈다. 나래, 싫은 듯 앙탈 부리며 손을 뺀다.

나래 : (고개를 가로저으며) 지, 지금은 싫어. 밤에 하자. 응?

성훈 : 그래? 그러면 어쩔 수 없네.

성훈, 나래의 허리를 안아 옆에 내려놓으며 자리에서 일어난다. 나래, 당황하며 성훈을 올려다본다.

나래 : ……어?

성훈 : 싫다는 데 어떻게 해? 뭐, 랑이한테 가야지. (시선을

문 쪽으로 향하며) 랑이는 내가 뭘 시키든지 잘 해 주니까. 언제, 어디서든 말이야.

나래 : (당황해서 성훈의 손을 잡는다.) 잠깐만, 성훈아.

성훈 : (입꼬리를 올린다.) 왜 그래?

나래 : (고개를 숙이면서 떨리지만 또렷한 목소리로) 해, 해도 돼. 아니, 해 줘. 너의 ●●를 내 ●●에 ●●해서 날 **"으아아아아아악!!"**

나는 책을 던졌다. 안 봐도 알겠지만 내 얼굴은 지금 달아오른 강철보다 붉어져 있을 거다. 그건 옆에서 같이 책을 읽은 나래도 마찬가지였다. 나래도 거기까지 읽은 건가? 아니, 나래는 나보다 책을 읽는 속도가 빠르니까 진도가 더 나갔겠지!

나래가 내 쪽으로 고개를 돌렸다. 시선이 마주치자, 누가 먼저라고 할 것도 없이 반대쪽으로 떨어졌다. 주저앉아 얼굴을 붉히고 있는 나래를 보자 방금 전에 읽은 내용이 멋대로 재생되더니, 지금의 나래와 겹쳐지기 시작했다.

이, 이건 방금 전에 읽은 내용이 너무 충격적이어서 그런 거야!

"너, 너, 너, 지금 어딜 보는 거야?!"

"아, 아니! 그런 게 아니라!"

"그런 눈으로 보지 마!"

아니, 왜 한 손으로는 가슴을 가리고, 다른 한 손으로는 허벅지 사이를 가리시냐고요?! 제가 무슨 투시라도 할 줄 압니까?

"내가 지금 도대체 무슨 눈을 하고 있다고?!"

"그야말로 욕정 난 수캐 같은 눈이군요."

친절한 설명 고맙다, 세희야. 이 모든 일의 원흉인 세희는 방금 전까지 들고 있던 스마트 폰을 소매 안으로 집어넣었다. 세희만이 평소의 모습과 다를 것이 없어서 나는 화가 났다.

"이건 도대체 뭐야?!"

"가이드북입니다."

"방금 전에는 소설책이라며!"

"그랬습니까? 죄송합니다. 실언이었습니다. 그건 가이드북입니다."

시원스레 자신의 잘못이라고 인정하는 세희가 너무 쿨해서 반해 버릴 것만 같다, 젠장!

"가이드북? 잠깐만, 너 설마?!"

화만 내는 나와 달리 나래는 세희의 말에 뭔가 생각이 난 것 같다.

"너, 여기 적힌 대로 우리보고 하라는 건 아니지?"

"맞습니다."

"모, 못 해! 못 한다고, 이런 거!!"

"걱정하지 않으셔도 됩니다. 그 부분은 가이드북에서도 수위가 높은 곳이고, 낮은 부분도 있으니까요."

"그래도 못 해!"

잠시만 기다려 주세요. 나래와 세희의 문답으로 유추해 보면, 세희는 나와 나래, 그리고 지금 읽은 곳에서는 안 나오지만 분명히 분량이 있을 랑이도 여기에 적힌 대로 행동하기를 바라서 이 책을 준 것 같다. 이유는? 웅녀의 눈으로 보았을 때

합격점을 받기 위해서겠지. 음, 그렇구나.

"자, 자, 자, 잠깐만!!"

입이 제대로 움직이지 않는다.

"이걸 나보고 하라는 거야?!"

"머릿속에 블루 스크린이 자주 뜨기로 유명한 95년산 소프트웨어를 설치하셨습니까?"

농담할 기분이 아니다.

"이런 걸 어떻게 하라고!! 날 죽일 생각이냐?!"

"사람은 부끄럽다 해서 죽지 않습니다."

"죽는다! 죽을 거야!"

나래한테. 그리고 이런 일은 내가 싫다.

내가 나래와 이런저런 관계가 되기를 원하기는 하지만, 이런 일을 핑계 삼아서 야한 짓을 하고 싶은 마음은 조금도 없다. 내 마음을 전하고 친구에서 애인으로 발전된 후, 충분한 마음의 준비와 교감을 통한 뒤 하고 싶은 게 내 진심이다. 바보 같다고? 하! 10년 동안 알고 지내왔으며, 8년 동안 한 여자애만을 좋아해 온 순정파를 우습게 보지 말라고. 그런 건 나도 알고 있다.

그런 순정파를 세희는 변태로 만들었다.

"겨우 이 정도 가지고 뭘 그러십니까. 불과 며칠 전에 까치님의 가슴이고 엉덩이고 허벅지고 가리지 않고 손으로 마음껏 짓누르시며 즐긴 것은 도련님 아니십니까?"

"너 지금 당장 나와, 이 자식아. 오늘 한 번 누가 죽나 해보자!!"

"너내가없는동안에도대체무슨짓을하고다닌거야지금나올사

람은세희가아니라너야이리와봐."

세희의 멱살을 잡고 마당에 나가서 인간 대 요괴로 한바탕 해보려는데, 오히려 내가 나래에게 멱살을 잡히고 말았다. 진심으로 화가 났는지 아랫입술이 터질 듯이 꽉 깨물고, 다른 손은 주먹까지 쥐고 있다. 내가 여기서 한 마디라도 잘못 내뱉었다가는 내 이빨의 무사안전은 보장하지 못할 것 같은 분위기다. 일단 살고 보자.

"말해. 지금 당장."

나는 사실대로 말했다.

"아까 말한 치이라는 아이가 추운 밤에 물에 젖은 몸으로 밖에 오랜 시간 동안 있던 것이 이유로 저체온증에 걸려 죽을 뻔해서 마사지를 해 준 것뿐입니다!"

내가 이렇게 말을 빠르고 논리적이며 정확하게 말할 수 있는 건 오늘 처음 알았다.

"거짓말 아냐?"

나래의 눈이 가늘어지더니 일자가 된다. 다시 말하지만, 이것을 친구들이 말하길 패왕의 눈빛이라 한다.

"제가 거짓말하는 거 알 수 있다고 하셨잖아요."

나는 두 눈을 재빠르게 깜빡였다. 나래가 헛구역질을 하며 시선을 돌렸다.

"그거 기분 나쁘니까 하지 말라고 했지?"

"……죄송합니다."

그래도 믿어 줬는지 나래가 멱살을 놓아줬다. 휴, 죽는 줄 알았네. 이게 다 세희 때문이다. 사실을 제멋대로 왜곡시킨 세희에게 뭐라고 한 마디 하려는데, 나보다 나래가 쌓인 게 많은가 보다.

"세희, 너도 이상하게 말하지 마. 그런다고 내가 그럴 거 같아?"

"무슨 말씀인지 모르시겠습니다, 나래 님. 제대로 무엇을 어떻게 할지 말씀해주시지 않으시면 저로서는 이해할 수 없군요."

나래가 이를 뿌득 갈았다. 옆에 있는 내가 몸서리가 쳐질 정도로 무섭다.

"다 알고 있잖아."

"고양이의 말을 인용하자면, 다 아는 것은 아닙니다. 알고 있는 것만 알고 있습니다."

……요즘에는 고양이도 말을 하나. 하긴, 바둑이도 말하는데 고양이라고 말 못 할 것 없지.

"하지만 의외군요. 도련님께서는 실제로는 하고 싶어서 미치겠지만 여러 가지 이유를 핑계로 사양할 줄을 알고 있었지만……."

뜨끔. 이 녀석이 그걸 어떻게 알았지? 내 속마음 깊은 곳을 들킨 까닭에 나는 세희의 이어지는 말을 막아야 한다는 것을 생각 못했다.

그리고 이어진 세희의 말은,

"나래 님께서 하지 못한다고 하실 줄은 몰랐습니다. 본격적인 장면은 촬영을 하지 않기 때문에 이건 단순한 연기일 뿐인데 말이죠. 주인님과 도련님을 위해서 이런 연기도 못하실 정도로 **자기 자신만 아는 분이실 줄이야.**"

나래에게만은 절대로 하지 말아야 하는 말이었다. 절대로 말이야.

"……내가 나만 아는 사람이라고?"

보인다.

"내가 언제 못 한다고 했어?"

나래의 가슴 깊은 곳에서 끓기 시작한 새빨간 마그마가 내 눈에 보인다. 끓어오른 마그마는 이성이라는 덮개를 뚫어 버리고 폭발해 버렸다.

"할 수 있어! 이 정도는 아무렇지 않게 할 수 있다고! 다른 사람이라면 몰라도 성훈이한테 하는 건데 뭐 어때?! 우리는 어렸을 때 알몸으로 목욕도 같이 하고, 성훈이 꼬, 꼬추 가지고 장난도 쳤던 적도 있는데!!"

"으아아아아아아아아아아아아아아아아아아아아아아아악!!"

나는 비명을 질렀다.

나래가 이성을 잃었다. 이성을 잃었다고! 아니, 그 전에 그거 아직도 기억하고 있었어? 우리가 초등학교 1학년일 때 이야기잖아!! 내가 공황상태에 제정신을 차리지 못하고 있을 때, 세희가 이쪽을 보며 빙긋 웃었다. 명백한 비웃음이다. 이 자식, 노렸어. 노렸구나, 세희! 넌 도대체 그걸 어떻게 알게 된 거야!!

"봐! 성훈이가 상대면 이 정도는 아무것도 아니라고!"

세희에게 신경을 쓸 틈이 아니었다. 나래는 붉어진 얼굴로 내게 다가오더니,

"잠깐만, 나래야! 이성! 이성을 찾으세요!!"

"난 지금 어느 때보다 이성적이야!"

말도 안 되는 소리를 한 다음 등 뒤에서 나를 꽉 껴안았다. 등 뒤에 짓눌리는 무엇과도 비교 못할 감촉에 나의 이성이 저 먼 하늘로 날아갔다.

아니, 안 돼! 날아가면 안 된다! 여기서 이 감촉을 즐기기만 했다가는 나중에 제정신으로 돌아온 나래에게 변명 한 번 제대로 하지 못하고 죽는다! 아니, 그뿐이면 다행이지. 밧줄에 묶여서 나무에 매달리게 될 거야. 어렸을 때 나래에게 "나가 죽어, 젖소야!"라고 했다가 매달린 이후에 두 번째로 말이다. 그건 싫어! 그건 내 트라우마라고!

"잠깐만, 나래야!"

나는 나래의 품에서 벗어나려고 했지만, 아뿔싸. 아주 잠시 동안 생각하는 동안에, 어느새 나래가 내 가슴팍에 두 손으로 깍지를 끼고 있었다. 앞으로 도망치려다가 막힌 나는 그 반동으로 뒤로 물러나게 되었다.

"그, 그렇다고 너무 누르지는 마."

시, 신이시여. 저는 지금 어떻게 하면 됩니까. 신께서는 말씀하셨다. 포기하면 편하다고. 포기했다가는 목숨도 포기당하게 될 겁니다. 신께서 다시 말씀하시기를, 모든 것을 비우라 하셨다. 그래서 나는 모든 것을 비우기로 했다.

색즉시공 공즉시색. 즉, 형상이 빈 것과 다르지 않으며 빈 것이 형상과 다르지 않음을 알며 비어 있음을 비어 있으매 나지도 죽지도 아니하며 늘지도 줄지도 않으니 어리석음도 깨달음도 없고 늙고 죽음도 다함도 없으매 가세 가세 모두 넘어가서 깨달음을 이룰 수 있겠냐!!

"알겠습니다, 나래 님. 나래 님께서도 받아들이셨으니, 앞으로 잘 부탁드리겠습니다. 주인님과 도련님을 위해서라도요."

"그런 말 안 해도 알아서 잘할 거야!"

수, 숨이 목덜미에 닿습니다. 조금은 조심해 주세요.

"그러면 저는 이만 실례하겠습니다. 부디 오붓한 시간 보내시길."

세희가 공손히 허리를 숙이고 뒷걸음질 치며 문을 열고 밖으로 나갔다. 평소에는 뿅! 하고 나타나고 뿅! 하고 사라지는 녀석이 왜 이럴 때만 예의범절을 따지는 거야? 그리고 너! 일을 벌였으면 책임을 지라고! 자기만 도망치기냐!

"흥!"

그래도 세희가 나가자 나래가 조금 기분이 풀린 것 같다.

"나도 마음만 먹으면 이 정도는 아무것도 아니란 말이야."

"그, 그 마음을 조금은 나중에 먹으셔도 될 것 같은데요."

그리고 내가 다시 불을 붙여 버린 것 같다.

"뭐야? 너는 내가 그런 소리를 들었는데 화도 안 나?"

내가 지금 걱정하는 건 세희를 향한 화가 내게 돌아오는 것뿐이다.

"나보고 나만 아는 사람이라고 했잖아. 그런데 내가 화 안 나게 생겼어? 너는 알잖아?"

그래, 너무 잘 알아서 문제지. 그건 다른 사람들이 보기에는 어린애들의 별 것 아닌 일이었다. 하지만 당사자인 나와 나래에게는 지금까지 잊지 못할 기억으로 남아있다. 특히, 나는 죽을 때까지 잊지 못 하겠지. 나 때문에 일어난 일이니까. 그 날 이후, 자기만 알던 나래는 다른 사람에게 상냥해져갔고…….

아니, 어쨌든 지금은 그게 문제가 아니다. 정말 이대로 있다가는 한 마리의 늑대가 돼서 나래를 덮치다가, 늑대 따위는 곰에게 상대도 안 된다는 것을 몸으로 기억하게 될 것 같으니까 말이야. 일단 나래를 달래고 보자.

"난 네가 그런 애가 아니라는 걸 아니까 화가 안 나."

"……칫."

나래가 내 어깨에 머리를 기댔다.

"이럴 때만 멋있는 척하긴."

다행이다. 제대로 말한 것 같다. 그래. 바로 지금이다. 지금이 아니면 이 행복한 감옥에서 벗어날 수 없다.

"저기, 그런데 나래야."

"왜?"

나래가 고개를 돌려 나를 본다. 모르고 있다. 나래는 지금 우리가 어떤 꼴인지 모르고 있는 것 같다. 나는 지금부터 일어날 일이 무섭긴 하지만 용기를 내서 말했다.

"이, 이제 좀 놔주면 아, 안 될까?"

말이 없다. 잠시 시간이 흐르고 나서야

"……아."

지금 상황을 깨달은 것 같다. 자신이 나를 뒤에서 끌어안고 몸을 딱 붙인 상태로 내가 어디로 도망도 못 치게 붙잡고서 내 어깨에 머리를 기대고 있다는 사실을 말이야.

"이, 이건 아니야!! 하, 하고 싶어서 한 게 아니라고!"

나래가 호들갑을 떨며 손을 풀고 뒤로 떨어졌다. 나도 한 발자국 앞으로 간 다음에 뒤를……,

“보지 마!!”

우둑.

“끄어억!”

목에서 날 수 없는 이상한 소리가 났어!

“뒤, 뒤돌아보지 말고 나가! 당장!”

하지만 나래의 평소보다 몇 배는 높은 목소리에 나는 불평 한 마디 못하고 방을 나가야 했다.

“아, 알았어.”

나래의 대답은 들리지 않았다. 내가 문을 닫고 나가서야 방 안쪽에서,

“꺄악! 어떡해!!”

이불에 얼굴을 묻고 지른 듯한 비명소리가 들려왔다.

……모르는 척해 주자. 상황에 휩쓸려서 평소에 안 하는 짓을 한 뒤 부끄러워서 죽고 싶을 때는 혼자 놔두는 게 좋다. 나도 그랬으니까. 나는 몸을 굽히고 내 방으로 어그적어그적 돌아갔다.

세상에는 신기한 일이 참 많이 있다. 분명히 세희에게 뒤를 부탁한 랑이 녀석이 머리를 풀고 내 방 이불 속에 잠들어 있는 것같이 말이야. 태아처럼 몸을 웅크리고서 세상모르게 자고 있는 모습을 보니 나도 모르게 미소가 지어지는 것도 그렇고.

"……야."

그 옆에 주저앉아서 랑이의 볼을 툭 건드려 본다.

"우으응……."

빙글, 반대쪽으로 몸을 돌린다. 일어날 생각은 없나.

"랑이야."

대답이 없다. 이대로 둘러메고 안방으로 가도 모를 것 같다. 하지만 그랬다가는 안방에 거주하고 계시는 무시무시한 지박령님께서 피곤에 지친 나를 열심히 놀린 다음에 결국에 안방에서 자도록 만들겠지. 에라, 모르겠다. 나도 피곤하고 힘들고 지쳤다. 나는 잠옷 대용인 반바지와 티셔츠로 갈아입고 불을 끄고 이불 속으로 들어갔다. 좀 비켜라, 이 녀석아. 신세를 지면 염치라도 있어야지 잠자리 중간을 떡 하니 차지하고 있는 건 무슨 심보야? 랑이를 슬쩍 옆으로 미는데, 어쭈? 오히려 데굴 하고 한 바퀴를 굴러서 내 품에 쏙 들어왔다.

"성훈……이니라."

손으로 내 몸을 꾹꾹 누르며 잠꼬대까지 한다.

"맛있는…… 성훈이니라."

……야. 너 왜 입을 쩝쩝거리냐. 도대체 무슨 꿈을 꾸는 거야? 이러다가 나중에 랑이한테 잡아먹히는 거 아니야? 나보다 어른이 된 랑이가 두 팔을 쭉 펴고 내게 달려들면서 "오늘은 네가 저녁 식사이니라!!" 라고 달려들면 나는 "어머, 잡수시면 돼요. 호랑이님~." 하고……. 잠이나 자자. 나는 얼빠진 생각을 그만두고 랑이의 위에 한쪽 팔을 올려 껴안으며 눈을 감았다. 1인용 요에서 이렇게 안 하면 잘 자리가 안 나오니까 어쩔

수 없는 일이다.

나는 잠에 들었고, 그렇게 긴 하루가 지나갔다.

세 번째 이야기

"흐아아암……."

늘어지게 하품을 하며 기지개를 켠다. 아이고, 랑이 녀석 때문에 잠을 제대로 못 잤네. 이 녀석이 너무 달라붙는 것도 그렇고, 이곳저곳을 계속 깨무는 바람에 몇 번이나 깼다. 아니, 왜 잘 자는 사람의 목을 깨무는 거야? 네가 무슨 흡혈귀냐? 자아정체성을 찾으라고.

세수를 하기 위해 마당으로 나간다. 아침부터 멍한 정신으로 세희하고 실랑이를 벌이고 싶은 생각은 없거든. 바둑이는 오랜만에 개의 모습으로 몸을 웅크리고 구석에서 잠들어 있었다. 평소에는 실감나지 않지만 이렇게 보면 확실히 느낌이 온다. 이 녀석들의 본질이 인간이 아닌 요괴라는 것이. 귀여운 소녀의 모습을 하고 있는 랑이도 그 실체는 지리산만큼 큰 요괴라고 했지. 정확히 말하면 지리산이지만. 그렇다면 랑이의 창귀인 세희의 원래 모습은 어떤 것일까? 창귀라고는 하지만 왠지 실상은 구렁이나 꼬리 아홉 개 달린 오천년 묵은 여우일 것 같기도 한데.

잠이 덜 깼나. 헤픈 생각을 하며 물을 틀어 대야에 받는다. 차가울 정도로 시원한 물로 세면을 끝내고 수건으로 물기를 닦고 있자니, 대문이 열렸다. 바둑이가 귀를 한 번 열고는 다시 내린다. 너무 관심 없는 거 아니야? 적어도 눈을 떠서 고개를 돌리는 정도는 해라. 그래서 내가 집 지키는 개가 되기로 했다.

대문을 열고 들어온 사람은 나래였다. 위에는 티셔츠를, 아래에는 움직이기 편한 반바지를 입고 있었다. 호흡이 거칠고 티셔츠가 땀으로 흠뻑 젖어 있는 걸 보니까 아침에 운동이라도 하고 왔나 보다.

다이어트라도 하는 건가. 그렇다면 난 결사반대다. 다이어트를 하면 가슴부터 작아진다는 말을 들은 적 있으니까.

나래는 마당에 들어오다 나를 발견하고 인사를 건넸다.

"일어났어?"

"응. 넌 어디 갔다 왔어?"

"잠깐 조깅."

나로서는 상상도 할 수 없는 일이군. 아침에 일어나서 운동을 하고 온다니. 그런데 내가 알기로 나래는 밖에서 운동을 잘 안 하는 아이였다. 운동이라는 건 몸을 격하게 움직이는 것들이 대부분이고, 그럴 경우 나래같이 가슴이 큰 여자애들은 아무리 좋은 속옷을 입어도 자기도 모르게 중력의 영향을 받아 위아래로…….

"에휴."

윽. 들켰나.

나래가 성큼성큼 걸어와서 내 뺨을 꼬집고 자기 쪽으로 당겼다가 놓았다. 아야야야.

"무슨 애가 아침부터 야한 생각만 하는 거야?"

이의 있다. 나는 중력과 운동 에너지에 대해 생각하고 있었다고.

"별로 야한 생각은 아니었는데."

기각합니다.

"했잖아. 너, 눈이 내 가슴에만 못 박혀 있었다는 거 몰라?"

죄송합니다.

선글라스를 하나 사든가 해야겠다. 여기까지 택배가 오려나?

"그래서 변명은?"

다행인 것은 나래가 그리 기분 나쁜 것 같지는 않다는 것이다. 운동을 통해 여러 가지 파괴 욕구를 풀어서 그런가. 그래서 나도 조금은 장난을 칠 마음이 들었다.

"남자니까요."

말은 그렇게 하면서도 몸은 살고 싶은지 고개를 숙이며 정중하게 사과했다. 나래가 흥 하고 팔짱을 끼며 안 그래도 두드러진 가슴을 밑에서 위로 들어 올려 강조하며 말했다.

"말은 잘해요."

평소라면 지금쯤 내 옆구리에 불이 나고 있었을 텐데 봐줄 생각인가 보다.

"그런데 너 다 씻었어?"

"응."

"그러면 잠깐 나와 봐. 나 좀 씻게."

운동을 해서 온몸에 땀이 난 나래가 마당에서 씻는다, 라는 상황을 제멋대로 각색한 아직 덜 깬 내 머리가 제멋대로 입을 움직였다.

"아니, 나래야. 자기의 몸을 소중히 여기는 게 좋지 않을까? 주위에 아무도 없는 곳이라고는 해도 대낮에 바깥에서 옷을 벗고 샤워아악!"

양동이나 대야나 맞을 때의 느낌은 비슷하구나. 다른 게 있다면 대야는 구겨지지 않고 더 아프다는 것이다. 단단하니까.

"누가 여기서 샤워를 해?!"

"씻는다며? 아, 등목이라도 하게?"

정강이가 아프다.

"그.러.니.까! 당연히 세수만 하지!"

정상적인 사고방식으로는 그런 생각을 하는 게 당연하겠지. 나 갑자기 요즘 따라 왜 이러지? 세희 말대로 요즘에 너무 많이 쌓여(?) 있나? 어떻게 처리라도 해야 되는 거 아니야?

……이런 생각을 하는 것 자체가 문제일지도 모른다.

"그래서, 안 비킬 거야?"

"비켜야죠."

나는 과장된 몸짓으로 큼지막하게 한 발자국 옆으로 비켜섰다. 그런 나를 보고 나래가 빙긋 웃었다.

"미안하네요, 변태 씨. 댁이 원하는 게 아니라서."

나는 고개를 돌려 하얀 안개가 낀 산세를 감상하기로 했다.

자연이 정말 아름답구나. 그런 나를 보고 나래가 킥 하고 낮게 웃더니 대야에 물을 받고 몸을 숙여 세수를 했다.

그런데, 내가 아까 한 말 기억하고 있지? 나래가 지금 운동을 하고 와서 티셔츠가 땀에 흠뻑 젖어 있다는 말. 그리고 보통 땀이 많이 나는 곳은 등이다. 땀이 흠뻑 난 등에 티셔츠가 달라붙는 건 당연한 일이다. 그래. 지금의 나래처럼. 거기다 몸을 숙인 덕분에 평소에는 잘 보이지 않는 것이 선명하게 그 모습을 드러내고 있다. 그것은 바로 속옷 끈. 보통 브래지어라고 불리는 속옷에 달려 있는 끈 말이다. 자세한 명칭은 내가 남자고 속옷에 관심이 없어서 잘 모르지만, 특히나 툭 튀어나온 저것의 명칭만은 알고 있다. 후크다. 브래지어를 몸에 고정시켜 주는 역할을 한다고 알고 있다.

아니, 아니! 그런 게 아니라. 지금 하고 싶은 말은 땀에 젖은 티셔츠로 인해 그 안에 입고 있는 속옷 라인이 그대로 드러나서 내 시선이 그곳에서 떨어지지 않는다, 라는 것이다.

꿀꺽. 나도 모르게 고여 있는 침을 삼킨다. 인간이란 금단의 과실이 눈앞에 있으면 먹고 싶어지는 본성이라도 있는 걸까. 나는 속으로 저 후크를 풀어 버리면 어떻게 될까라는 생각을 하고 말았다. 왜, 초등학교 때 짓궂은 남자애들이 가끔씩 하는 장난 있잖아. 물론 나는 후환이 두려워서 해 본 적 없고, 나래는 후폭풍이 무서워서 다른 애들한테 당해 본 적이 없지만……. 어째서, 왜, 시간이 지난 지금에서야 갑자기 해 보고 싶다는 욕구가 드는 걸까.

해라. 해 버려. 해 버리는 거다. 전 세계 인류의 반이 너의 편이다. 생각해 봐. 상상해 봐. 브래지어에 고정되어 있는 상황에서도 중력의 영향에 흔들리고 있는 저 커다란 가슴을. 여기서 후크를 풀면 어떻게 되겠냐. 상상해 보라고! 하지만 상상만으로 만족할 수 있겠어? 없겠지! 넌 남자니까! 자! 그렇다면 행동해라. 브래지어가 풀리면서 가슴이 흔들리는 모습을 네 눈에 새기는 거다! 그건 얼마나 아름답고 아름다운 광경일 것인가?! 그것을 위해서라면 초개같이 목숨을 버리는 것이 남자다!

죄송합니다. 저는 오래 살고 싶어요. 그런 짓을 하면 정말로 죽는다. 장난으로 넘어갈 수 있는 수준이 아니니까. 생존 욕구가 성적 욕구를 이겼다. 나는 나래가 세수를 마치기 전에 겨우 고개를 돌릴 수 있었다.

"하아! 시원해!"

세수를 다 한 것 같다. 고개를 돌려 보니 나래가 물기가 뚝뚝 떨어지는 얼굴로 주위를 둘러보더니 내게 손을 내밀었다. 왜?

"수건 좀 줘."

"수건?"

마당에 있는 수돗가는 대충 만든 것 같은 천장과 간단한 세면도구만 있지 수건 같은 건 없다. 수건은 안에서 가져와야 한다는 말이다.

"가져올까?"

나래가 눈썹을 찡그렸다.

"지금 목에 걸고 있는 건 뭔데?"

"제가 쓴 수건이요."

"네가 쓴 수건은 수건 아니야?"

"……내가 쓴 건데?"

"무슨 상관이야? 빨리 줘."

상관없나? 나래가 다시 손짓을 한다. 상관없나 보다. 내가 너무 예민한 건가. 나는 목에 두른 수건을 풀어서 나래에게 건네줬다. 나래가 수건을 낚아채듯 받아들어 얼굴에 가져가 댄 다음 **조금 오랫동안, 철저하게, 열심히 닦은 뒤** 자기 목에 걸었다. 나래가 세탁기에 넣을 생각인가 보다.

"내가 세탁기에 넣어도 되는데?"

손을 내밀자 나래가 볼을 붉히며 손을 쳐 냈다. 아야, 아프잖아. 왜 그래?

"됐어. 내가 알아서 쓸 거니까 신경 꺼."

음? 내가 잘못 들었나?

"뭐라고?"

"내, 내가 알아서 갖다 놓는다고!"

잘못 들은 거 맞나 보다.

"그래 주시면 저야 감사하죠."

"그럼 난 샤워하러 갈 거니까, 혹시라도 엿보지 마."

응? 샤워할 거면 세수는 왜 한 거냐. 아, 그건가. 얼마나 씻고 싶었으면 먼저 세수부터 한 걸까. 그런데 말이다.

"보고 싶어도 문 잠그면 못 보는데?"

"안 잠글 거야."

시험에 들게 마옵시고 다만 악에서 구원하소서.

그런데 구원받지 못한 자라는 영화가 있었지?

"……봐도 돼?"

나래가 싱긋 웃으며 옆구리에 손을 댔다.

"보면 어떻게 될 거 같아?"

"그, 글쎄요."

이제 끔찍한 고통이 옆구리를 통해 내 뇌를 패닉 상태로 빠뜨릴 거라는 생각을 하며 긴장에 빠졌지만, 그건 내 오산이었다.

"궁금하면 엿보러 와도 돼."

나래는 내 옆구리를 꼬집는 대신, 내 허리를 뱀처럼 쓰다듬으며 가슴팍까지 올라와 손가락을 세워 쿡 찌르고 요염한 미소를 지은 것이다!

"대신 그 때는 정말로 죽여 버릴 거야."

제발 나래 님도 말과 행동을 일치시켜 주세요!

방에 돌아가자 랑이가 멍하니 앉아서 눈을 깜빡이고 있었다. 뭔가 생각에 잠긴 것 같기도 하지만, 단순히 잠에서 덜 깼다고 보는 게 맞을 거다.

"일어났으면 씻으러 가야지."

랑이가 몇 번 눈을 깜빡이고서 붕붕 고개를 흔들자 평소와 같이 초롱초롱한 눈으로 돌아왔다. 이제야 정신이 들었냐.

"성훈아."

"왜."

랑이가 해맑게 웃었다.

"드디어 나를 받아 줄 결심을 한 거구나!!"

그건 또 무슨 치이가 머리카락으로 하늘을 나는 소리냐. 어이가 없어서 말도 안 나오고 있는데, 랑이 녀석은 뭐가 그리 좋은지 꼬리를 연방 살랑살랑거리며 즐거워하고 있다.

"어젯밤에는 나를 깨우지도 않았고 내쫓으려고도 하지 않았다!"

깨웠다. 네가 너무 피곤해서 못 일어난 거지.

"이런 경우는 처음이니라."

그래도 너무 기뻐하는 랑이를 보고 있자니 넘어가 줄 수밖에 없었다.

"그래, 그래. 처음이다."

"그래서 기쁘다! 행복하다! 이제 매일매일 너와 같은 잠자리에서 잠들고 사랑을 나눌 수 있다는 것이!"

난 그 말을 듣고, 아주 잠깐 동안 진심으로 생각했다. 이 녀석이 지금의 모습이라도 상관없으니까 자신이 하는 말의 뜻을 알게 된 후 방금 전 같은 말을 해 주면 얼마나 기쁠까 하고. ……정신이 나갔나 보다. 거기에 대한 화풀이나 하자. 나는 랑이의 뒷덜미를 잡고 들어 올린 다음에,

"응?"

방문을 열고,

"자, 잠깐, 성훈아! 나는 짐짝이 아니라 너의 새색시이니라!"

내려놓고 문을 닫았다. 이 녀석이 다시 들어올 게 뻔하니까 미리 방비를 하자.

"옷 갈아입을 거니까 문 열지 마. 열면 진짜로 화낸다."

방문이 1cm 정도 열리고 랑이의 호박색 눈동자가 보였다가

바로 닫혔다. 말하길 잘했지.

"우우, 치사하느니라. 이미 몇 번이나 서로를 봐 왔는데 왜 그러느냐."

"화낸다.

"알겠느니라……."

나는 옷을 벗고, 팬티 차림으로 오늘도 어김없이 언제인지는 몰라도 세희가 준비해 놓은 옷을 들었다. 그 때, 밖에서 이쪽으로 오는 발소리가 들렸다. 세희는 발걸음을 낼 사람이 아니니까, 나래인가? 샤워가 끝나서 자기 방에 돌아가나 보다. 옷을 입고 나가서 랑이보고 씻으라고 하면 되겠네. 그런 생각을 하며 옷을 입으려는데 밖에서 대화 소리가 들려 왔다.

"응? 랑이야. 너 여기서 뭐해?"

"성훈이가 내쫓았느니라. 들어가고 싶은데 문 열면 화낸다고 말했느니라."

"왜?"

"그보다, 그보다! 성훈이 나를 짐짝처럼 여길 잡고 밖에다 던졌느니라! 그래서 정말정말 슬프느니라!"

"……그래?"

잠깐, 잠깐만! 지금 뭔가 상당히 자기 편한 대로 해석한 랑이의 말과 동시에 위험한 일이 벌어질 거라는 복선이 깔린 것 같은데?

"나 들어갈게!"

성난 나래의 목소리가 들렸다.

"자, 잠깐만!"

나는 허둥대며 바지에 발을 집어넣었다. 그리고 미처 위로 올리기도 전에, 드르륵, 문이 열렸다.

"우아아악?!"

나는 깜짝 놀라며 바지를 위로 급하게 올리다가 중심이 흐트러져서 뒤로 넘어지고 말았다. 쿵! 아이고, 머리야. 이불이 깔려 있어서 망정이지.

"……미안. 옷 입고 있었어?"

윙 울리는 뒤통수를 부여잡고 고개를 드니 나래가 나를 내려다보고 있었다. 위는 걸친 것이 하나도 없고, 바지는 무릎에서 걸린 상태로 이불 위에 넘어진 나를 말이야. 나래의 시선이 도대체 어디에 가 있는지는 알고 싶지 않다.

"뭐, 뭘 그렇게 보는 거야!"

왠지 평소와는 입장이 바뀐 것 같다고 생각하며, 나는 허둥지둥 이불을 끌어 올려서 몸을 가리며 소리쳤다. 내 비명에 나래도 정신이 들었는지 얼굴을 붉히며 지지 않고 말했다.

"보, 볼 것도 없으면서 뭘 그래?!"

너무나 당당하게 말씀하셔서 나는 할 말을 잃었다. 그래도! 그, 그래도 말이야! 그래도 조금은 볼 게 있지 않습니까?! 당황해서 말도 제대로 나오지 않는데, 나래가 팔짱을 끼고 발로 바닥을 치기 시작했다.

"아니면, 뭐야. 지금 내가 잘못했다는 거야? 애초에 네가 랑이를 짐짝 취급해서 그런 거잖아!"

나는 바로 꼬리를 내렸다. 정말 너무나 많은 할 말이 있었지만 지금 말해 봤자 결국에는 내가 욕보게 될 거니까. 참자. 참는 게 살아남을 수 있는 유일한 방법이다.

랑이, 넌 나중에 머리 쓰다듬어 줄 일이 있어도 한 번은 안 해 줄 거야!

"아니, 그게. 부끄러워서요."

"응? 뭐가 부끄럽느냐?"

방금 전까지 나래의 뒤에서 고개만 내밀고 있던 랑이가 머리카락으로 물음표를 만들었다.

"나한테는 이미 몇 번이나 알몸을 보여 주지 않았느냐?"

랑이가 사람 죽기 좋은 말을 아무렇지 않게 한다. 이래서 아이들은 너무나 순수하기 때문에 누구보다 잔인해질 수 있다는 말이 있나 보다.

나래의 얼굴에 핏기가 싹 가셨다. 이유는 모르겠지만 나래는 나와 랑이가 이렇고 저런 일까지 해 버렸다고 생각하는 눈치다. 지금 받은 충격이 진정되면 나는 죽는다. 진짜로 죽는다. 여기서 죽을 수는 없기에 나는 필사적으로 변명했다.

"아니! 지금 네가 생각하는 일은 절대로 일어나지 않았어! 여러 가지 사건! 사고! 기타 등등의, 모두 설명할 수 있는 이유로 일어난 일이야!"

"이유?"

"그래! 랑이를 씻겨 줄 때도 그렇고! 치료를 하느라 그런 적도 있……."

"잠깐만!"

어? 나 지금 무슨 말을 잘못했나? 나래가 왜 주먹을 쥐지?

"너, 너, 혹시 랑이를 씻길 때 너도 다 벗고 들어갔어?"

그러면 씻을 때 알몸으로 들어가지 옷을 입고 들어갈까.

"응. 전에 이야기 안 했었나?"

전에 이야기했던 것 같은데? 같이 씻었다고.

"그, 그럼 들어가서 뭐했어?"

"뭐하긴? 랑이 씻겨 줬지. 그러니까 아무런 일도……."

그 때였다. 잠자코 듣고만 있던 랑이가 나를 도와줄 생각이었는지 대화에 끼어들었다.

"그렇느니라! 성훈이는…… 그, 에, 뭐였더라?"

말을 하다 말고 무슨 단어가 잘 기억이 안 나는지 머리카락으로 물음표로 만들고 잠시 생각에 잠기더니 두 손을 탁 치며 다시 말을 잇는다.

"아! 샤워타월! 그렇다! 샤워타월이 너무 따가워서 울상 짓는 나를 위해 손으로 내 몸을 상냥하게 씻겨 주었느니라! 너무 상냥해서 성훈의 손이 기분 좋았을 정도였느니라!"

나래의 안에서 뭔가 뚝 끊어지는 소리가 들렸다. 예를 들어, 이성이라든가, 자제심 같은 것 말이야. 나래가 한걸음에 내게 다가오더니 고개를 숙이고 무시무시한 눈으로 나를 내려다보았다. 당장이라도 일어나서 도망치고 싶지만 나는 지금 팬티 한 장만 걸친 상황. 이러지도 저러지도 못하고 있는데 나래가 가슴골에 손을 집어넣더니 뭔가를 꺼냈다.

너클이다. 무광택 검은색 너클을 주먹에 쥔다. 요즘 세상이 흉흉하다 말이 많으니까 여자애가 저런 걸 가지고 다닌다고 해서, 이상합니다. 이상해요. 아무리 그래도 너클은 3억 5천만 광년 정도 동떨어져 있는 거 아니야? 이런 상황에서 가슴에서 너클을 꺼낸다는 것에 대한 딴죽은 의미가 없겠지.

"……제대로 된 성 가치관을 몸에 익혀 줘야겠네. 이 악물어, 성훈아. 잘못 맞으면 큰일 나니까."

그런 거에 맞으면 이 악물어도 큰일 납니다. 이성과 자제심을 잃은 나래가 높이 손을 들어 올린다.

"나, 나래야! 그런 거로 맞으면 약해 빠진 성훈은 죽느니라!"

나래를 말려 주는 건 좋은데 단어 선택은 좀 잘해 주면 안 될까.

"죽어도 돼, 이 로리콘 녀석은!"

"하, 하지만 난 성훈이가 로리콘이라서 기쁘……."

"뭐라고 했니, 랑이야?"

번쩍. 나래의 불타오르는 눈빛에 겁을 먹은 랑이가 "히이익?! 서, 성훈아, 랑이 살려라!"라는 말과 함께 꼬리를 말고 등 뒤로 도망쳐서 내 목을 꼬옥 안더니 부들부들 떨며 두 눈을 질끔 감았다. 예. 이분이 제가 위기에 빠지면 도와준다고 했던 그 호랑이님이십니다. 그래도 랑이의 말이 나래의 이성을 돌려보냈는지 주먹에 쥐었던 너클은 다시 가슴 속으로 들어가게 되었다. 다행이다. 맨주먹이라면 맞을 만하겠지. 나래의 화가 빨리 풀리기만을 빌 뿐이다. 하지만 나래의 체벌을 가장한 폭력은 찾아오지 않았다.

"로리콘도 인간의 자식. 비록 어린 소녀에게 욕정을 품는 도련님이지만 살 권리는 있다고 생각합니다, 나래 님. 여기서 감정에 따라 행동하시면 도련님의 시체를 끌어안고 후회하실 겁니다."

소리 소문 없이 세희가 나타나서 나래의 손을 잡았거든. 평소에는 그렇게 껄끄러운 세희가 나타나 준 게 이렇게 고마울 수 있다니. 세희는 이제 괜찮다고 생각했는지 나래의 손목을 놓아주었다. 나래가 잡혀 있던 손을 탁탁 털더니 팔짱을 끼며 말했다.

"……조금 화났을 뿐이야."

"다행입니다. 방금 전에 나눈 말씀으로 좋은 생각이 떠올랐는데 도련님께서 빈사 상태가 되시면 실행할 수 없으니까요."

세희의 머릿속에 있는 좋은 것의 뜻이 내 머릿속에 있는 좋은 것과는 의미가 다르겠지. 나래는 그런 사실을 모르고 세희에게 말할 기회를 주었다.

"뭔데? 반쯤 죽여 놓는 거보다 더 좋은 방법이 있어?"

왜 그렇게 폭력적이 되셨습니까, 나래 님.

"도련님을 멍석말이하는 것도 좋겠지만 지금은 그것보다 더 급한 일이 있지 않습니까?"

세희가 무슨 말을 하는지 알 것 같다. 웅녀가 원하는 영상을 찍는 것. 내가 눈치챈 것을 나래가 모를 리가 없다.

"그래서? 이런 상황에서 뭘 찍고 싶은 건데? 성훈이를 내가 패는 거?"

그건 공포물입니다.

"세 분이서 같이 몸을 씻으며 서로의 욕망을, 실례, 마음을 확인하는 모습을 찍을 생각입니다."

순간 정적. 충격적인 발언에 나와 나래가 할 말을 잃고 있는데 방금 전까지 내게 달라붙어서 벌벌 떨고 있던 랑이가 귀를 쫑긋 세우더니, 뭐가 그리 좋은지 만세를 부르며 세희에게 달라붙었다.

"좋은 생각이니라!!"

기름 난 집에 불붙이지 마라! 아니, 불 난 집에 기름 붓지 마라! 세희가 저런 말을 한 이상 무슨 수를 써서라도 자기 뜻대로 밀고 나갈 게 눈에 선한데 네가 거기에 찬성하면 어떻게 해?!

나는 최대한 냉정을 말했다 노력하며 되찾으려, 아니, 냉정을 되찾으려 노력하며 말했다.

"지금 무슨 말이야? 그런 짓을 어떻게 하라고?!"

"주인님하고는 하시지 않았습니까?"

"그야 랑이는 어린애니까 그렇지!"

"그러면 나래 님과도 상관없지 않습니까?"

제 말을 들어 주세요, 세희 님. 전 지금 랑이는 어린애니까 상관없다고 말했습니다. 그러면 당연히 나래하고 같이 들어가는 건 문제가 있죠. 나래와 랑이는 하늘과 땅만큼 차이가 있으니까요. 그리고 그때는 랑이를 단순한 동물, 말 그대로 호랑이로 생각해서 씻길 수 있었던 거지 지금 그런 짓을 하라고 하면 나는 못 한다. 절대로 내가 이상한 것에 눈뜬 게 아니라 그때의 내가 바보였던 거야. 그때는 어떻게 랑이를 단순한 호랑이로 생각할 수 있었지?

나래도 세희의 말이 어이가 없어서 얼굴만 붉힌 채 지금 아무 말도 못하고 있다. 이래서는 안 된다. 세희를 물리치기 위해서는 나래의 지원이 필요하단 말이야.

"나래야, 너도 뭐라고 말 좀 해 봐."

"마, 맞아! 싫어! 싫다고! 그건 너무 이르잖아!"

……시기의 문제가 아닌데요.

"괜찮지 않습니까? 단순히 같이 몸을 씻는 것뿐입니다."

"하나도 안 괜찮거든? 너 머리 어떻게 된 거 아니야?"

나래의 말에 세희가 입꼬리를 슬쩍 올리며 대답했다.

"알겠습니다. 자신만을 아시는 나래 님께서 수치심을 이유로 주인님과 도련님의 사정을 나 몰라라 하실 거라는 것을 어느 정도 예상했으니까요. 그때와 같은 일이 다시 일어날지 모른다 해도 17세 소녀의 감수성은 소중한 것이 아니겠습니까?"

넌 또 왜 그 이야기를 꺼내는 거야!

"윽!"

"그렇다면 나래 님 때문에 어쩔 수 없이 웅녀가 만족하지는 않겠지만 다른 장면을……."

나는 세희의 말을 더 이상 들을 수 없었다. 더 이상 세희가 나래의 아픈 기억을 무기로 마음대로 말하는 것을 볼 수가 없었다. 그건 나와 나래만의 기억이다. 그런 것을 제멋대로 타인이 가지고 노는 것을 나는 용납할 수 없다. 그래서 나는 벌떡 일어나서 소리쳤다.

"너……."

"하, 하면 되잖아!"

내 말은 나래의 말에 잡아먹혔다. 얼굴이 붉어져서 울 것 같은 표정으로 나래는 계속 말했다.

"할게! 하면 될 거 아니야?! 이젠 나도 몰라! 상관없어! 벗으면 되잖아, 벗으면!"

저는 상관있습니다. 나래 때문에 제정신으로 돌아온 나는 지금 들은 말이 얼마나 무서운 소리인지 깨닫고 등 뒤가 서늘해졌다. 지금은 이런 걸 생각할 수 없게 된 나래는 더더욱 무서운 말을 계속 하며 내 손목을 잡았다.

"가."

나래가 무지막지한 힘으로 내 손목을 잡아끄는 것에서, 왜 어렸을 때 본 만화에서 곰 같은 힘이여 솟아라! 라는 말이 나왔는지 깨달았다. 거기다 이상하게 뒤에서도 누가 미는 것 같아서 나는 제대로 반항하지 못하고 끌려가게 생겼다. 하지만 사람은 생각을 할 줄 아는 동물이다! 설득하자. 나래를 설득해야 한다.

"나래야! 아니, 나래 님! 잠깐 타임! 지금 심정은 이해가 되는데 일단 말로, 말로 합시다! 말로 하자고요! 우리는 대화가 통하는 인간 아닙니까?!"

나래는 말이 안 통하는 곰이었다. 나는 거센 나래의 힘에 방에서 끌려 나가려다가 어렵사리 문짝을 잡고 버텼다. 손이 끊어질 것 같은 걸 초인적인 인내심으로 참으며 난 도움을 요청했다.

"랑이야! 너도 나래 좀 말려…… 너 뭐하냐!!"

도움을 청하며 뒤를 돌아보았을 때 본 것은, 낑낑대며 내 허리를 두 손으로 밀고 있는 랑이었다. 뒤에서 나를 밀고 있던 건 네놈이었냐?! 절규에 가까운 외침에, 랑이가 내 허리를 밀다가 고개를 들고 싱글벙글한 미소를 지으며 말했다.

"목욕이니라~! 성훈이랑 오랜만의 목욕이니라~!"

아주 신이 나셨습니다, 호랑이님. 앞에는 나래. 뒤에는 랑이. 난 도대체 어디로 도망치라는 거야? 정말 이렇게 있다가는 난생처음으로 여자애와 혼욕을 하게 생길 것 같다. 랑이는 예외로 하자. 어린애니까. 아무튼, 이런 상황을 만든 귀신에게 비명과 같은 목소리로 소리쳤다.

"너 인마! 꼭 그렇게 말해야겠어?!"

"효과가 보장되어 있는데 말을 꺼릴 필요가 어디 있습니까?"

"네 녀석은 감정이란 게 없냐!"

"저와 계약하지 않겠습니까?"

틀렸다. 이 자식, 더 이상 인간의 언어로 대화를 할 생각도 없는 것 같아. 나는 이제 이 사태가 나 혼자만의 힘으로는 해결할 수 없는 곳까지 진행됐다는 것을 받아들이고 문짝을 잡은 손을 놓은 뒤, 무릎을 바닥에 끌리며 질질질. 지옥문을 향해 끌려갔다.

"도련님의 성적 환상을 위해서 방금 전에 욕실을 증축하고 대형 욕조와 여러 도구까지 완비해 두었으니 부디 느긋하게 즐기시길."

뒤에서 들리는 세희의 목소리에 나는 울고 싶어졌다.

그런데 누구 한 명 도와줄 요괴를 잊은 것 같다고? ……방금 일어난 소동에 눈을 뜨고 이쪽을 바라본 뒤 하품 한 번 하며 다시 잠든 바둑이한테 뭘 바라겠냐.

욕실 문이 닫혔다. 랑이가 등 뒤에서 찰칵 하고 문을 잠근다. 퇴로를 막다니. 먹잇감을 놓치지 않으려는 야생 동물의 피가 끓는 거냐.

세희의 말대로 욕실은 완전히 다른 모습이 되어 있었다. 원래는 평범한 가정집의 화장실 같은 구조였는데, 지금은 욕실 자체가 안방 만하게 커져 있다. 그런데도 밖에서 보면 별다른 게 없어 보인 건 요술의 힘이겠지. 이제 이 정도로는 놀라지도 않게 되는군.

욕실의 가운데에는 다섯 명은 들어가도 될 것 같은 커다란 욕조가 있고, 그 안에는 김이 올라오는 희뿌연 물에 장미 꽃잎이 뿌려져 있다. 그 옆에는 이상하게 많은 샴푸 통 같은 게 줄지어 놓여 있다. 단순히 몸을 씻는 용도로 쓰는 것들이 아니라는 걸 알고 있는 건, 말 못 할 영상매체를 통해 습득한 지식 때문이다. 그리고 왜 욕조 옆에 하얀색 공기 매트가 펼쳐져 있는지도, 욕실용 의자는 어째서 가운데에 구멍이 뚫려 있는지도 알고 있다. 하지만 그것들보다 나를 가장 당혹스럽게 만든 것은 욕실의 천장 이곳저곳에 달려 있는, 너무나 밝은 빛을 내고 있는 형광등이었다. 아니, 형광등이라는 말은 어울리지 않는다. 차라리 조명이라는 말이 더 올바르다. 도대체 저런 걸 왜 욕실에 달아 놓은 거야?!

기와집의 욕실에는 어울리지 않는 풍경에 넋이 나가서 아무 짓도 못하고 있을 때, 옆에서 뭔가가 휙 날아가서 욕실 바닥에 떨어진다. 랑이가 자신의 옷을 벗어 던진 것이다. 이 녀석아. 옷을 그렇게 아무 데나 던지면 안 되지. 벗은 옷은 세탁기에 넣거나 잘 정돈해서……가 아니라! 넌 왜 갑자기 알몸이냐?!

"먼저 들어가겠느니라."

랑이가 욕조의 턱을 손으로 잡고 한쪽 다리를 높이 들어 올려서 발가락으로 툭툭 물은 건드려 본다. 물이 뜨겁지는 않은지 욕조 턱에 엉덩이를 내려서 몸을 지탱하고 이내 다른 쪽 발도 집어넣은 다음 안으로 쑥 들어간다.

……저는 아무것도 못 봤습니다. 정말 아무것도 못 봤어요.

"랑이야, 그러면 안 되지."

옆에서 나래가 한 말에 나는 안도했다. 그래. 랑이의 모습을 보고 나서 이제야 나래가 제정신을 차렸구나! 살았다!

"원래는 탕에 들어가기 전에 몸을 씻는 거야."

이런 젠장! 이야기가 내게 좋은 쪽으로 돌아갈 리 없지!

"아, 그렇구나! 다시 나가겠느니라!"

랑이가 벌떡 일어나서 이쪽을 향해 정면으로 서서 다리를 들어 올려 나오려기에 나는 이번에는 제대로 고개를 돌렸고, 나래는 랑이를 말렸다.

"오늘은 그냥 하고 내일부터 그러자. 먼저 들어갔으니까."

내 주위에는 정상적인 사고방식을 가진 사람이 없는 겁니까?

"지금 걸고 넘어갈 게 그게 아니잖아!"

"왜? 랑이는 어린애잖아?"

의아해하던 나래가 무슨 생각이 들었는지 갑자기 눈썹을 치켜뜨며 나를 노려본다. 불길한 기분이 듭니다.

"아니면, 뭐야. 너 설마 랑이한테 이상한 마음이라도 가지고 있는 거야?!"

……가지고 있습니다. 그래서 나는 잽싸게 말을 돌렸다.

"아, 아니. 그것보다."

나래의 눈이 가늘어지려고 할 때 나는 잽싸게 말을 이었다.

"네가 문제잖아, 네가! 이 나이가 돼서 같이 목욕한다는 게 말이 돼?"

내 정상적인 발언에 나래가 오히려 되묻는다.

"뭐가 어때서?! 어제 말했잖아. 나, 나도 랑이하고 똑같이 대하라고!"

분명히 말했지만 그게 되겠습니까.

"저기, 나래 님. 잠시 이성을 되찾으시고 좀 더 밝고 활기찬 미래를 향해…… 손! 손 내려, 손!!"

나는 한 손으로는 손가락질을 하며, 다른 한 손으로는 얼굴을 가리고 소리치며 뒤로 물러났다. 왜냐고? 나래가 탱크톱을 벗고 있었으니까! 나래가 양쪽 팔을 교차시키고 탱크톱의 아랫부분을 잡고 들어 올려서, 분홍색 브래지어를 드러낸 상태로 내게 말했다.

"왜, 왜 그래? 씻으려면 벗는 게 당연하잖아?"

"그건 당연하지만! 나이가 찬 남녀가 같이 씻는 건 안 당연하거든요?! 잠깐 진정하시고! 세희의 말에……."

아차. 실수다. 내 말 실수에 나래가 방금 전까지 잊고 있던 일에 대해서 기억해 낸 것 같다.

"그래. 네 말대로 내가 진정하게 생겼어? 너도 알고 있잖아! 내가 왜 이러는지! 그런 말을 들을 바에는 차라리 그, 개! 그래! 개한테 한 번 물렸다 치고 그냥 벗고 말겠어!"

멍멍! 저는 사람을 물지 않습니다. 순식간에 개가 되어 버렸지만, 나래가 그렇게까지 말하는 이상 나는 더 이상 말릴 수가 없게 되었다.

간단한 예를 들어 보자. 랑이가 나를 위해 희생하려고 했던 그날의 일. 만약 세희가 그때의 일을 언급하면서 내가 대로에서 '나는 로리콘이다!' 라고 외치지 않으면 그런 일이 또다시 일어날 거라고 말한다면? 아니, 내가 지금 알몸으로 거리를 질주하지 않으면 치이가 죽을지도 모른다고 말한다면? 나는 수치심에 죽고 싶을지는 모르겠지만 세희의 말대로 할 거다. 다시는 그런 일을 겪고 싶지 않고, 그런 일이 일어날 수 있는 일말의 가능성도 남겨 두고 싶지 않으니까.

지금 나래가 그런 상황이다.

어렸을 때의 일을 기억나게 할 말과, 자신의 손으로 나를 죽이려고 했던 그때의 일. 그 두 가지가 지금의 나래를 여기까지 몰아세우고 있는 거다. 그렇다면 이제 내가 생각할 것은 나래를 말리는 것이 아니라 최대한 배려해 주는 방법이다. 나는 한숨을 쉬고 그러면 일단 내가 몸을 돌리고 있을 때 옷을 벗고 탕 안에 들어가라고 말하려고 했지만,

"알았어. 그러면 일단…… 팔! 팔 내려! 팔 내리라고! 벗지 마아아아아!!"

그 전에 앞서 내 절규가 욕실을 가득 채웠다.

내가 바보 같아 보일지도 모른다. 이렇게 넝쿨째 굴러온 가슴, 아니, 호박을 발로 뻥 차 버리는 게 어리석다고 생각할 수

도 있다. 나도 마음 한편으로는 그렇게 생각한다. 내가 바보 같다고. 나도 남자니까 말이야. 이런 기회를 놓치지 말고 나래의 볼륨 있는 몸을 내 눈에 각인시키고, 아니, 이 기회를 틈타 19세 미만 청소년들은 볼 수도 읽을 수도 없는 일을 저지르고 싶다는 욕구가 있다. 하지만 그래서는 안 된다. 지금의 나래는 세희가 한 말이 있다고는 하지만 결국에는 나와 랑이를 위해서 이런 부끄러운 짓까지 하는 거니까.

"빠, 빤히 보지 마! 부끄럽단 말이야!"

아뿔싸. 너무 깊게 생각에 빠진 바람에 나래의 역사적인 탈의 순간을 제대로 보지 못했다. 아, 아니! 나래가 옷을 벗는 걸 말리지 못했다. 어느새 나래는 브래지어까지 다 벗고서 두 팔로 가슴을 끌어안아 중요 부분을 가리며 움찔거리고 있었다. 볼을 붉히고 몸을 살짝 앞으로 숙인 채 나를 올려다보는 나래의 모습에 나는 정신을 차릴 수 없었다.

"이, 이제는 너도 벼, 벗어."

저 말을 평소의 나래에게 들었다면 나는 견딜 수 없었겠지만 지금은 다르다. 역시 아무리 그래도 이건 아니야. 꼭 이런 장면 말고도, 그래. 물놀이 있잖아, 물놀이. 아니면 다정하게 세 명이서 손잡고 자는 모습이나. 그런 장면으로 영상을 찍어도 되잖아. 세희를 설득하자. 세희는 의외로 말이 통하는 귀신이니까. 나는 내 이성이 사라지기 전에 뒤로 돌아서 미칠 듯한 속도로 욕실 문의 잠금장치를 풀고 손잡이를 돌렸다. 하지만 문은 열리지 않았다.

"어째서?!"

그 때 익숙한 목소리가 욕실의 벽 쪽에서 들려왔다. 그 목소리는 악의에서 태어나 조롱을 먹이로, 지옥에서 자랐다 해도 믿을 것 같은 세희의 것이었다.

"들어가는 것보다 나오는 것이 더 힘들다는 사실을 모르니 동정이란 것입니다, 도련님."

"야, 이 자식아!!"

"아, 걱정하실 것 없습니다. 욕실 안의 영상은 숨겨 놓은 20대의 카메라로 도촬, 실례, 녹화를 하고 있으니까요."

그래서 형광등이 저리 밝은 거였구나!

"내가 지금 그걸 걱정하게 생겼냐?!"

"그렇군요. 도련님께서 걱정하시는 것은 한창 즐거울 때 문이 열리는 것이겠죠. 이 역시 걱정 안 하셔도 됩니다. 문은 목욕이 끝나기 전에는 열리지 않을 테니까요."

"문이나 열어!! 할 이야기가 있으니까!"

"아, 그러고 보니 깜빡하고 있었군요."

세희의 말이 끝나는 순간, 갑자기 문 옆의 벽에 푸른색 원이 그려지더니 바둑이가 툭 하고 튀어나왔다. 이, 이건 뭐냐? 이것도 요술이냐?

"바둑이를 씻겨 주시면 보상으로 달콤한 케이크를 드리겠습니다."

"케이크는 거짓말이겠지!!"

하지만 문을 열어 줄 세희의 기척은 더 이상 느껴지지 않았다. 튀었구나, 이 자식! 나는 손잡이를 잡고 앞뒤로 열고 당겨봤지만, 사실 내가 잡고 있는 건 문의 손잡이가 아니라 벽의 일부분이 아닐까 하는 생각이 들 정도로 꿈쩍도 하지 않는다. 이런 상황에서도 바둑이는 갑자기 욕실에 들어온 것이 놀랍지도 않은지,

"아, 오늘이 씻는 날이에요?"

아무렇지 않게 옷을 벗고 샤워기로 몸을 씻기 시작했다. 대단하다, 바둑아. 이런 상황에서도 당황하지 않는 네가 이제는 존경스럽게 느껴진다.

"……난 다 벗었어."

난 바둑이처럼 되려면 한참 먼 것 같다. 등 뒤에서 들린 무시무시한 말에 심장이 떨어지는 줄 알았다. 뒤에 있다. 바로 내 등 뒤에 있다. 나는 절대로 돌아보지 않겠다는 다짐을 하며 말했다.

"뭐, 뭘요?"

실로 바보 같은 말이었다.

"그, 그걸 나보고 말하라는 거야?"

조금 높아진 나래의 목소리가 욕실 안에서 울린다.

"아, 아니. 그게 말이죠."

내 목소리도 자연스럽게 떨린다.

"……먼저 들어갈 테니까 너도 빨리 벗고 들어와."

등 뒤에서 나래가 욕조 안으로 들어가며 나는 물소리가 들렸다. 나도 가, 각오를 해야겠지? 일단 가슴을 부여잡으며 심장이 터지지 않도록 숨을 고르고 있는데 뒤쪽에서 랑이의 목소리가 들린다.

"우-. 나는 어찌하여 나래만큼 가슴도 엉덩이도 커지지 않는

것이느냐. 나도 빨리 커지고 싶으니라."

"걱정 마. 랑이도 어른이 되면 커질 테니까."

랑이의 자란 모습을 한 번 본 적이 있는 나는 절대 아니라고 확신할 수 있다.

……지금 내가 무슨 소리를 하는 거야.

"응? 그런데 성훈이는 옷을 안 벗느냐? 전에는 훌렁훌렁 잘 벗었지 않느냐?"

"……."

보이지는 않지만 나래의 시선이 아프다. 나는 울 것 같은 목소리로 소리쳤다.

"벗어! 벗는다고! 벗으면 되는 거 아닙니까! 으허어어엉"

그래. 일이 이렇게 된 이상 어쩔 수 없다. 계속 현실에서 도망치려고 해 봤자 상황은 나아지지 않고 오히려 악화되기만 할 거다. 그렇다면 남자답게 정정당당하게 싸우자. 그리고 죽자! 세희는 목욕이 끝나기 전까지 열리지 않는다고 말했다. 다시 말해 목욕을 끝내면 문이 열린다는 말이다. 그러면 목욕을 빨리 끝내면 되는 거다! 나는 굳은 결심을 하고 뒤에서 느껴지는 두 여자아이의 시선을 무시하며 옷을 벗었다. 티셔츠를 벗고 바지를 내리고 팬티를…… 팬티를…… **내렸다.** 그래도 알몸으로 돌아설 용기는 나지 않아서 잽싸게 옆에 있는 수건을 아래에 두르고 뒤로 돌아섰다.

욕조 안에는 나래와 랑이가 나란히 앉아 있었다. 물의 높이가 랑이한테는 좀 높은지 겨우 목만 내밀고 있었다. 다행이다. 물이 희뿌예서 아래가 안 보여서 정말 다행이다. 하지만 나래

쪽으로 시선을 돌리자 모든 일이 그렇게 좋게 돌아가지만은 않는다는 것을 깨달았다. 나래에게 있어서 욕조의 물은 그리 높지 않았다. 저, 정확히 말하자면 가슴의 중간 부분에서 조금 윗부분까지밖에 오지 않는다. 그렇기 때문에 욕조의 물에 살짝 뜬 나래의 가슴이 눈에 확연히 들어온다.

"……윽."

얼굴을 가린다. 위험해. 정말 위험해. 좋아하는 여자애의 나신은 소년의 감성을 뒤흔드는 것만으로도 모자라 이성을 파괴시키고 욕망을 부추긴다. 무엇보다 붉은색의 장미 꽃잎으로 살짝 가려져 얼핏 보이는 꽃잎보다 옅은 분홍색이 위험하다. 이대로라면 여러 가지로 대형 참사가 일어날 것 같아서 나는 재빨리 나래와 랑이의 반대쪽으로 들어갔다. 그러자, 유레카! 내가 안으로 들어가자 수위가 차올라서 나래의 가슴 위쪽까지 물이 올라간 것이다! 또 하나 다행인 것은 내가 수건을 두르고 들어왔다는 것에 아무런 말도 안 했다는 것. 나래는 그저 얼굴을 붉히고 고개만 숙이고 있었다. ……하지만 지금 욕조 안에 들어가 있는 사람은 나와 나래뿐만이 아니었다.

"성훈아? 왜 수건을 두르고 들어왔느냐?"

그렇다! 랑이도 있는 것이다! 랑이는 젖은 머리카락으로 물음표를 만들며 순진한 표정으로 물어왔다. 순간적인 패닉에 뭐라고 대답해야 할지 몰라 나는 될 대로 되라는 식으로 뇌가 아닌 입에게 모든 것을 맡겼다.

"시, 시끄러. 이 속에는 생명 창조의 숭고한 비밀이 숨겨져 있기 때문에 함부로 보여 주면 안 된다고."

아이고, 어머니. 제가 지금 뭐라고 지껄인 겁니까.

"푸핫!"

그런데 내 말이 웃겼는지 나래가 고개를 숙이며 웃음을 터트렸다.

"그게 뭐야? 그걸 농담이라고 한 거야?"

"그, 글쎄요."

그 웃음에 지금까지 욕실 안에 가득 차 있었던 어색하면서도 끈적끈적한 분위기가 한순간에 사라졌다. 그제야 나와 나래는 서로를 똑바로 볼 수 있었다.

……뭔가 그리운 기분이 든다. 이렇게 같이 목욕을 한 게 얼마 만일까. 어렸을 때는 나래네 집에 놀러가서 같이 들어가곤 했는데 말이야. 잠시 추억에 잠기고 있자니, 나래가 물속에 있는 발을 쭉 뻗어 내 쪽에서 들어 올려 물을 튀겼다. 위, 위험한 장난을 치시네요, 나래 님!

"이 성희롱꾼. 뭘 그렇게 쳐다봐? 그렇게 좋아?"

좋아합니다. 정말 좋아합니다.

"아니."

"흐~응? 그새 잊었나 봐?"

손가락을 들어 자신의 머리를 장난스럽게 톡톡 두드리는 나래를 보고 한 가지 사실을 기억한 나는 사실대로 말했다.

"거짓말입니다."

"거짓말은 나쁜 거 알지?"

"나쁜 짓 했으니 호랑이에게 물려 가겠네."

내 말에 지금까지 따듯한 물에 헤롱헤롱 녹아 있던 랑이가 눈을 번쩍 뜨며 손으로 수면을 팍팍 친다. 물 튀긴다, 하지 마라.

"난 성훈이를 안 물어 가느니라!"

"성훈이가 농담한 거야."

"우. 그런 농담은 싫으니라."

랑이가 입술을 쭉 내밀며 원망스럽게 나를 본다. 자기 딴에는 내 농담에 화가 났다고 말하고 싶은가 본데, 나한테는 그저 귀여워 보일 뿐이다.

"랑이는 성훈이를 많이 좋아하니까."

나래가 랑이의 허리를 잡더니 자신의 허벅지 위에 올려놓는다. ……뭐, 제가 장미 꽃잎이 둥둥 떠 있는데다가, 희뿌연 물을 투시할 초능력자는 아니니까 아마 그렇지 않을까 하는 생각입니다. 랑이는 반항하지 않고 나래의 품에 안겨 뒤로 머리를 기댔다. 그러자 나래의 가슴 모양이 뭉그러뜨려지며 랑이의 머리 양옆으로 살짝 삐져나온다. 아까보다 보이는 면적이 작아진 것에 아쉬운 느낌이 든다. 좀 잘 봐 둘 걸 그랬나.

"내 얼굴에 뭐가 묻었느냐?"

랑이가 물속에서 양손을 꺼내 자신의 볼을 쓱싹쓱싹 문지른다. ……네가 아니라 나래의 가슴을 보고 있었다고 어떻게 말하겠냐.

"아니야. 성훈이는 내 가슴 보고 있었어. 정말. 내가 아니면 너 진작에 큰일 났을 거야. 이 변태에로 중년."

너는 말할 수 있구나.

"으……. 너무 큰 것만 좋아하지 말거라! 네가 좋아해야 하는 것은 지, 지금은 아직 조금 작은 나의 가슴이니라! 그저께도 막 울면서 얼굴을 문지르지 않았느냐?"

나는 그대로 욕조의 물에 얼굴을 묻었다. 사람 살려.

"……그게 무슨 말이야?"

신기하다. 따스한 물속에 들어가 있는데, 왜 나는 한겨울의 산속에서 알몸으로 가만히 서 있는 것 같은 느낌이 드는 걸까. 나래에게 어떻게 변명을 해야지 살아남을 수 있을까 고민하고 있는데, 랑이가 입을 열어 나를 물어 버렸다.

"나래야, 나래야! 들어 보거라! 그저께 성훈이 내 가슴에 안겨 펑펑 울었느니라. 그건 내 가슴이 마음에 들었다는 말 아니겠느냐?"

랑이의 말에 나는 몸은 차가운데 얼굴은 뜨거워지는 기이한 경험을 할 수 있었다. 나래가 일자가 된 눈으로 나를 찌릿 하고 노려보고는, 랑이에게는 더없이 상냥해 보이는 미소를 지어 주었다. 여자는 무섭다. 정말 무섭다.

"그저께 무슨 일이 있었는데?"

"그러니까, 그게 말이니라."

아차. 치이에 대한 이야기를 랑이가 할 수 있다는 것을 생각 못했다. 나래에게는 대충 잘 됐다고 말해 놨단 말이야! 잘못했다가는 랑이가 하지 않아도 될 말을 할 수 있다. 차라리 그럴 바에는 내가 말을 하자.

"잠깐만, 나래야. 내가 말해 줄게."

"강성훈. 입 다물어."

나래는 내 속을 꿰뚫고 있었다.

"옙!"

나는 입을 다물었고, 랑이는 나와 나래를 한 번씩 번갈아 보았다.

"랑이야, 이야기해 줄래?"

"으, 응."

"하나도 빠짐없이, 랑이가 알고 있는 일을 모두 말해 줘야 돼? 안 그러면 언니, 화낼지도 몰라."

나래가 더할 나위 없이 상냥하게 미소 지으며 말했지만,

"아, 알겠느니라!"

랑이의 꼬리는 삐쭉 솟아올라 물 밖으로 튀어나왔다. 웃고 있지만 실제로는 웃고 있지 않다는 걸 야성의 감으로 깨달은 것 같다.

하지만 그건 잠시뿐이었다. 바둑이가 욕조 안으로 들어왔을 때가 되자, 랑이는 점차 긴장이 풀어져 자랑하듯이 나래에게 신명나게 이야기를 풀어 나갔다. 랑이가 집을 비었을 때의 이야기도 끼어 있어서 조금 놀랐지만, 아마 세희에게 이야기를 들었겠지. 그런데 말이야. 세희는 어떻게 알았을까? 갑자기 환청이 들리는 것 같다. 요술입니다.

"그래서 까치는 무사히 자기 집으로 돌아갔느니라! 이게 다 성훈이가 착하고 용기 있고 상냥하고 대범하고 멋져서 그런 것이니라!"

랑이의 이야기가 이상하게 끝이 났다. 그리고 이제 나래의 불호령이 떨어질 차례겠지.

"응, 잘 알았어."

나래가 랑이의 머리를 쓰다듬어 주고는 나를 향해 미소를

지으며 말했다.

"너 이리 와 봐."

긴장을 풀지 마라. 저 미소 뒤에 야차의 미소가 숨겨 있다. 나는 두 팔로 욕조를 붙잡으며 말했다.

"안 가면 안 될까요?"

"3초 줄게."

"너무 짧은데요."

"2초."

나는 시선을 위로 하고 조심스레 나래의 옆으로 다가갔다. 그러자 뭐가 좋은지 랑이가 내 다리 위에 가로질러 앉더니 엉덩이가 내 배에 닿을 정도로 딱 붙이고 제멋대로 내 손을 어깨에 두른다. 도망 못 치게 만들 생각이냐. 뭐라고 한 마디라도 해야 할 것 같은데 옆에서 아무 말 없이 나를 보고 있는 나래가 무서워서 입도 못 열겠다. 하지만 나래는 화를 내지 않았다. 오히려 손을 들어 올려 머리를 쓰다듬어 주며,

"다시는 그러지 말라고 몇 번이나 말해야 하는 거야? 왜 그렇게 계속 숨기려고 해?"

나를 상냥하게 대해 줬다. 그 목소리에는 나에 대한 걱정과 안타까움, 그리고 말로는 표현 못할 어떤 감정이 느껴져서 갑자기 가슴이 벅차올랐다

"날 걱정해서 그러는 건 알지만 이제는 내가 네 걱정도 하게 해 줘. 다음에도 이러면 나, 진짜로 화낼 거다? 알겠지?"

"……아."

잠깐. 잠깐만. 이건 너무하잖아. 이건 그거, 그거보다 더하

다. 전쟁 중에 공습경보가 나서 방공호에 숨어 덜덜 떨고 있는데, 비행기에서 떨어진 게 폭탄이 아닌 구호 물품일 정도로 너무하다고. 사실을 숨겼다는 불호령이 떨어질 거라 예측한 내게 찾아온, 생각도 하지 못한 따스한 위로에 갑자기 눈시울이 뜨거워졌다. 상냥함이 그대로 전해지는 따스한 손길과 목소리. 그리고 말로는 표현할 수 없는 것을 담은 두 눈동자. 그것이 모두 내게 전해지는 순간, 랑이의 품속에서 모두 흘려 버렸다고 생각한 눈물이 울컥 쏟아져 내렸다. 나도 내가 왜 이런지 모르겠다.

"서, 성훈아! 우는 것이느냐?"

랑이가 내 눈물에 깜짝 놀라 고개를 돌렸다가 기겁을 하며 몸을 내 쪽으로 돌린다. 다리를 벌려 욕조 바닥에 무릎을 대고, 두 손으로 내 어깨를 잡으며 나를 올려다본다.

"갑자기 왜 우느냐? 내가 여기 있지 않느냐? 우, 울지 말거라."

아니, 그게 말이지. 나도 지금 내가 왜 우는지 모르겠거든? 그러니까 울지 말라고 해도 그만 울 수가 없다고. 저기, 누가 내 눈물 좀 멈춰 주시면 안 되겠습니까?

나래는 나보다 나를 더 잘 알아주는 소꿉친구였다.

"아, 그리고 이건 벌."

나래가 나를 쓰다듬던 손으로 내 귀를 꼬집고 자기 쪽으로 끌어당겼다.

"아야야!"

거짓말같이 눈물이 쏙 들어가는 대신 내 입에서 비명이 튀어나왔다. 어느새 나래는 몸을 틀어 앉아 있었고, 그대로 내 머리를 자신의 품에 안았다. 뒤통수에서 느껴지는 풍만한 감촉에 이게 어떻게 벌인가, 하는 생각을 할 때.

"나한테 제대로 말 안 해 준 거하고 랑이한테 이상한 짓 하는 벌이야."

나래가 내 머리를 물속으로 집어넣었다.

"우픕?!"

그리고 덤으로 랑이까지 끌려 들어가고 말았다는 건 여담이다.

겨우겨우 나는 욕실에서 나올 수 있었다. 책으로 따지면 60P. 짧은 단편 하나 정도는 채울 수 있을 것 같은 일들이 있었지만, 그건 기회가 와도 말 안 하고 싶다. 어쨌건, 들어갈 때는 셋이었지만 나올 때는 바둑이까지 포함해서 네 명이 된 우리들은 모두 얼굴이 붉어져 있었다. 단순히 물에 오랫동안 들어가 있어서 그렇다고 생각하자. 바둑이는 정말로 그런 이유지만.

"마실 것을 준비해 두었습니다."

오늘따라 한 대 치고 싶은 세희가 병우유 네 개를 쟁반 위에 올려놓고 이쪽으로 내밀었다.

"그런데 왜 하필 다 우유야?"

그것도 구하기 힘든 병우유다.

"이쪽 업계의 불문율 같은 것입니다."

……요괴들은 목욕을 한 다음에 우유를 마셔야 하는 것 같다. 아무튼 시원한 게 마시고 싶었던 참이라서 나는 우유를 집어서 나래와 랑이와 바둑이에게 건네주었다. 세희가 쟁반을 솜씨 좋게 휘리릭 돌려 옆구리에 끼며 말했다.

"그러면 저는 잠시 실례하겠습니다."

그냥 사라져라. 내 눈앞에서 사라져.

열불이 터지는 속을 달래기 위해서 뚜껑을 퐁! 하고 딴 뒤 마시려는데, 랑이가 병우유를 이리저리 요리조리 돌려보는 게 보였다. ……못 따는 거냐. 옆에 있는 바둑이는 혼자서도 잘 따서 먹는데 너는 어째 못 먹냐.

"우웅……."

그래도 자존심은 있는지 바둑이한테 부탁은 못 하는 것 같다. 어쩔 수 없지. 나는 아무 말 없이 랑이의 손에서 병우유를 가지고 간 다음에,

"아!"

내가 따 놓은 우유를 쥐어 줬다.

"이거 먹어."

"역시 성훈은 상냥하다!"

야, 야! 손에 우유 들고 달라붙지 마! 볼 비비지마! 손에 흘린 우유 핥지 마!

"……저, 저기, 성훈아."

나래가 슬쩍 말을 걸어온다.

"왜?"

"내 거도 따 줘."

살짝 얼굴을 붉히면서 부탁하는 나래의 요구를 들어주고 싶은 마음은 한 가득이지만, 지금 내 상황이 허락하지를 않는다. 한 손은 뚜껑이 열린 우유가, 한 손은 랑이가 차지하고 있어서 말이야.

“……그게, 랑이 때문에 안 되겠는데. 미안.”

내 말에 나래가 실망한 표정을 짓더니 금세 새침하게 변해 고개를 획 돌리며,

“……됐네요.”

나래는 고개를 획 돌리며 손가락을 가지런히 모아 수도를 만든 다음에 병우유의 목을 잘랐다. ……응? 눈을 비벼 봐도 달라진 건 없었다. 나래는 병우유의 뚜껑을 따는 게 아니라, 그 목을 수도로 잘라 버린 거다. 그 사실 자체도 놀랍지만 그 단면이 매끄럽다는 게 더 놀랍다. 저런 신기를 부릴 수 있는 나래가 왜 나한테 부탁을 한 거지? 내 목이 저 우유처럼 될지 몰라 긴장해서 몸이 굳어 버린 상태로 보고 있자니, 나래가 잘라진 단면에 입을 대고 고개를 호쾌하게 뒤로 젖혀 우유를 한 번에 쭈욱 들이켰다. 그러다 보니 우유가 새어 나와 입술 옆을 흘러 가슴팍까지 떨어진다. 나래는 혀를 움직여 입가에 흘린 우유를 핥아 먹은 뒤 빈 병을 싱크대 위에 놓았다.

“잘 먹었어.”

쾅! 유리로 만든 병은 멀쩡한데 금속으로 만든 싱크대가 깊게 파인다. 숨이 턱 하고 막혀서 뭐라 말도 못 하고 있는 나를 놔두고 나래가 문을 거칠게 열고 부엌을 나섰다. 그제야 숨통이 트였다.

"나, 나래가 갑자기 왜 저리 화가 났느냐?"
랑이가 내 다리에 달라붙은 채 덜덜 떨며 물어왔다.
"모, 몰라."
그건 나도 알고 싶다. 내가 도대체 무슨 실수를 한 거지? 누구 알려 줄 사람 없냐? 그래. 천하태평으로 이름 높은 바둑이라면 오히려 이런 경우에 나래의 행동을 객관적으로 볼 수 있었을 거다.
"바둑아. 너 혹시 나래가 왜 화났는지 알아?"
"모르겠는데요? 그런데 도련님. 혹시 우유 안 드실 거예요?"
바둑이는 반짝반짝 빛나는 눈으로 내 손에 든 우유를 보고 있다.
"……너 먹어라."
나래가 화를 내든 말든, 신경도 안 쓰고 있었다는 말이죠.

욕실의 촌극이며 참극이 끝난 뒤지만, 아침 식사 분위기는 평소와 다르지 않았다. 나래의 분위기 때문에 밥을 삼키는 것이 조금 힘들기는 했지만 이 정도야 아무것도 아니지. 하하하. 왜 눈가가 뜨거워지는 거냐.
상을 치우고 컴퓨터로 뭔가를 찾아본 뒤, 느긋하게 TV나 보면서 시간을 때우려고 했지만 그런 내 평온한 시간을 방해하는 일은 언제나, 매번, 끊임없이 일어나게 되는 것이 내 운명인가 보다.
"도련님."

또, 그런 일은 압도적으로 세희가 많이 일으키지.

"또, 왜?"

"이러라고 설치한 TV가 아닙니다."

"……그럼 뭐하러 가져왔는데?"

"제가 보기 위해서입니다."

어쩌라고. 내게서 리모컨을 뺏어 자신이 좋아하는 만화전문 채널로 돌린 세희는 시선을 TV에 고정시킨 상태로 내게 말했다.

"TV를 시청함으로써 사회의 지식을 습득하는 것은 제게 맡기시고, 도련님께서는 설거지 중이신 나래 님과 알콩달콩하고 러브러브하고 끈적끈적하며 질퍽질퍽해서 푸슉푸슉한 상황이나 만드시길 바랍니다."

나는 가볍게 무시하기로 했다. 이야, 나도 어른이 되어 가고 있구나.

"방금 거로는 모자라다는 거냐."

"좋은 영상을 되도록 많이 찍고 싶은 것은 감독의 공통된 욕구겠죠."

네가 감독을 하면 분명히 배우들이 모두 도망칠 거야.

"마침 주인님께서도 나래 님을 도와주러 들어가셨으니, 지금이 호기입니다. 이 기회에 한 화 분량을 뽑아 놔야 합니다."

한 화 분량은 뭔지 모르겠지만, 랑이가 안 보여서 바둑이와 놀러 나갔나 생각했는데 나래하고 있었던 거냐. 그보다 랑이도 나래를 도와주는데 넌 여기서 뭐하는 거야.

"그러면 사이좋은 둘의 모습이나 찍으라고."

"이제 슬슬 도련님께 드릴 진언의 종류가 바닥을 보이고 있으니 생각 좀 하시고 말씀하시기 바랍니다."

그 날이 오면 지리산이 일어나 춤을 출 거다, 이 자식아. 나도 알고서 한 말이라고.

"알고 있기는 한데 부엌에서는 조금 그래서."

한 번 크게 데인 게 며칠 전의 일이다. 잘못해서 나래를 화나게 만들었다가는 뭐 가지고 나를 찌를, 아니, 때릴지 모르잖아.

"그것을 위한 대본집입니다."

"가이드북이라며?"

"소심해서 쩨쩨하게 따지는 남자는 인기 없습니다."

네가 너무 대범한 거겠지.

"194P입니다."

세희에게 소설이자 가이드북이자 대본집을 받아 들고 194p를 펴 보았다. 거기에는 부엌에서 세 명과 할 수 있는 러브러브한 행동들이 세심하게 적혀 있었다. 정말로 쓸모없이.

"시작부터 알몸 앞치마냐."

"저번에 도련님께서 보고 싶어 하시던 것 같아서 넣어 보았습니다."

나래의 옷을 찢은 다음에 억지로 알몸 앞치마를 시키고 뒤에서 흐뭇하게 지켜보는 성훈, 그러니까 완전히 변태 같은 나라던가.

"랑이의 계곡주? 계곡주는 뭐야?"

랑이의 계곡주를 개처럼 핥아 마시는 나라던가.

"컴퓨터를 설치한 것은 이러한 때를 위해서입니다. 검색해 보시죠. 지금 당장 말이죠."

……이건 왠지 내가 죽을 때까지 몰라도 되는, 아니, 알면 안 되는 것 같으니까 절대 찾아보지 말자. 어쨌든 이런 쓸데없고 쓸모없는 것들로 가득 찬 대본집을 닫고 조금이라도 도움이 될 게 있을까 생각한 나 자신을 욕하며 세희에게 돌려주었다.

"넣어 둬."

세희는 아쉬운 표정 하나 없이 책을 받아 들고 소매 안에 집어넣었다. 그런데, 너 말이다. 제발 사람을 보면서 이야기해라.

"그보다. 내가 그런 짓을 해도 네가 안 오면 의미가 없잖아? 아니면 부엌에도 욕실처럼 카메라라도 설치해 놨냐?"

"혹시라도 제가 부엌에서 무슨 짓을 하는지 찍히는 걸 염려해 설치하지 않았습니다."

영상에 남으면 안 되는 짓을 부엌에서 하고 있는 거냐?! 식사 준비를 할 때 도대체 무슨 짓을 하는 거야!

"그러면 어떻게 찍게?"

"저는 어디에도 있고, 어디에도 없는 신입니다."

"너 귀신이잖아."

"좋아하는 소설의 오마주입니다. 책도 안 읽으십니까?"

그 책 이름 말해라. 읽어 줄 테니까. 그래도 어디에 있든지 영상은 찍을 수 있다는 말이라는 건 알겠다.

"애초에 도련님께서 '실제 소꿉친구와 호랑이님한테.AVI'를 찍으시면 모든 것이 편하게 될 텐데 말이죠."

"……."

나는 최대한 세희의 무표정을 흉내 내며 아무 말도 하지 않았다. 하지만 세희는 그런 내가 가소롭다는 듯이 원조 무표정으로 나를 대했다.

"그런 원숭이 같은 짓을 할 시간이 있으면 설거지가 끝나기 전에 들어가시죠."

"그 전에."

이번을 통해 궁금해진 사실을 세희에게 물어보기로 했다.

"도대체 그런 이상한 책은 왜 자꾸 읽으라는 거야?"

이번이 벌써 **두 번째다.** 세희가 무의미하게 내가 읽어도 하지 않을 일들을 책에 적어서 두 번이나 보여 줄 리 없다. 단순히 놀리려는 건 아닌 것 같단 말이야. 분명히 무슨 이유가 있다. 세희는 내 가정을 부정하지 않았다.

"역시나 멍청하시군요. 이제야 눈치를 채시다니. 그래서야 호랑이 굴에서 야채를 얻어먹을 수 있겠습니까?"

두 가지 속담을 섞지 마. 의미를 알 수 없게 되잖아.

"그래서 이번에는 뭐야? 대답해 줄 수 없는 거냐?"

이번에도 말씀드릴 수 없다, 라는 말이 나올 것이라는 예상이 틀렸다.

"그 정도의 마음가짐 정도는 가지란 말입니다, 도련님."

그렇다고 내가 바란 대답은 아니었지만. 세희의 말이 이해가 안 된다. 마음가짐? 나래하고 랑이에게 그렇고 그런 짓을 할 마음의 준비를 하라는 거냐? 몸의 준비는 이미 돼 있지……가 아니고, 무슨 뜻인지 모르겠다. 내가 나래와 랑이에게 이런 므훗므훗한 일을 할 정도의 마음가짐을 하라는 것이 무슨 뜻이지?

"그 멍청한 얼굴을 보자니 제 말뜻을 이해 못 하신 것 같군요."

"좀 더 친절하고 상냥하게 대해 주시면 안 되겠습니까?"

나는 있는 힘껏 이죽거렸고,

"바둑이 바둑 두는 소리는 그만하시고 부엌으로 가시죠."

세희는 더 이상 말해 줄 수 없다는 뜻으로 나를 내쫓으려고 했다. 이번에도 알아서 생각하라는 거냐.

"예이, 예. 알겠습니다."

나는 어머니께 방청소하라고 잔소리를 들은 아이처럼 짜증을 내며 부엌으로 들어갔다.

"왜?"

들어가자마자 나를 향한 나래의 시선에 위가 따끔거린다.

"세희가 영상을 찍는다고."

나래가 얼굴을 붉히며 고개를 돌려 싱크대를 내려다본다.

"그, 그래? 어떻게?"

세희가 보여 줬던 대본집의 내용을 말하면 죽겠지.

"그냥 설거지하는 거 도와주면 자기가 알아서 찍겠대. 그래서 내가 도와줄 거 없어?"

"랑이가 있어서 도와줄 게 없는데."

"오~!"

아, 거기 있었냐. 나래에게 가려서 잘 안 보였는데, 랑이는 그 옆에 있었다. 보아하니 나래가 닦은 식기를 랑이가 행구는 것 같다. 치이가 꺼낸 깔판을 알아서 잘 쓰고 있네.

"성훈아, 성훈아! 나래에게 설거지하는 법을 배웠느니라!"

가슴을 펴며 자랑스럽게 말하는 랑이가 사랑스럽다. 그 사랑스러운 모습에 나래의 화도 풀어진 것 같다. 봐. 저렇게 흐뭇하게 랑이를 내려다보고 있잖아.

“설거지 도와주는 거야?”

“그러하느니라!”

고개를 끄덕인 랑이가 말을 이었다.

“열심히 신부수업을 해서 지아비에게 부끄럽지 않은 지어미가 되겠느니라!”

칭찬을 해 줘야 하나? 아니, 관두자. 저번에 한 번 랑이의 머리를 쓰다듬어 주지 않기로 했으니까.

“응?”

‘이상하다? 분명히 난 착한 일을 하는데 성훈이 왜 칭찬 안 해 줄까?’ 라는 뜻으로 랑이가 의아해하고는 눈동자를 깜빡거리며 손을 멈췄다. 모르는 척하고 있자니 ‘나, 나 혹시 너한테 잘못한 일 있느냐?’ 라는 시선으로 올려다보며 입이 물결을 이루는 게 가만히 놔두다가는 울 것 같은 분위기다. 그래, 그래. 내가 널 어떻게 이기겠냐. 나는 속으로 한숨을 쉬며 랑이의 뒤로 다가가서 머리를 쓰다듬어 줬다.

“착하네, 우리 랑이. 그런 생각도 다 하고.”

그제야 해맑게 웃는다.

“나는 너의 지어미가 될 것이니까 말이다, 헤헤.”

머리를 내게 기대며 행복해하는 랑이를 보고 있자니 기분이 좋다. 그런데……. 왜 나래의 시선이 날카로워진 거지?

“왜 그래?”

"……너 정말 랑이를 동생으로 보고 있는 거 맞아?"

뜨끔. 하지만 나는 사실대로 말했다.

"응."

지금은, 어린아이일 때는, 이라는 말이 생략되었다.

"……아니겠지."

"……예?"

뭐라고 하셨습니까?

"됐어!"

나래가 화가 난 듯 고개를 획 돌렸다. 가, 갑자기 왜 그러세요? 나래가 화가 난 이유를 생각해 보며 우물쭈물하고 있을 때.

"NG입니다."

갑자기 세희가 옆에 나타났다. 아니, 당연하게, 라고 말해야 할 것 같아. 나래는 갑자기 들려온 세희의 목소리에 깜짝 놀라 접시를 깰 뻔했다.

"너 정말! 깜짝 놀랐잖아! 그렇게 나타나지 말라고 했잖아?"

"콘셉트입니다."

"콘셉트였냐!!"

나는 지금까지 네 콘셉트 때문에 그리 많은 시간을 공포에 떨어야 했던 거냐!

"물론 농담입니다. 그것보다 도련님. 제가 말씀드린 대로 알몸 앞치마에 계곡주는 못할지라도 이럴 때는 등 뒤에서 나래님을 껴안아 주며 화를 달래는 것 정도는 해 줘야 하지 않습니까? 그래서야 웅녀를 만족시킬 수 있겠습니까?"

그런 짓을 할 수 있겠냐.

"나래 님도 나래 님이십니다. 지금 무슨 짓을 하고 계시는 겁니까?"

"내, 내가 뭘?"

세희가 눈을 빛내자 나래가 불안해한다.

"지금 같은 상황에서는 나래 님도 주인님같이 자신이 도련님의 마음에 들기 위해서 열심히 노력하고 있다는 사실을 어필할 순간이 아닙니까? 그런데 속마음을 숨기고 화만 내다니요. 그런다고 저 무능, 무력, 무실, 무재한 도련님이 아실 거라고 생각하십니까?"

반론하고 싶지만 내가 뭘 알아야 하는지 몰라서 할 말이 없다.

"내가 언제 화를 냈다고 그래?!"

대신 나래가 씻고 있던 그릇을 내려놓으며 나 대신 항의한다. 이것은 이제부터 부엌에서 일어날 대전쟁의 시작을 알리는 신호탄인가. 나는 슬쩍 뒤로 물러나서 문 바로 옆에 몸을 붙였다. 여차하면 도망쳐야지.

"난 그냥……!"

나래가 뭔가 말을 하려고 하다가 입을 다물었다. 랑이도 뒤의 말이 궁금했는지 입술에 손가락을 대고 호박색 눈동자를 깜빡깜빡, 꼬리를 까닥까닥거리며 나래를 올려다본다. 그러다가 요 녀석이 뭔가 눈치챘는지, "아!" 하고 감탄한다.

"그러면 나래도 성훈에게 부탁하면 되지 않느냐?"

가만히 있는 나를 왜 끌어들여. 그것보다 어떻게 나도 모르는데 네가 나래가 무슨 말을 하고 싶은지 아는 거냐? 랑이의 말에 나래가 어리둥절해하고 있다가 갑자기 얼굴을 확 붉혔다.

"아, 아니야! 네가 생각하는 게 아니라고!"

"응? 분명 부러워하는 것 같던데, 아니었느냐?"

"그게 아니라니까!"

"그러면 무엇이느냐?"

랑이가 순진한 눈으로 올려 보며 묻는 말에 나래는 시선을 피하며 말했다.

"사, 사실은 **그거도** 조금은 있어. 하지만 그런 이유가 다는 아니니까!"

"알겠느니라. 나래는 부끄럼쟁이니까 말이니라."

둘 사이에 알 수 없는 공감대가 형성된다. 나로서는 외계어로 삐릿삐릿하고 대화를 하는 것 같다. 어떻게 주어를 빼먹고 이야기를 할 수 있는지 신기할 뿐이다.

"……."

"……뭐야, 그 짜증난다는 얼굴은."

"제 삼자의 입장에서 지켜보니 도련님을 문 밖으로 던져 버리고 싶어지는군요."

"이미 제 삼자의 입장이니까 날 던져 버리겠다는 선언으로 보면 되냐?"

"오늘 당장 도련님 멀리 던지기 대회를 신설하겠습니다."

"하지 마."

이쪽에서 세희와 내가 별 쓸모없는 이야기를 나누는 도중에도 나래와 랑이의 이야기는 계속되었다.

"그래도 처음만 딱 눈을 감고 부탁해 보거라. 내가 아는데, 성훈이는 이런 걸 자주 부탁하면 나중에는 알아서 해 줄 때가 많아지느니라.”

“……잠깐만. 네가 그걸 어떻게 알아?”

“경험담이니라! 처음에는 성훈이도 싫어했는데, 지금은 막 성훈이 알아서 껴안아 주고 쪽쪽 해 주고 쓱쓱 해 주고 만지작 만지작 해 주고 쪼물락쪼물락 해 주느니라!”

“호오……. 그래?”

“……왜 화가 났느냐?”

핫?! 갑자기 느껴지는 이 무시무시한 기운은 뭐지? 나는 세희와의, ‘나는 던지기에 적합한 모양새가 아니다.’, ‘그렇게 만들어 드릴 수 있습니다.’ 같은 농담 따먹기를 그만두고, 정체불명의 무서운 기운을 따라 고개를 돌렸다. 그곳에는 도끼눈을 하고 나를 노려보는 나래 님이 계셨습니다. 나는 침을 꿀꺽 삼키고 두근거리는 가슴을 진정시키며 말했다.

“왜, 왜 그러시나뇨?”

혀 깨물었다.

“픕.”

내 바보짓에 기분이 풀렸다면 조금이나마 위안이 되었겠지만 웃은 건 세희였다. 나래는 여전히 도끼눈이십니다.

“이리 와.”

“이리 왔습니다.”

나래의 손가락과 내 몸에 보이지 않는 선이 연결된 것 같다. 단 한 번의 손가락질로 나를 자신의 앞에 서게 만든 나래가 갑자기 몸을 돌린다. 사람을 불러 세워 놓고 왜 그러지? 나래는 아무 말 없이 설거지를 시작했고, 랑이도 설거지에 열심이다.

고개를 돌려 보니 세희는 어느새 부엌에서 사라져 있었다. 다시 TV 보러 간 거냐. 나만 할 일 없네. 별로 좋아하지는 않지만 나도 안방으로 가서 만화나 볼까. 나는 슬쩍 나래에게 말을 걸었다.

"그럼 나는……."

"여기 있어."

"여기 있겠습니다."

가긴 어딜 가냐. 여기서 나래의 어깨에 드러난 브라 끈과 만져 보고 싶은 어깨선, 새하얀 등짝을 보며 소꿉친구가 말을 거는 걸 기다리기로 하자. 생각 외로 나래가 말을 거는 건 금방이었다.

"뒤에서 껴안아."

다만 이해하는 데는 시간이 좀 걸렸다.

"예?"

이해하고 보니 너무 황당하고 뜬금없는 말이다. 나래가 설거지감에 있던 식칼을 수세미로 닦아 거품을 내며 뒤를 돌아보았다. 일단 위험하니까 그건 내려놓으시는 게 좋지 않을까요. 그것도 랑이의 발톱으로 만들었다는 보장은 없으니까요.

"아까 세희가 말했잖아. 그렇게 하라고."

"아, 맞다."

세희가 그런 말을 했지. 조금 안 맞을지 몰라도 세희라면 편집을 통해 어떻게든 앞뒤를 맞출 수 있을 거다. 유능하신 귀신님이니까.

"빨리 해. 설거지 끝내기 전에."

“그, 그럼 실례하겠습니다.”

나는 조심스럽게 등 뒤에서 나래를 껴안았다. 나래의 훤히 드러난 허리에 내 두 팔을 두르고 등에 가슴을 딱 붙인다. 나래의 몸이 따듯하다……기보다는 뜨겁다. 내 얼굴만큼. 남들이 본다면 낯 뜨거울 정도로 완벽한 포옹이다. 나는 나래의 오른쪽 어깨에 턱을 올리고 귀에 속삭이듯 말했다.

“이 정도면 돼?”

“으, 응. 그, 그런데 좀 더 붙어야 하지 않아? 특히…… 아래쪽.”

자네 지금 무슨 소리를 하는 건가.

“……무립니다.”

“……난 괜찮으니까.”

내가 안 괜찮아요, 이 사람아.

“우-웅. 부럽느니라.”

너는 마음만 먹으면 나래한테 정면에서도 안겨들 수 있는 녀석이 뭘 부럽다는 거야.

“지금은 내가 먼저니까 안 돼.”

나래의 말에 랑이는 입을 내민 채로 고개를 끄덕였지만 아쉬워하는 표정은 사라지지 않았다.

“알겠느니라. 나래가 나보다 오랜만에 만났으니 마음이 넓은 내가 지금은 참겠느니라.”

아, 그러니까 랑이는 나래가 나한테 안긴 거를 부러워하는 거였구나. 요, 귀여운 녀석. 매일매일 그렇게 껴안아 주고 쓰다듬어 주고 같이 놀아 줬는데 아직도 모자란 거냐. 시간이 나면 마음껏 껴안고 쓰다듬어 줘야 되겠다. 물론 촬영을 할 때의 이야기다. 그런 생각을 하고 있자니, 나도 모르게 랑이를 보며 흐뭇하게 웃어 버리고 말았다.

그래서 나래가 얼굴을 굳히며 생각에 잠겨 있다 고개를 흔든 것을 눈치채지 못했다.

그릇들이 많아서 시간이 오래 걸리는 것 같다. 그동안 계속 나래를 안고 있으니 살이 닿은 부분에서 땀이 난다. 밥 먹기 전에 목욕을 했으니 설거지가 끝나면 차가운 물로 샤워를 한 번 하자. 랑이 녀석이 내 품에 안겨서 킁킁 냄새를 맡는 일이 없게. 그건 그렇고 나래의 잘록한 허리에 감은 부분이 이대로라면 끈적거릴 것 같다. ……그러면 나래가 싫어하겠지. 나는 슬쩍 팔뚝을 들고 손으로 깍지를 껴서 나래의 배꼽 위쪽으로 올렸다. 휴, 이제 좀 시원하네. 나는 그렇게 잠시 동안 땀을 식혔다. 그런데, 조금 시간이 지나고.

"읏?!"

나래가 몸을 움찔 떤다.

"자, 잠깐. 서, 성훈아. 거긴……."

"왜?"

"소, 손이……."

응? 손이 왜? 나는 새빨개진 나래의 얼굴 너머로 고개를 내민 다음 아래를 보았다.

갑자기 다른 이야기지만, 중력이란 원래 지구의 중심을 향하게 되어 있다. 내가 나래의 배꼽 위에 손을 올려놨다고 생각했지만, 팔에 힘을 주고 버티지 않는 이상 내 손은 자연스럽게 아래로 내려가게 되어 있다. 나래의 배를 타고 아래로 내려간 손은 결국 골반에 걸쳐져 있는 핫팬츠에 살짝 걸려 버렸다. 여기까지만 해도 큰일이지만, 더 큰 문제는 나도 모르게 손의 무게로 인해 새끼손가락이 핫팬츠 안으로 살짝, 아주 조금, 손가락 두 마디 정도가 들어갔다는 점이다. 그리고 손가락 끝에서 느껴지는 감촉은 천이 아니라 나래의…….

"우, 우왓!"

나는 경악하며 그 상태로 손을 위로 들어 올리며 몸을 뒤로 뺐다. 내가 지금 깍지를 끼고 나래의 허리를 껴안고 있다는 사실도 까먹고 말이야.

"꺅?!"

"억?!"

"으냐앗?!"

나래의 몸이 뒤로 끌려오며 중심을 잃는다. 나도 그다지 다를 게 없었다. 하지만 나도 명색이 남자다! 나는 나래의 몸을 강하게 끌어안으며 한쪽 발을 뒤로 빼고 흐트러진 중심을 다시 잡았……다고 생각한 순간 뒤로 성대하게 넘어졌다. 그런 순간에도 내 두 눈은 하늘 높이 올라가는 다리와 그 옆에 붕 뜬 바나나 껍질을 놓치지 않았다.

누구냐, 여기에 바나나 껍질을 가져다 놓은 귀신은.

"성훈아! 나래야! 괜찮으냐?!"

아야야야……. 넌 이게 괜찮은 것같이 보이냐.

"괘, 괜찮아."

엉덩이가 아파 죽겠다. 등도 그렇고. 아라의 충고를 몸이 받아들였는지, 이번에는 머리를 들어서 다행이었다. 하지만 그 대신이라고 할까, 깍지를 끼고 있던 손이…… 나래의 가슴의 아랫부분을 위로 올리듯이 누르고 있다.

……뭐라고?

잠깐. 침착해라. 당황하지 마라. 지금 상황을 침착하고 당황하지 말고 객관적으로 판단해 봐라. 자 일단, 나래가 내 몸을 깔고 내 위에 누워 있다. 같이 넘어졌으니까 별 이상한 건 아니다. 아니, 오히려 다행이다. 나래는 나보다 안 아플 테니까.

"아파아……."

그렇다고 안 아픈 건 아니지만. 아무튼, 내가 손을 위로 들며 몸을 뒤로 빼면서 넘어지는 바람에 나도 모르게 나래의 가슴을 두 손으로 위로 받쳐 드는 식이 된 것 같다. 지금 상황을 정면에서 보면 내 위에 나래가 누워 있고, 그 가슴을 내가 아래에서 모아 올리는 참으로 맞아 죽기 딱 좋은 모습이다.

"아……."

나래에게 말이야. 나는 뼈마디가 부서질 정도로 격하게 손가락을 풀어 만세를 불렀다. 내 나름대로의 전 치한이 아닙니다, 제가 일부러 그런 짓을 한 게 아니에요, 전 결백합니다, 라는 표현이었지만 받아들이는 사람은 그렇지 않은 것 같다. 내 몸 위에서 허리를 세워 앉은 나래가 고개만 돌려 나를 내려다본다. 그 얼굴은 해님보다 붉게 돼 있었다. 사고라고는 해도 가슴을 만진 건 변명할 수 없는 내 잘못이다. 하지만 나래는 나를 때리지 않았다. 그저 말로 나를 죽일 뿐이었다.

"……너, 여, 여기, 커, 커, 커졌, 커졌어."

그제야 나는 나래의 가슴과 몸의 고통에 정신이 팔려서 또 다른 내 몸의 변화에 신경을 쓰지 못했다는 것을 깨달았다. 이 말을 또 하게 될 줄은 몰랐지만 지금이 아니면 언제 하랴.

마침, 나래가 앉아 있는 부위가 참으로 몹쓸 부위다. 이 모습, 남들이 보면 자살할 거야.

"응? 뭐가 커졌다는…… 아! 거기느냐? 세희에게 배워서 알고 있느니라! 그건 성훈이가 건강한 남자라는 증거라 하였느니라!"

그리고 이번에는 남이 있었다. 나는 나래가 엉덩방아를 찧는 것을 생각하지도 못하고, 꿈틀거리며 아래에서 벗어난 뒤 수치심에 가득 찬 비명 같은 울부짖음을 내뱉으며 방으로 도망쳤다.

"……이해한다니까. 너, 너도 남자애니까."

"……."

나는 오랫동안 방구석에서 몸을 웅크린 채 나래의 말을 무시했다. 고개를 무릎 사이에 묻고 세상과의 단절을 하나의 예술품같이 온몸으로 표현한다. 아하하하. 이대로 절 내버려 두세요. 이대로 세상에서 잊혀지고 싶으니까.

"새, 생리 현상이잖아."

"……."

"나, 나 때문에 그런 거였고, 응? 난 화 안 났으니까."

남자애라고 해도 여자애들과 다를 게 없다. 부끄러운 건 부끄러운 거다. 여자애들이 달리기를 할 때 가슴이 흔들리는 것을 부끄러워하는 듯이, 남자애들이 그 모습을 보며 망상을 해서 자신의 평상시보다 거대해진 그것을 덜렁덜렁……. 아아아아악! 젠장! 난 지금 왜 자기 학대를 하고 있는 거야?!

"화 안 났으니까 이제 그만하고 안방으로 가자, 응?"

몰라.

"랑이가 걱정한다니까."

상처받은 나의 감수성은 어쩌라는 거야, 라고 외치고 싶다.

"……너 자꾸 그러면 나 진짜 화낸다?"

하지만 나래의 '이제 진짜 한계니까 궁상 그만 안 떨면 궁상 떨 수 없을 정도로 때려 줄 거야.' 라는 생각이 가득 담겨져 있는 목소리에, 나는 마음의 안전보다는 몸의 안전을 우선시하기로 했다. 몸 나고 정신 낳지, 정신 나고 몸 낳았냐. 고개를 들자 내 앞에는 다리를 모으고 쭈그려 앉아 있는 나래가 있었다.

"이런 건 눈치가 빠르다니까."

나래가 허탈하다는 듯이 낮은 한숨을 내쉬며 내 머리에 꿀밤을 때렸다. 안 아프다.

"그래도 남자애가 너무 부끄러워하는 거 아니야? 너 때문에 나는 말도 못 했잖아."

자기가 좋아하는 여자애에게 이런 일을 들켰는데 부끄럽지 않을 남자가 어디 있을까. 하지만 나래도 나 때문에 창피한 일을 겪었다. 일단 용서를 빌자.

"미안……."

"됐네요. 네가 일부러 그럴 애면 지금까지 알고 지내지도 않았을 테니까."

나래가 혀를 살짝 내밀었다.

"그러면 이제 혼자 있고 싶으니 좀 나가 주세요."

"아직 매가 부족한가 봐?"

"안방으로 가죠."

나래가 가슴 사이에서 무엇인가를 꺼내기 전에 나는 벌떡 일어났다. 그런 흉악한 도구는 다시 보고 싶지 않으니까.

안방으로 들어가자 안절부절못하고 방 안을 왔다 갔다 하는 랑이가 보였다. 문이 열리는 소리에 이쪽으로 고개를 돌리더니 한껏 우울해하던 표정으로 두 손을 내밀며 우다닷 하고 내게 달려들었다. 나는 살짝 몸을 숙여서 내게 뛰어드는 랑이의 허리를 안아 들어 올렸다. 랑이가 내게 안기는 것을 방지하기 위해서다. 또 티셔츠 들어 올리고 머리 집어넣을라. 허공에 붕 뜬 랑이는 내 노림수는 눈치채지 못하고 내 얼굴을 꼼꼼히 살펴보더니 얼굴을 활짝 폈다.

"이제 괜찮아 보이는구나! 걱정하지 않았느냐?! 아까는 왜 그런 것이느냐?"

기억나게 하지 마.

"그런 게 있어. 너무 물으면 성훈이가 곤란해."

뒤에서 나래가 손으로 입가를 가리고 작게 웃으며, 말 못 하고 있는 나를 대신해서 설명해 준다. 랑이가 머리카락으로 물음표를 만들며 곰곰이 생각에 잠기더니 이내 고개를 끄덕이며 말했다.

“알겠느니라. 성훈이 곤란하다면 더는 묻지 않겠느니라.”

그것 참 고마우신 호랑이님이시다. 나는 랑이를 방바닥에 내려놓고 소파 앞에 양반다리로 앉아 거기에 등을 기댔다. TV라도 보면서 아까 전에 있었던 일에 대해 잊자. 리모컨으로 TV를 켜자 랑이가 이쪽으로 오더니 너무나 자연스럽게 내 종아리와 배 사이의 빈 공간에 앉았다.

“덥다.”

“괜찮으니라.”

“내가 덥다고.”

“더운 건 당연한 것이니라.”

랑이를 설득하는 건 포기하기로 했다. 어차피 내가 웬만한 수를 쓰지 않는 이상 비키지 않으려고 할 테니까, 지금은 이대로 놔두자. 나는 항복의 표시로 낮은 한숨을 내쉬고 랑이의 배에 두 팔을 둘렀다.

“헤헤헤.”

랑이가 승자의 웃음을 흘리며 몸을 꾸물꾸물 움직이며 내 가슴에 자신의 등을 딱 붙인다. 가뜩이나 어린애는 체온이 높은데 이렇게 붙으니 안 덥겠냐. 이왕이면 나를 겨울에 불러 줬으면 안 됐냐? 그러면 네가 싫다고 해도 내가 추워서 난로 대용으로 쓸 텐데 말이야. ……물론 거짓말이다. 아, 그런데 지금 시간이 시간이라 랑이가 달라붙어 있으니까 너무 덥네. 어떻게 하면 안 될까?

“랑이야, 거기 앉으면 안 돼.”

그리고 소꿉친구는 말을 하지 않아도 마음이 통하는 법이다. 나래의 지당하고 타당한 말에 랑이가 고개를 뒤로 젖혀 소파에 앉은 나래를 올려다보며 머리카락으로 물음표를 만들었다.

"왜 그러느냐?"

"성훈이가 귀찮아하잖아."

랑이의 시선이 바로 나로 향한다.

"그러하느냐? 내가 귀찮은 것이느냐?"

아이들의 올려다보는 시선은 반칙이다. 사실이 그렇다고 해서 그런 말을 할 수 없게 만드니까.

"아, 아니."

내 한 마디에 랑이의 기세가 달라졌다. 기세등등해져서 허리를 쫙 펴고 흥흥, 귀여운 콧김을 내쉬며 나래에게 말한다.

"봐라! 성훈이도 괜찮다고 하지 않느냐?"

소꿉친구의 날카로운 시선은 반칙이다. 한여름을 한겨울로 만드니까. 나를 무시무시한 눈으로 노려보시는 나래 님을 피해 나는 슬쩍 시선을 돌렸다. 그것이 실수였다. 나래에게 신경을 쓰느라 랑이가 무슨 말을 할지 생각을 못했으니까.

"그리고 여기 앉아 있으면 성훈이와 한 몸이 된 것 같아서 너무너무 기분이 좋으니라."

말해 둔다. 랑이는 단순히, 어린아이의 입장에서, 순진무구하고 순수한 어린아이의 생각으로 말한 것이지만 그 말을 들은 나와 나래는 랑이만큼 순수하지 못하다. 어느 누가 먼저라고 할 것도 없이 우리 둘의 얼굴은 새빨개졌다.

"그, 그래도!"
나래가 우물쭈물하면서 뭔가 말을 하려고 하는데,
"나래 님."
"꺅?!"
나래의 등 뒤에서 세희가 나타났다. 신출귀몰하기가 홍길동 빰치는 녀석이죠. 나야 이제는 익숙해져서 괜찮지만 나래는 깜짝 놀라서 비명을 지르며 앞으로 도망쳤다. 그런 나래를 보면서 세희가 말했다.
"왜 그렇게 놀라십니까? 나래 님보다 가슴이 큰 여자아이라도 봐서 정체성의 위협이라도 느끼셨습니까?"
"무슨 헛소리야? 다 너 때문이잖아!"
"아, 그렇군요. 그건 그렇고 말씀드릴 것이 있습니다."
마이 페이스인 세희에게 더 이상 항의를 하는 것을 포기했는지, 나래가 허리에 손을 올리며 말했다.
"뭔데?"
"잠시 이쪽으로."
"어, 어? 잠깐만!"
세희가 나래의 손목을 잡고 안방 구석진 곳으로 끌고 갔다. 여기서는 뭘 하는지 안 보이지만 왠지 모르게 불길한 기분이 드는걸. 그동안 여러 가지 일을 겪으면서 단련된 내 감이 경고하는 건가? ……남자의 감 따위 믿을 게 못 되지. 나는 오랜만에 보는 TV에 집중하기로 했다. 뉴스에서 들려주는 세상 돌아가는 이야기가 남의 일처럼 느껴지기 시작할 때 옆에서 인기척이 느껴졌다. 나래다. 나래는 얼굴을 확 붉힌 상태로 나와 랑이를 내려다보고 있었다.

"왜 그래?"

나래가 개미가 기어가는 것 같은 목소리로 말했다.

"그, 영상 찍어야 한다고 내가 네 위에 앉으래."

남자의 감도 믿을 만하구나. 방금 전에 끌려간 건 그 말도 안 되는 각본집인가 소설을 보기 위해서였어? 나는 세희 쪽으로 고개를 획 돌렸다. 세희는 어느새 삼각대 위에 스마트 폰을 고정시켜 놓고는 왼쪽 팔에 노란색 완장 같은 것을 차고 있었다. 한글로 대감독이라고 적혀 있다. 뭐냐, 그건.

"그럼 영상이 찍히는 동안에 저는 상을 차려 오겠습니다."

넌 도대체 뭐냐?! 라고 말하려는데, 나래가 허리를 숙여 내게 기대서 TV에 집중하고 있던 랑이의 허리를 잡아 들더니 소파에 앉혔다. 랑이가 당황해서 꼬리를 배에 딱 갖다 붙인다.

"무, 무슨 짓이느냐?"

"내, 내가 앉게."

그리고 말씀대로 행하셨다. 양반다리를 하면 생기는 공간에 엉덩이를 들이댄 것이다. 나는 깜짝 놀라서 만세를 불렀고, 그 사이에 나래는 내 가슴에 등까지 기댔다. 그 모습에 랑이가 볼을 부풀리며 볼멘소리를 냈다.

"우……."

나래는 귀까지 붉어져서 차마 뒤를 돌아보지 못하고 고개를 숙이며 말했다.

"라, 랑이, 넌 내가 없는 동안 서, 성훈이를 독점했잖아. 이제는 내 차례야……*라고 말하라고 시켰어.*"

그렇다고는 해도 내 몸의 권리는 내게 있습니다. 어찌되었건, 나래의 엉덩이에서 느껴지는 풍만한 감촉이 너무 위험하다. 랑이도 엉덩이에 토실토실하게 살이 붙어 있지만 나래는 그 감촉이 다르다. 내 몸을 누르는 넓이와 무게와 느낌이 다르기 때문에 접촉해 있는 부분이, **제가 지금 헛소리를 지껄이고 있다는 겁니다.** 위험했어. 이성이 8시 45분, 하늘나라로 갈 뻔했다. 지금 이런 상황을 계속해서 유지하다가는 정말로 그렇게 될 테니까 어떻게든 나래가 나오게 해야 한다. 하지만 그렇다고 막무가내로 나래를 밀칠 수는 없다. 지금 영상을 찍고 있다고 하니까. 그렇다면 핑계를 만들어서 나래를 옆에 앉게 만들자. 영상을 찍는다는 건 알지만 꼭 이런 극단적인 모습 말고도 옆에 나란히 세 명이 앉아서 오붓하게 TV를 보는 장면도 괜찮지 않나? 꼭 이래야겠어? 세희, 너는 내가 이성을 잃고 날뛰는 모습을 보고 싶은 거냐?

"저기, 나래 님. 다리가 저린데요."

"자, 잠깐! 뭐야, 그건? 지금 내가 무겁다는 거야?!"

나래가 고개를 돌려 나를 내려다보며 화를 냈다. 얼굴이 붉은 것이 화가 나서인지 부끄러워서인지 알 수 없는 것이 나래 제7대 불가사의에 들어가지 않을까.

"랑이와 비교해 보면 상대적으로 무겁죠."

그 상대적으로 가벼운 랑이 님은 지금 제 옆에 앉으셔서 옆구리를 열심히 손으로 꾸욱꾸욱 누르시고 계신다. 내 말에 나래는 아랫입술을 힘껏 깨물더니 고개를 휙 돌리며 말했다.

"그, 그러면 다리를 펴면 되잖아."

……천잰데? 나는 나래가 살짝 엉덩이를 든 틈을 타 다리를 쭉 폈다. 휴. 이제 괜찮겠지, 라는 생각을 하는 동시에 나래가 방심한 내 다리를 갑자기 잡더니 무릎을 굽혀 마름모꼴을 만들었다. 그러자 틈새는 앞쪽이 아닌 뒤쪽, 다시 말해 내 쪽에 생기게 되었고 나래가 쭈욱 엉덩이를 뒤로 빼고는 무릎을 세워 앉는다. 그러면서 ㅅ자형이 된 나래의 무릎 밑에 내 다리를 집어넣는다. 이 모든 것이 3초 안에 일어난 일이었다.

"나, 나래야?"

"이, 이러면 됐지? 이러면 다리 안 아프잖아."

"그, 그게 문제가 아닌데요?"

이 자세의 문제점은 두 가지가 있다. 먼저 내 종아리. 자연스럽게 내 종아리가 나래의 엉덩이에 닿는다. 좋아. 거기까지는 참을 수 있다. 하지만 나래의 등부터 엉덩이까지 일직선으로 내 몸에 닿는다는 게 문제다. 뒤로 완전히 기대는 바람에 몸이 완벽하게 밀착된다고. 에……. 무슨 말을 하고 싶은 건지 알지? 나는 나래의 등을 두 손으로 밀며 상체를 최대한 뒤로 젖혔다. 나는 나 나름대로 살아 보겠다고 한 행동이지만 실수였다. 나래를 부러워하면서 군침을 질질 흘리며 기회만 노리고 있던 호랑이 한 마리가 있었거든.

"거긴 내 자리이니라!"

지하철에서 빈자리를 찾아 달려가는 사람같이 랑이의 몸이 움직였다. 나와 나래의 사이에 나타난 아주 작은 빈 공간을 자신의 자리로 생각한 거다.

"윽?!"

내 몸이 랑이의 무게를 이기지 못해서 나는 그대로 뒤로 자빠졌다. 알고 있겠지만 사람이 누워서 양반다리를 하고 있는 것은 상당히 몸에 무리가 온다. 나같이 유연하지 않은 사람은 고통이 느껴질 정도다. 나는 다리를 펴려고 했지만, 나래는 내 다리를 자신의 발로 꽉 고정시켜서 놓아주지 않았다.

"아파! 아픕니다!"

랑이는 랑이 나름대로 요즘 부족한 출연, 아니, 스킨십을 만회하려는 듯 몸을 앞으로 숙이더니 옷이 살짝 말려가서 드러난 가슴에 내 얼굴을 끌어안는다. 야, 야! 닿았다고! 이건 너무 직접적이잖아! 그렇다고 몸을 격하게 움직여서 도망치자니, 뭔가 반응해 버릴 거라고 이성이 경고한다. 사, 살려 주세요!

"……상을 차려 왔습니다만, 이미 상이 차려 있었군요. 맛있게 드시길. 후식은 잠시 뒤에 가지고 오겠습니다."

"그러실 필요 없습니다!!"

나는 두 손으로 살짝 랑이의 허리를 잡아 밀며 소리쳤다.

"……쳇. 아직인데."

"……우. 아직 모자르니라."

두 분 다 저를 죽이기에는 충분합니다.

"일단 둘 다 나와! 밥 먹어야지!"

정의는 내 편이다. 나래와 랑이는 툴툴거리면서도 나를 놓아주었다. 나는 튀어나올 것 같은 심장을 달랬다. 이성이 버티기 힘들다. 이건 마치 3일 굶은 바둑이에게 호화로운 밥상을 차려 주고 먹지 말라고 하는 거와 똑같아! 그동안 계속해서 굶주린 내게 이런 유혹이라니!

바둑이도 제 말하면 온다는 걸까. 세희가 상을 내려놓고 자리에 앉자,

"밥이에요?"

어느 때처럼 바둑이가 꼬리를 흔들며 문을 열고 들어왔다. 그래. 바둑이를 보며 마음의 안식을 찾자.

두두둑.

목이 돌아갔다.

"으아아악!"

"뭘 보는 거야, 너."

나는 당신을 봅니다.

"왜, 왜 그러세요?"

"……너 방금 전에 눈이 음흉했어."

"그건 진짜 아니다!"

나는 마음속의 진심을 담아 소리쳤다. 내가 너도! 랑이도! 치이도! 심지어 세희도 아닌 바둑이를 그런 눈으로 볼 리가 없잖아!

"……."

나래는 그 여부에 관계없이 내가 소리를 쳤다는 것이 시끄럽다는 듯이 양쪽 귀를 손가락으로 막고 노려보았다. 나는 눈물을 삼키며 고개를 숙였다.

"소리쳐서 죄송합니다."

무서워요. 이러다가 서울에 갈 때쯤이면 스트레스로 뼈마디만 남게 되는 것 아닐까.

"서울에 올라간다면 말이죠."

"아무렇지 않게 무서운 소리 하지 마."

나는 세희에게 핀잔을 주며 숟가락을 들었는데,

"그, 그런데, 성훈아."

나래가 뭔가 할 말이 있는 것 같았다.

"응?"

"지, 지금부터 하는 건 촬영 때문에 그런 거니까 이상한 생각 하지 마! 이, 이것도 세희가 시킨 거니까!"

도대체 무슨 행동을 하려는지 모르겠지만 나는 생각 없이 고개를 끄덕였다.

"어, 응."

대답을 들은 나래가 내 손을 잡아 뒤로 빼고 몸을 들어 내 위에 걸터앉았다. 한 손은 내 목에 두르기까지 한다. 자연스럽게 내 눈 앞에 나래의 가슴골이 나타났다. ……잠깐, 뭐라고?

너무 자연스럽고 물 흐르듯이 움직여서 내가 내 눈으로 보고도 못 믿겠다.

"앗?! 당했느니라!"

옆에서 랑이가 이상한 소리를 한다. 그렇지만 지금 신경 쓸 건 그게 아니다.

"밥 먹는데 뭐, 뭘 하시는 겁니까, 나래 님."

나래는 떨리는 입술로 힘겹게 말을 이었다.

"머, 먹여 줘."

……이제는 딴죽 걸 힘도 없다. 뭐, 밥을 먹어야지 힘이 나지.

"아니, 그래도 네 나이가 몇인데……."

나래가 몸을 숙이고 고개를 비스듬히 기울여 나를 보고 자신의 볼을 콕 찌르며 내 말을 잘랐다.

"나래, 여덧짤."

나래의 혀 짧은 소리 귀여워어어어어어!! 가 아니라! 이성을 찾아라! 이성을 되찾아!

"성훈 파파, 나래 머, 먹**어** 주면 안 돼요?"

젠장! 이성 따위는 바둑이나 줘 버려라! 오냐! 먹**여** 주마! 내가 뭘 못 먹여 주겠냐! 이 정도는! 이 정도는 해 줘도 되겠지! 세상이 날 욕해도 상관없다! 자기가 한 말에 부끄러워서 얼굴을 붉히면서도 귀여운 모습을 계속하는 정말로 귀여운 나래를 위해서 내가 이 정도도 못 해 주겠냐아아아아!

……못 해 줄 것 같다. 문제가 있었거든. 그것은 정말로 큰 문제였다. 다른 것이 아니라, 나래의 몸이 정말로 어린애가 아니라는 것이다. 그러니까 지금 어린애 흉내를 내고 있지만 나래는 성숙한 여자아이다. 그것도 많이. 그런 나래가 내 다리 위에 걸터앉으면 나보다 키가 커진다. 그 간단한 예로 바로 눈앞에 나래의 가슴 계곡이 있다.

이 상태로는 밥을 먹여주기는커녕, 나도 밥을 못 먹는다. 밥풀이라도 잘못 흘리면 대형 참사라고.

"……아, 그, 미안하지만 신체공학적으로 무리가 있는데."

나는 고개를 돌리며 말했다. 나래도 내가 무슨 뜻으로 말했는지 깨닫고는,

"……그, 그러네."

귀까지 새빨갛게 물들이며 물러나 줬다. 슬프긴 하지만 좋게 생각하자. 원래 먹을 걸 앞에 두고 장난치면 안 되는 법이

라고. 크흑, 마음의 눈물은 어쩔 수 없구나.

"그럼 잘 먹겠습니다."

그런데 랑이가 이상하다. 자기 밥그릇을 뚫어지게 보다가 나를 보고, 다시 밥그릇을 보고 숟가락을 쥐더니 나만 계속해서 보며 가만히 있다. 그뿐이면 좋겠지만 내가 그 시선을 무시하자 이제는 아예 숟가락을 놓고 두 손을 밥상 아래로 내리고 고개를 숙인다. 완전히 풀이 죽었다. 이유야…… 나 때문이겠지. 그것 말고 이 녀석을 이렇게 풀 죽일 수 있는 이유가 세상에 어디 있겠냐. 나래 때문에 정신이 없어서 잘 못 놀아 준 거에다가, 자기 전용이라고 생각했던 내 무릎 위를 나래한테 빼앗긴 게 지금 터진 것 같다. 그런데 그게 하필 밥 먹을 때라는 게 문제다.

기억할까? 치이의 장난으로 내가 화가 나서 랑이가 풀이 죽었던 것. 그게 식사 때까지 계속되서 딱 한 번, 랑이가 제대로 밥을 못 먹은 적이 있다. 그때의 세희를 기억하지? 내가 왜 이런 말을 하냐면,

"……."

세희가 그렇게 변하기 5초 전이거든. 나는 살기 위해, 내 평화로운 식사 시간을 희생시키기로 했다.

"랑이야."

축 늘어진 귀가 쫙 펴지고, 땅을 기던 꼬리가 발딱 일어나 살랑살랑 흔들린다. 랑이가 푹 숙인 고개를 번쩍 들어 겨울 밤하늘의 북극성 같아진 눈동자로 나를 올려다보며 말했다.

"불렀어?!"

너무 기뻤는지 말투에 신경을 쓰지 못할 정도였다. ……내가 미안해질 정도다. 랑이한테 좀 더 신경 써 주자.

나는 아무 말 없이 무릎을 두드렸다. 랑이는 두말 하지 않고 지금이 기회라는 듯 내 무릎 위에 올라탔다.

"헤헤헤! 성훈이 너무너무너무너무 좋으니라!"

"그래, 그래."

난 죽을 맛이다.

"……."

나래의 시선 때문에. 시선이 아프다. 아니, 그냥 옆구리가 아픈 거였다. 나는 비명을 참으며 말했다.

"그게, 랑이가, 혼자, 밥 먹는 게, 아직도 익숙하지가, 않아서요."

비명 참느라 말도 제대로 하기 힘들다.

"아, 그래?"

다행히 나래는 날 이해해 줬다. 이제 밥을 먹자. 나는 숟가락을 들었고, 나래는 랑이를 불렀다.

"랑이야."

식사가 끝났습니다, 라고 말할 수 있는 날이 올까?

"왜 그러느냐?"

"내가 먹여 줄게. 이리로 와."

나래가 내게는 눈부시게까지 보이는 허벅지를 툭툭 두드렸다. 하지만 랑이는 볼을 부풀리며 입을 삐죽 내밀고 고개를 휙 돌렸다.

"싫으니라. 난 성훈의 품이 더 좋으니라."

아, 나래의 이마에 힘줄이 보인다. 화를 내지 않으려고 애쓰느라 표정도 살짝 일그러지는 게 오히려 더 무섭다.

"성훈이 밥 먹는데 방해되잖아. 그러니까 이리 와."

"성훈아."

랑이가 내 티셔츠를 꼬옥 움켜쥐며 나를 올려다본다.

"내가 너에게 방해이느냐?"

그 호박빛 눈망울에는 내가 어떻게 대답하느냐에 따라서 눈물을 흘릴 준비가 되어 있었다. 그리고 세희는 밥상을 두 손으로 잡았다. 내가 어떻게 대답하느냐에 따라서 상을 엎을 준비가 되어 있었다.

전에 내가 탁자를 엎은 걸 마음에 두고 있었냐? 나래는 나래대로 매서운 눈길로 말하고 있다. 빨리 말해. 그랬다가는 점심이 하늘로 날아가게 됩니다.

"저, 정말로 방해이느냐?"

운다. 이 녀석 운다. 이대로 두면 진짜 운다. 밥상이 살짝 기울어진다. 나는 배가 고프다. 나래가 손가락을 내 옆구리에 댄다. 바둑이는 수저를 입에 물고 밥그릇과 고기반찬을 들었다. 이 혼돈 속에서 나는 죽을 각오로 말했다.

"아니."

손가락이 내 옆구리를 꿰뚫었다.

여름이란 계절을 그리 싫어하는 편은 아니다. 벽에서 찬바람이 스며드는 겨울보다는 조금 덥더라도 선풍기 바람과 차가운 물로 열을 식힐 수 있는 여름을 선호하는 편이기도 하고. 적어도 여름에는 설거지할 때 손이 시리지는 않잖아? 하지만 지금은 겨울이 그립다.

"……야."

내 생에 있어 최악인 점심식사의 뒷정리를 마치고 느긋하게 TV를 보고 있는 세희에게 말을 걸었다.

"명작 감상에 방해됩니다, 도련님."

지금 이 집의 두꺼비집을 내려 버리고 싶다. 나도 지금 컴퓨터로 인터넷을 돌아다니고 있지만 세희를 골탕 먹일 수 있다면 감수할 수 있지.

"죽습니다."

살고 싶다.

"그러면 선풍기라도 좀 꺼내 주라."

가전 도구는 열을 발산한다. 특히 저런 대형 TV에서는 그 면적이 넓으면 넓을수록 많은 열을 내뿜게 되어 있다. 그뿐일까. 지금 내가 하고 있는 컴퓨터도 열기를 낸다. TV와 컴퓨터의 열기가 가득 찬 안방은 다른 곳보다 평균 온도가 아마 3도는 높지 않을까. 이 열기에 못 이겨 나래와 랑이는 마루로 도망가 있는 상태다. 처음에는 정말 오랜만에 찾아온 달콤한 휴식시간이 기뻤지만 그것도 어느 정도지. 가만히 앉아만 있어도 땀이 줄줄 흐르는 더위 속에 20분을 넘게 있자니, 차라리 시원하지만 나래와 랑이에게 시달리는 마루가 더 낫지 않을까 하는 생각조차 든다. 하지만.

"전 괜찮습니다."

귀신님께서는 더위 따위는 정월 대보름에 주위의 요괴들에게 모두 팔아먹은 것 같다. 하긴, 한여름에 검은색 한복을 두 겹이나 입고서 땡볕 밑을 돌아다녀도 땀 한 방울 흘리지 않던 분이시다. 이 정도는 아무것도 아니겠지. 하지만.

"난 안 괜찮다."

"무슨 문제라도 있습니까?"

TV에 시선 집중이군. 날씨가 너무 더우면 사람은 짜증을 내게 되어 있다.

"사람하고 이야기할 때는 그 사람을 보는 게 예의 아니야?"

"사람이 아니니까 상관없습니다."

"멍! 멍멍!!"

"개소리군요."

마우스를 잡아 던질까. 아니, 아니. 진정해라. 이성을 잃고 그런 짓을 했다가는 나중에 어떤 보복을 당할지 모른다. 자고 일어나니 밑에는 전기장판이 깔려 있고 이불 속에는 핫팩, 주위에는 히터가 틀어져 있을 수도 있어. 세희라면 그 정도는 하고도 남는다.

"그런 귀찮은 일 대신, 도련님을 적도 근처에 던져 놓고 오는 것이 더 편합니다."

이제는 말하기도 지친다.

"남의 속 좀 읽지 말라니까."

"실례, 뇌가 꼬였습니다."

뇌가 꼬이면 남의 생각을 읽을 수 있게 되냐? 그렇다면 내 뇌도 좀 꼬였으면 좋겠군.

"도련님께서 이해 못 하실 것 같아서 말씀드리는 것입니다만, 방금 제 말은 달팽이 소녀의 말버릇을 패러디한 겁니다."

"무슨 소리야."

더 이해할 수 없잖아.

"애니화되기 편합니다, 라는 말이 애니화를 노린 발언이라고 오해하시는 분들이 많으셔서 말입니다. 그것도 같은 소녀의 대사를 패러디한 것인데 말이죠. 요괴와 괴물. 비슷하지 않습니까?"

세희가 더위를 먹은 것 같다.

"어이, 여보세요. 지금 누구하고 이야기를 하시는 겁니까? 댁의 대화 상대는 어느 차원에 계시나요?"

"농담이었습니다, 1차원에 살고 계시는 도련님."

세희가 보기에 나는 점으로 이루어져 있나 보다.

"그러는 너는 2차원이냐?"

"저는 4차원에 살고 있습니다."

시공간도 뛰어넘을 녀석이군. 하지만 네 녀석의 사고패턴을 보면 정말 4차원에 있는 것 같다.

"아니, 그런 수학 개그는 됐고. 선풍기나 꺼내 달라고. 랑이 때문에 에어컨은 안 되더라도 선풍기 정도는 괜찮잖아?"

"마치 지금의 도련님은, 부모님께 군것질하게 돈이나 주고 꺼지라고 말하는 어린애 같군요. 가정교육을 판타지로 받으셨습니까."

"판타지도 교육적인 거 많다."

그리고 우리 어머니께 그런 말을 했다가는 집 안에 있는 진

청소기가 다른 용도로 쓰일 수 있다는 것을 내 몸으로 증명하실 거다.

"판타지답게 왕위를 계승하실 생각이십니까?"

"그 전에 더워 죽겠지."

"까치 님이 좋아하시겠네요."

"그 녀석이 왜 좋아하냐."

사이도 좋아졌는데.

아차, 어느새 이야기가 또 산으로 가 버렸다.

"시끄럽고, 선풍기를 내놔라. 안 그러면 랑이를 꼬셔서 뉴스 본다."

"……쳇."

세희가 혀를 차며 소매 속으로 손을 집어넣었다. 좋았어. 이건 통했구나. 후후후. 인간을 우습게 보지 말라고. 기고만장해 있는 내게 세희는 소매 안에서……, 부채를 꺼내 내게 건네주었다. 다시 봐도 부채다. 쫙! 하고 펼쳐지는 접이식 부채 말이야. 멋들어진 수묵화가 운치 있지만 지금 그게 문제냐.

"야, 이 자식아. 언제부터 부채와 선풍기가 동의어가 되었냐."

"모르셨습니까? 부채는 다른 말로 수동식 선풍기라고도 합니다."

그런 말 없다.

"연료는 내 운동 에너지냐? 그냥 선풍기 하나 꺼내 주기가 그렇게 힘들어?"

그제야 세희가 TV에서 시선을 돌려서, 그렇다. 지금까지 세희는 TV를 보면서 말을 한 것이다. 시선을 돌려서 나를 보았다.

"도련님."

"왜."

"선풍기 같은 현대 과학 문명의 산물이 이런 자연 친화적인 곳에 있으면 운치가 없습니다. 시골에 대한 많은 이들의 아름다운 추억을 위해서 부채로 참아 주시죠."

나는 아무 말 없이 TV를 가리켰다. 자, 뭐라고? 시골에 대한 아름다운 추억? 운치?

"TV는 상관없습니다."

그 말에는 랑이가 어째서 그렇게 귀여운지, 치이의 머리카락이 왜 그리 파닥이는지, 나래의 가슴이 왜 그리 큰지에 대한 의문을 제기할 생각이 아니라면 파고들지 말라는 의지가 담겨 있었다. 나는 인생만사, 모든 것을 포기하기로 했다. 내가 저 녀석을 말로 이기는 날은 언제쯤 올까. 오기는 올까. 아니, 포기하면 안 된다. 언젠가는 세희를 이기고 승리의 미소를 지을 때가 올 거야.

그 때, 만화 속 주인공이 말했다.

[날 쓰러트리겠다고? 승률은 얼마나 될까? 천 분의 일? 만 분의 일? 억? 조? 아니면 경?]

……정말로 타이밍 한 번 죽여주시네요.

"그건 그렇고 도련님. 말씀드릴 것이 있습니다."

'만화 속의 등장인물과 한판 붙어야 되지 않을까.' 같은 정신 나간 생각을 하고 있는 내게 세희가 말했다.

"뭔데?"

"영상의 촬영이 거의 막바지입니다. 한두 신만 더 촬영하면 끝날 것 같군요."

오, 그건 듣던 중 반가운 소리다. 하긴 네다섯 장면만 촬영하면 된다고 했지? 이제 이 천국 같은 지옥도 안녕인가.

"……제가 무슨 뜻으로 이런 말씀을 드린 건지 눈치도 못 채고 계시는군요."

"단순한 정보의 전달 아니었냐?"

"사람이 누군가에게 말을 하는 기본 이유는 그 말을 통해 상대방의 반응을 이끌어 내는 것에 있습니다."

가, 갑자기 어려운 말이냐.

"제 경우에는 이제는 **마음가짐을 고쳐 잡으시고** 빨리 나가서 찍을 만한 장면을 만들라는 뜻이었습니다. 이 행간도 복선도 예시도 못 읽으시는 도련님."

그렇게 해서 나는 안방에서 마루로 쫓겨나야 했다. 물론 부채는 챙겼다.

마루에는 이미 더위를 피하기 위해 도망친 나래와 랑이가 대나무 돗자리를 깔고 앉아 있었다. 바둑이는 어디에도 없는 걸 보니 또 마룻바닥 밑으로 들어간 것 같다. 랑이가 같이 안 들어간 게 다행이라고나 할까. 바둑이는 바둑이니까 그렇다 쳐도 랑이까지 그런다면 난 울지도 모른다. 랑이를 따르는 수많은 요괴들을 위해서.

마루 위에서 나래는 탱크톱을 들썩거리며 손 부채질을 해서 내 시선을 잡아끌었고, 랑이도 이에 질세라 옷을 위아래로 펄럭거리고 있다. 다시 안방으로 돌아가고 싶어지는군. 나는 살색이 찬란하게 펼쳐지고 있는 둘에게 시선을 주지 않으려 애쓰며, 돗자리에서 떨어진 구석진 곳에 자리를 잡고 앉았다. 영상을 찍을 만한 상황을 만들라고는 하지만 일단 이 살색 풍경으로 가득한 곳에서 이성이 살아남는 게 먼저다. 후우. 그래도 부엌은 안방보다 시원해서 좋구나. 부채질까지 더해 땀을 식힌다. 아, 이러지 말고 그냥 샤워할까.

"앗!"

더위에 정신을 못 차리고 있던 랑이가 갑자기 소리를 내더니, 옷을 펄럭거리는 걸 멈추고 내게 쪼르르 달려온다. 랑이도 작열하는 무더위에서는 달라붙을 생각이 없는지 내 왼쪽에 털썩 주저앉는다.

"부채이니라!"

그래, 부채다. 그렇게 단순하게 생각할 수 있다면 얼마나 좋을까. 이 상황에서 랑이가 원하는 게 뭔지 깨달은 나는, 이 녀석이 뭐라고 더 말을 하기 전에 부채를 탁! 소리 나게 접어 안방을 가리키며 말했다.

"세희한테 달라고 해. 아니면 내 방에 하나 더 있다. 내가 가져다줄까?"

치이가 있을 때 집 안을 뒤지다 발견한 태극문양 부채 말이야. 내 친절한 권유에 랑이는 고개를 가로저었다. 망할 녀석.

"난 성훈이가 부채질을 해 주는 게 좋으니라."

난 싫다. 남에게 부채질을 해 주는 건 자신의 신체 온도를 높이기만 하는 노동일 뿐이라고. 그럴 바에는 차라리 너한테 주마.

"자, 여기 부채. 네가 부쳐라."

"그러지 말고 해 주거라. 응? 으으응?"

이제는 두 손을 가슴 앞에 쥐고 왼쪽 오른쪽 몸을 흔들며 애교까지 떤다. 어이쿠, 그렇게 자기 손으로 부채질하는 게 싫으세요? 이 말을 이번에도 하게 될 줄은 몰랐는데, 귀찮음에도 등급이 있다면 너는 최우수 등급 호랑이다. 배꼽에 참 귀찮아요! 도장을 찍어 주마. 그렇지만 나는 랑이의 '허리를 살랑 살랑, 엉덩이 들썩들썩, 눈을 치켜뜨는 애교부리기 공격'에 13의 데미지와 함께 혼란 상태에 걸리고 말았다. 쳇. 어쩔 수 없지.

"자."

나는 랑이를 향하고 부채를 흔들었다. 설레설레, 느릿느릿 해 주지만 그것만으로도 랑이는 기쁜 것 같다.

"시원하느니라아아~."

어이쿠. 목소리가 늘어진다, 늘어져. 좋아라 하는 랑이를 보고 있자니 이런 것도 그리 나쁜 것 같지는 않다. 아주 잠시 동안이지만. 이대로 시간이 지나면 안방에서 나온 이유가 없어지기에, 나는 다시 내 쪽으로 부채를 향하려고 했다. 그런데 랑이가 갑자기 일어나더니 윗옷의 아랫부분을 두 손으로 잡고 쭉 들어 올렸다. 자연스럽게 랑이를 따라 올라갔던 내 눈에 뭔가가 보였다. 나는 급히 고개를 숙이며 말했다.

"너 뭐해?!"

"여기 안으로 부쳐 주거라."

그렇다고 옷을 들 필요가 있냐? 아니, 그렇게 더우면 씻든가!

"네가 해, 이놈아!"

"나는 옷을 들고 있어야 하느니라. 그러니까 성훈이가 해 주거라."

얼핏 들으면 그럴듯한 이유지만, 그 전제 자체가 틀렸어. 보통은 아무리 덥다고 해서 그런 짓은 안 한다고. 봐라. 저기 나래를……? 응? 나래는 어디 갔지?

"랑이야."

정답. 제 옆에 계셨습니다. 히익?! 언제 오셨습니까?

"왜 그러느냐?"

랑이가 머리카락으로 물음표를 만든다. 나래가 랑이의 옷을 아래로 내리며 말했다.

"여자애가 그러면 못써."

나래의 정론에 랑이가 반론한다.

"괜찮다! 이런 건 성훈이한테만 하느니라."

"……성훈이한테도 하면 안 돼."

나래의 목소리 톤이 한 단계 내려간 것 같은데? 나래의 설득력 있는 말에 랑이가 되물었다.

"왜 안 되느냐"

"내가 성훈이한테 부채질해 달라고 부탁할 거니까."

어이, 이봐요, 나래 씨! 지금 말도 안 되는 소리를 하고 있지 않습니까?!

"응? 하, 하지만 나도 성훈이하고 놀고 싶으니라!"

이게 어디가 노는 거냐. 난 노동 체험 현장에 온 것 같은데.

"랑이는 지금까지 성훈이하고 오래 있었지?"

랑이가 재빨리 감을 잡고 두 손을 흔들며 부정한다.

"아니다! 나도 며칠 전에 집을 나가서 어제 왔느니라!"

"그래도 난 성훈이하고 랑이가 같이 떠난 이후에 어제 처음 봤어."

"윽!"

랑이가 뒤로 한 발자국 물러나며 두 팔을 들어 얼굴을 가린다. 당했다! 라는 말이 어울리겠군.

"그러면 지금 성훈이한테 부채질을 받을 사람은 누굴까? 랑이는 똑똑하니까 잘 알지?"

나입니다. 나예요.

"나, 나래이니라."

나래가 아니라 나라니까! 그리고 너 인마! 잘 생각해 보라고! 너와 내가 만나기 전부터 나래는 계속해서 나와 알고 지냈다는 건 생각 못 하는 거냐? 하지만 거기까지 생각할 수 없던 랑이는 아쉬운 표정을 지으며 내 오른편에 엉덩이를 깔고 앉았다. 그러면서 꼬리를 내 허벅지 위에 올려놓는 거로 자신의 아쉬운 마음을 표현한다. 미워할 일도 없겠지만 미워할 수도 없는 녀석이다.

랑이를 한순간에 패배자로 만든 나래가 내 정면에 다리를 모아서 옆으로 빼고 앉아 두 손을 허벅지 위에 올려놓으며 말했다.

"약풍."

인간 선풍기, 강성훈! 팀의 냉방을 책임집니다! 이런 광고는 한 적 없는데.

"죄송하지만, 아씨. 지금 선풍기가 고장 나서 A/S를 받아야 되는데요."

나래가 살짝 얼굴을 붉히며 말했다.

"누, 누가 아씨야?!"

나는 장난이었다는 뜻으로 혀를 살짝 내밀어 주었다. 나래가 눈썹과 함께 주먹을 든다.

"나 옛날부터 TV 같은 거 고장 나면 일단 때려서 고쳤는데. 한 번 해 볼까?"

"어이쿠, 그러실 필요 없습니다. 약풍 가겠습니다."

나는 눈물을 삼키며 느릿느릿 부채질을 했다. 나래의 머리카락이 살짝 흩날릴 정도의 산들바람이 나래의 얼굴에 닿는다. 나래가 눈을 감고 내 육체노동의 결과로 나온 시원함을 만끽하면서 입을 열었다.

"강풍."

"제 이름은 강성훈인데요."

개그가 안 통했다.

"강.풍."

아니, 오히려 역효과인 것 같은데.

"예이, 예."

비굴한 남자가 여기 있다. 나는 팔에 힘을 줬다. 그런데 부채질을 해 주면서 나래의 반응을 살피다 보니 평소와는 다른 무엇인가를 눈치챘다. 그러니까, 나래의 어깨에서. 분명히 아까 나래는 목욕하고 나서 어깨 쪽에 끈이 있는 속옷을 입었다. 그걸 어떻게 아는지는 묻지 마라. 남자라서 나도 모르게 눈이 갔으니까. 어쨌건, 나래는 그 위에 탱크톱을 입었다. 그러니까 탱크톱이 흘러내리지 않게 지탱해 주는 끈과, 브래지어 끈, 이렇게 네 개가 보여야 하고 실제로도 아까까지만 해도 네 개였는데……. 지금은 그 끈이 두 개밖에 안 보인다. 다시 말해, 본래는 네 개가 있는데 지금은 두 개니 남편이 밖에 나가서 술 마시고 놀고 있다는 결론이 나와서, 역신이 어이쿠, 지금이 기회다 하고 쳐들어와 불타는 밤을 보낼 수 있었다. 잠깐. 나 지금 제정신이 아닌 것 같은데? 다시 말한다. 본래는 네 개였는데 지금은 두 개밖에 없다는 것은, 지금의 나래는 브, 브래지어를 안 하고 있다는 말이 됩니다! 전문 언어로 노, 노, 노 프라블럼!

당황하지 마! 당황하지 말라고! 이건 나래의 함정이다! 이 정도에 당황해서야 안 된다! 이성을 잃어도 안 된다고!

"휴~. 기분 좋아."

나래가 뒤쪽의 바닥을 손으로 짚으며 몸을 뒤로 젖힌다. 그 바람에 부채에서 나오는 바람으로 내 바람과는 무관하게 나래의 탱크톱의 아랫부분이 펄럭이며 슬쩍 바람직한 나래의 가슴이 바깥바람을 쐬게 되었다. 나는 부채를 떨어뜨리고 뒤로 물러났다.

없었다. 없었다고. 원래 그곳에 있어야 하는 천이 존재하지 않습니다!!

이미 한 번 제대로 봤으면서 무슨 호들갑을 그리 떠냐고 생각할 수도 있다. 하지만, 상황이 다르다. 내 이야기를 들어 봐라. 욕실은 원래 그러한 곳이다. 사람이 옷을 벗고 알몸이 되는 것이 자연스러운 곳으로 인식이 돼 있는, 일종의 약속이 되어 있는 곳이다. '이곳은 알몸이 되어도 괜찮습니다. 남녀가 같이 들어가는 건 어쩔지 모르겠지만요.' 같은 약속. 그렇기에 지금의 상황은 다르다. 이곳은 마루. 밖이라는 말이다. 내가 왜 이런 반응을 보이는지 알겠지? 좀 더 알기 쉽게 예를 들자면, 학교에서 연인이 키스하는 것과 집에서 키스하는 것의 차이라고 할까? ……올바른 예시는 아니네. 집에서 키스하는 쪽이 더 진도가 나가기 쉬우니까. 하지만 학교에서 진도가 더 나간다면 어떻게 될까? 언제 다른 사람이 올지 모른다는 것에 평소보다 몇 배는 두근거리는 마음과 사랑하는 연인의 부드러운 살결과 후각을 가득 채우는 여자애의 향기. 그리고 황홀하게 속삭여 오는 달콤하면서 들뜨고 열기 어린 목소리.

그만해, 이 미친 것아!!

너무 충격이 커서 머릿속이 핑크빛 망상으로 가득 차 버렸다.

"왜 그래?"

나래가 갑자기 부채질을 그만둔 걸 의아해하며 물어온다. 모르는 겁니까? 제가 왜 이러는지 정말 모르는 거예요? 그렇다면 말해 주마! 말하고 죽으련다!

"너 브래지어는 왜 안 했어?!"

내 절규와 같은 비명에 나래가 볼을 확 붉히면서 말했다.

"그, 그게 너하고 무슨 상관이야?!"

좀 수수한 옷을 입고 있다면 상관이 없겠지만, 노출도가 심하고 팔랑거리기까지 하는 탱크톱 하나만 걸치고 속옷을 안 입었는데 상관이 없겠냐? 봐! 얇은 천 하나로는 가려지지 않아서 어느새 볼록하게 솟아으아아악! 내가 미쳤지, 정말! 나 도대체 왜 이래!

"?!"

내 시선을 눈치챈 나래가 펑! 하고 머리 위에 연기를 내뿜더니, 몸을 웅크리고 샤샤 하고 한쪽 팔로 가슴을 가리고 반대쪽 팔을 높이 들어 올렸다. 때, 때릴 거냐?

"이, 이 변태가 어딜 보는 거야?!"

말할 수 없습니다. 말하면 큰일 나요. 이런 혼돈의 가운데에서 유일하게 평소와 같은 사람, 아니 요괴가 있었다.

"그런데 브래지어가 무엇이느냐?"

랑이다. 랑이는 정말로 모르겠다는 듯이, 내 허벅지를 두 손으로 잡고 앞뒤로 흔들며 물어왔다. 그런 건 나 말고 나래나 지금 너를 방목하고 있는 세희에게 물어봐라.

"브래지어는 여자들이 입는 가슴을 감싸 주는 속옷이야."

나래가 손을 들고 있는 채로 설명해 주었다. 이왕이면 손을 내려주셨으면 합니다. 제가 지금 두려움에 덜덜 떨고 있는 게 안 보이시나요.

"그러면 나도 입어야 되는 것이느냐?"

자신이 말해 놓고도, 괜한 걸 물어봤다는 듯이 얼굴을 살짝 찡그렸다. 몸에 뭘 걸치는 걸 싫어하는 녀석이니까 이해는 할 수 있지만, 아서라, 요 꼬맹아. 치이면 모를까 너는 그런 거 필요 없다. 나래도 랑이가 그런 말을 하는 게 귀여웠는지 화를 풀고 들어 올렸던 손으로 입가를 가리며 낮게 웃으며 말했다.

"안 입어도 돼."

랑이의 얼굴이 환하게 펴졌다가,

"랑이는 가슴이 작으니까."

절망에 빠진다. 가슴이 작다. 그 말이 마음에 걸리는 것 같다. 때마침, 갑자기 몰려온 먹구름에 천둥번개를 동반한 폭우가 내렸다. 쏴아아아, 비 내리는 소리와 함께 자신의 침통한 마음을 표현하던 랑이가 귀를 쫑긋쫑긋 움직이며 두 손으로 가슴을 힘껏 모아 올리고 소리쳤다.

"아, 안 작느니라!"

작다, 이놈아. 몇 번이나 만져 본 내 이름을 걸고 말하는데, 완전히 없는 건 아니지만 없다고 생각해도 될 정도로 작았다고. 나래도 나와 같은 생각인 것 같다.

"작은걸, 뭘."

랑이가 완전히 울상이 된다. 지금까지의 경험으로 쌓은 랑이의 행동 데이터가 경고한다. 이제는 나도 대 랑이 전에 대한 경험치가 쌓여서 숙련도가 올라가고 레벨 업을 했다는 거죠. 나는 주저 없이 랑이의 윗옷을 잡아 아래로 내렸다. 한 단계 늦게 옷을 들어 올리려고 했던 랑이는 당황하며 내게 말했다.

"어, 어떻게 알았느냐?"

기르던 애완동물과 마음이 통한 주인을 예로 들어야 할까. 그랬다가는 나래에게 맞아 죽을 테니까 관두자.

"그 정도도 모르겠냐."

"오! 그만큼 나를 지켜보고 있다는 말이로구나!"

자기 좋을 대로 생각하는 데 도가 텄다, 이 녀석.

"하지만 나래의 말이 틀렸다는 것을 증명해 보이겠느니라!

이 손을 놓거라!"

그랬다가는 네가 증명하게 될 것이, 내가 나래에게 몇 대를 맞아야 정신을 잃는지에 대한 것이 될 테니까 하지 마. 내가 죽을힘을 다해 옷을 붙잡고 있자니, 랑이가 볼을 부풀리며 소리쳤다.

"우우! 그러면 나도 생각이 있느니라! 여기서 기다리고 있어라!"

랑이가 몸을 돌려 세희에게 간다. 세희에게 가도 별일 없을 텐데. 너나 세희나 가슴 크기는……. 갑자기 등골이 오싹해지지만, 지금은 그것보다 더 중요한 게 있으니 무시하자. 나는 여전히 가슴을 가린 채 내 쪽으로 시선을 돌려 빤히 노려보고 있는 나래에게 말을 걸었다.

"아니, 다시 돌아와서. 저 남자애거든요? 그렇게 계시면 제가 시선 처리 곤란한 건 모르시나요?"

겨우 이야기가 원래로 돌아온 느낌이다.

"알아."

아시는 분이 그러십니까?!

"그러면 왜 속옷을 안 입는데!"

"그야 당연히 보여줘서 실……."

"……예?"

나래님이 두 손을 흔들며 지금은 속옷으로 고정되어 있지 않은 곳까지 같이 흔들어 버리시며 말씀하셨습니다.

"아니, 아니! 불편하니까 그렇지!"

아, 내가 잘못 들었구나. 그렇지. 그렇겠지. 나는 계속해서 떠오르는 내 생각을 억지로 무시하기 위해 나래에게 말을 걸었다.

"난 잘 모르는데, 입고 있는 게 편한 거 아니야?"

순수한 열일곱 살 남자아이의 호기심입니다.

"아니야! 안 하는 게 원래 편해! 거기다 요즘에는 갑자기 컵이 커지는 바람에, 원래 입던 건 좀 답답하기도 하고, 가끔씩은 아프기까지 하다고. 거기다 여름에는 언더에 땀이 차서 안 입는 게 시원하기도 하고! 끝이 옷에 쓸리기는 해도……?!"

나는 중간부터는 더 이상 맨 정신으로 들을 수 없었다.

"그, 그렇게 자세히 안 알려 주셔도 됩니다."

나는 목까지 붉어진 상태로 고개를 숙이고 바닥만을 바라보며 말했고,

"무, 무슨, 잊어! 잊으라고!"

그런 내 어깨를 나래가 두 손으로 잡고 앞뒤로 강렬하게 흔들었다. 나는 텅 비어 버린 정신으로 천장과 홍당무가 된 나래의 얼굴을 번갈아 보며 속으로 웃었다. 하, 하하하하.

"보아라!"

아직 죽기에는 이르다는 겁니까. 랑이의 목소리에 나래가 손을 멈췄다. 그 반동으로 눈앞의 가슴에 푹 빠질 뻔한 것을 목에 힘을 줘서 버틴 뒤, 시선이 다른 곳에 가기 전에 재빨리 고개를 돌렸다.

……아.

"나도 브래지어를 입을 수 있지 않느냐?"

거기에는 방문을 열고 나온 랑이가 환하게 갠 하늘을 뒤로

하고, 평소에 입던 윗옷은 어디 갔는지 아동용 스포츠형 브래지어만을 입고서 허리에 손을 올리고 당당하게 서 있었다. 얼핏 보면 속옷이 아니라 그냥 몸에 달라붙는 나시 티처럼 보이기까지 한다. 저걸 입으니까 랑이가 확실한 어린아이라는 것을 알 수 있었다. 거의 없으니까. 평평하니까. 나와 나래는 한마음 한뜻이 되었다.

나래는 랑이를 자신의 품에 안아 주었고,

"그래. 랑이야. 내가 잘못 생각했어. 응. 입을 수 있어."

나는 아무 말 없이 머리를 쓰다듬어 주었다. 내 가슴을 슬프게 만드는 것은, 이 녀석이 어른이 돼도 가슴만은 지금과 별다른 차이가 없다는 것이다.

"……응? 뭔가 위로받는 느낌이니라."

느낌이 아니다. 사실이다.

랑이는 스포츠형 브래지어가 갑갑하고 더워서 싫었는지, 금세 다시 옷을 갈아입고 나왔다. 더위는 이제 습기까지 띠게 돼서 상황은 아까보다 더 악화되었다. 이제 무슨 말을 하거나 화낼 기운도 없이, 우리 셋은 돗자리 위에 누워 더위에 축 늘어진 바둑이 꼴이 되어 버렸다. 나래가 덥고 불편하다고 브래지어를 안 한 것이 이해가 되기 시작한다. 비 온 지 좀 지났다고 이제는 완전히 찌는구나. 어쩔까. 물놀이라도 할까? ……아니, 지금 나래하고 물놀이를 했다가는 내 손으로 내 무덤을 파게 될 거다. 관두자. 그럼 샤워를 할까? 음. 그것도 자칫 잘못

해서 나래와 랑이가 같이 하자고 하면 곤란하다. 이미 아침의 일이 있었으니 그것도 패스. 그러면 등목을 하자. 그래. 그 정도는 괜찮겠지. 나는 벌떡 일어났다. 시선은 오로지 정면이다. 잘못해서 나래 쪽을 봤다가는 다른 것도 일어나게 될 테니까. 불행인지 다행인지는 모르겠지만 누워 있던 나래도 몸을 일으켰다.

"어딜 가게?"

'가긴 제가 어딜 갑니까. 영원히 당신 곁에 있죠.' 같은, 머리가 열기에 익어 버릴 때만 생각할 수 있는 말을 삼키며 대답한다.

"등목이나 하려고."

"등목?"

"응."

"내가 해 줄까?"

"아니, 괜찮아."

지금은 혼자 하는 게 편하다. 나래에게 등목을 도와달라고 부탁하는 것은 위험부담이 너무 클 것 같다. 뭐가 위험한지는 몰라도 위험할 것 같다고 내 감이 말한다.

"바보야. 이런 장면은 촬영하기 좋잖아?"

나래가 손가락으로 돗자리를 툭툭 치며 눈썹을 치켜뜬다. 대나무 돗자리가 나래의 손가락을 견디지 못하고 반으로 뚝 부러진다. 저게 인간의 힘으로 가능한 건가. 방금 전의 위험하다는 감은 사실 나래에게 등목을 해 달라고 하지 않았을 때의 일을 경고한 거였나 보다.

"그러네요. 해 주세요. 등목을 제발 해 주세요."

"등목 말이느냐?"

옆에서 호랑이 가죽같이 엎드려 있던 랑이가 몸을 웅크리며 일어난다. 그런데, 너.

"등목이 뭔지는 알아?"

"나를 누구라고 생각하는 것이느냐?"

랑이요. 호랑이. 나이 4천 살 넘은 새끼 호랑이요.

"그 정도는 당연히 아느니라! 봐라!"

뭘 보라는 걸까. 질문의 답이 나오기도 전에 랑이가 무릎을 구부리더니 내 쪽으로 뛰어올랐다. 그제야 나는 이 녀석이 무슨 착각을 했는지 깨달았다. 야, 이 녀석아. 그건 등목이 아니라 무등이겠지.

랑이는 내 목을 자신의 허벅지로 꽉 조이고, 뒤통수에 자신의 배를 붙이더니 인조인간 로봇의 조종사가 된 것같이 내 머리에 두 손을 올린다. 덥다.

"이것이 등목이 아니느냐?"

아닙니다.

"랑이야. 그건 목말을 탄다고 하는 건데."

나래가 먼저 말해 줬기에 나는 아무 말 없이 랑이의 두 다리를 손으로 잡았다. 사소한 차이에서 일어난 랑이 목마 태워 주기 사건이지만, 그래도 실수로 떨어지면 안 되니까. ……아니, 상관없지. 저번에도 봤듯이 이 녀석은 고양잇과라 이 정도 높이는 아무렇지 않으니까. 그래도 이미 잡아 버린 걸 어쩌겠냐. 뒷덜미가 좀 뜨거워도 참아야지.

"앗, 그러느냐?"

랑이가 몸을 앞쪽으로 숙여 나를 거꾸로 보며 물었다.

"그래, 이 녀석아. 너 공부 좀 해야겠다."

랑이의 얼굴이 순식간에 사라졌다.

"엑. 그건 싫으니라. 천자문 떼는 것도 그리 힘들었는데 공부를 다시 하라는 것이느냐?"

조금 놀랐다.

"천자문도 외웠어?"

나래도 마찬가지였는지 깜짝 놀라서 물어본다. 랑이는 그런 게 기쁜 듯 엉덩이를 위아래로 들썩였다. 하지 마라. 나 힘들다.

"그렇느니라!"

"정말이냐?"

"성훈은 날 못 믿는 것이느냐?"

믿을 수가 있어야죠. 내 침묵을 잘 이해한 랑이 님이 아프지 않게 머리를 콩콩 두드리며 말씀하셨다.

"이잇! 그렇다면 눈앞에서 외워 주겠느니라!"

정확히 말하면 머리 위에서다. 랑이가 깊은 숨을 들이마시더니, 낭랑한 목소리로 천자문을 외우기 시작했다.

"하늘 천~ 따 지. 검을 현~ 누를 황."

그리고 멈췄다. 침묵이 계속된다.

"어……. 어……."

당황한 눈치다.

"까먹었냐?"

랑이가 몸을 쭈욱 편다. 하지 말라니까. 잡아 주기 힘들어.

"아, 아니다! 갑자기 생각이 안 나는 것이니라!"

그런 걸 까먹는다고 하는 거다. 그리고 천자문에서 네 글자만 기억하는 너도 참 대단하다. 나도 집우집천인가 집우집주인가 까지는 기억하고 있는데. 한자로 쓸 줄은 모르지만.

"괜찮아, 랑이야. 기억이 안 나면 다시 공부하면 돼."

나래가 손을 들어서 랑이의 머리를 쓰다듬어 주는데, 덕분에 내 시선을 둘 곳이 없다. 어이, 나래야. 속옷도 안 입었으면서 아무렇지 않게 내 눈앞에 무시무시한 이성파괴 무기를 들이대면서 손을 높게 들어 올리지 마라. 모성을 강조하는 신체 부위가 어긋나듯 위치가 달라져서 나도 모르게 시선이 그쪽으로 가잖아.

"그러니까 세희한테 다시 가르쳐 달라고 해. **지금.**"

"괜찮으니라. **나중에** 성훈이한테 가르쳐 달라고 하면 되느니라."

……저기, 죄송하지만 저는 공부를 못합니다. 1학기 기말고사 때 한문은 30점을 받았어요. 이런 내 점수를 알고 있는 나래가 랑이에게 뭐라고 말을 하려고 한다. 위험해! 가정의 권위가 무너지고 사회가 무너지게 생겼어! 나는 잽싸게 나래보다 먼저 말했다.

"그럼 나는 등목을 하러 가 볼까~. 하하하하."

웃음이 말라 있다. 그러나 무슨 상관인가. 넘어가면 되는 것을.

"그러면 난 세희한테 촬영하라고 말하고 올게."

나래가 안방에 들어가는 사이에 나는 랑이를 내려놓고 욕실로 들어가 수건을 챙긴 다음 수돗가로 갔다. 나래는 그 사이에 안방에서 박으로 만든 바가지를 가지고 와 있었고, 랑이는 그 옆에 쭈그려 앉아 턱을 괴고 기다리고 있었다. 꽤 흥미진진해 보이는 눈치다. 마치 탐구 일기를 쓰기 위해 곤충을 관찰하는 것 같다. 세희가 안 나오는 걸 보니 또 원격 조정으로 촬영하는가 보다. ……스마트 폰으로 찍는다고 말한 건 단순히 자기가 알아서 찍겠다는 말이라는 것을 이제야 깨달을 수 있었다.

"성훈아. 빨리 등목을 해 보거라. 나래한테 들었지만 내 눈으로도 보고 싶으니라."

내가 없는 사이에 나래가 간단하게 설명을 해 줬나 보네.

"엎드려."

나래가 바가지를 긁으며, 아니, 툭툭 치며 말했다. 내가 엎드리면 바가지가 방망이로 변하는 요술을 부리지는 않겠지. 그런데 막상 등목을 하려니 신경이 쓰이는 것이 하나 있었다. 등목을 하려면 일단 윗옷을 벗어야 한다는 게 마음에 걸려서 말이야. 나래고 랑이고 내게 시선이 집중되어 있어서 옷을 벗기 부끄럽다고. 내가 무슨 TV에 나오는 남자 아이돌처럼 식스팩이나 초콜릿 복근도 아닌데 그런 눈들은 부담스럽다. 그것도 아주 많이.

"왜 그러느냐? 옷을 벗어야 할 수 있는 것 아니었느냐?"

맞습니다. 맞는데요.

"남자애가 뭘 그렇게 부끄러워해?"

두 분의 시선이요. 그리고 그거 남녀 불평등 발언입니다. 남성의 인권을 보장해 주세요.

에라, 모르겠다. 나는 될 대로 되라는 마음으로 배에 힘을 주고 양쪽 팔을 교차해서 티셔츠를 위로 들어 올렸다. 티셔츠에 얼굴이 가려질 때쯤, 랑이의 탄성이 들렸다.

"우와아아-."

뭐, 뭐가 '우와아아' 야?! 너 뭘 그렇게 놀라?

"헤에……."

나래 님까지 왜 그러십니까?

"지금 왠지 모르게 가슴이 두근거렸느니라. 나래야, 왜 그러는지 혹시 아느냐?"

"……넌 아직 몰라도 돼."

수치심으로 죽지 않기 위해서 재빨리 마저 옷을 벗는다.

"성훈아."

"……왜?"

왠지 모르게 나래와 랑이의 시선이 무섭다.

"너 뱃살은 조금 빼는 게 어때?"

날 죽일 생각이다!

"아니니라! 성훈의 배는 지금이 딱 좋으니라! 만지면 말랑말랑하고 입에 물면 보들보들한 게 정말 좋으니라! 마치 나래의 가슴같이 말이니라!"

이런 생각을 하는 것은 신성모독이지만, 나는 의학적으로 가슴이 무엇으로 이루어져 있는지 알고 있다. 다시 말해 랑이는 내 뱃살이 나래와 비슷할 정도로…… 꿈과 희망이 가득 차 있다는 말을 한 거다. 그래, 그런 거야. 하하하하.

"응? 성훈아. 왜 울 것 같은 표정이느냐?"

"너 때문이다, 자식아."

"으냐앗?!"

랑이의 머리에 꿀밤을 때리고 허리춤에 수건을 두르고 일단 엎드리고 본다.

"빨리 끝내 주세요."

내 침울하게 가라앉은 목소리에 나래가 작게 웃으며 말했다.

"신경 쓰여? 운동은 하는 편이 좋겠지만 그렇게 너무 신경 쓰지 마."

나래의 말은 안 들린다. 난 서울에 올라가면 헬스장 다닐 거야. 6개월 동안 토마토와 닭 가슴살에 단백질 보충제만 먹으면서 열심히 운동할 거야. 으허어엉.

"난 분명히 신경 쓰지 말라고 했어."

헬스장은 일단 보류해 두기로 하자. 내 침묵에 나래는 왠지 모를 흐뭇한 표정을 지으며 바가지에 물을 담았다. 그리고 촤악!

"으……."

등골을 시리는 차가운 감촉에 나도 모르게 신음이 나온다.

"엄살은."

짝! 나래의 손바닥이 등을 친다. 아프다. 자국 남을 거야.

"시원해 보이느니라."

시원하다 못해 추울 지경입니다. 그런데 나래의 손이 내 등에서 떨어지려고 하질 않는다. 나래가 뭘 생각하는지 알 것 같다. 자, 잠깐. 확실히 등목을 할 때는 그러는 게 정석이지만 꼭 그렇게 해야 되겠습니까?

"랑이야. 잘 봐. 등목을 하면 물을 뿌리고 이렇게 해 주는 거야."

해야 되는 것 같다. 나래가 내 등을 어루만진다. 으히이익?

"저, 저기? 나래야, 그런 건 안 해 줘도 되는데?"

"가만히 있어. 랑이한테 가르쳐 주는 거니까."

"랑이는 보기보다 이해력이……."

"입 다물어."

다물었다. 나래는 그대로 물기가 묻어 있는 내 등을 부드럽게 허리에서 목 쪽으로 쓸어내렸다. 뭐, 뭐냐. 이 기분은. 왠지 모르게 기분 좋은 느낌이다.

"물만 뿌려 주지 말고 손으로 퍼트리면서 씻겨 주는 거야."

"응, 응!"

나래가 다시 물을 받고 내 등에 뿌린다. 그러는 도중에도 다른 한 손은 멈출 생각을 하지 않았다. 뭔가 기분이 묘해지기 시작하니까 이제 그만하면 안 될까?

"안 돼."

"……전 아무 말도 안 했는데요."

"소꿉친구를 너무 우습게 보는 거 아니야?"

우습게 봤습니다. 그리고 옆에서 지켜보고 있던 랑이도 말이야.

"나도! 나도 한 번 해 보고 싶으니라!"

랑이가 두 눈을 반짝반짝거리며 나래를 조른다.

"랑이는 안 돼."

하지만 나래는 딱 잘라 말했다.

"왜 안 되느냐?"

"등목은 한 번 시작했으면 해 준 사람이 끝까지 해 줘야 하는 거야. 그게 등목의 기본이고 예의야. 중간에 사람이 바뀌면 나중에 하는 사람은 정말 나쁜 사람이 되는 거야. 알겠지?"

모르겠다. 난 모르겠어. 지금까지 살아오면서 듣도 보도 못한 말이다. 등목에 그런 게 있었어?

"히익? 정말이느냐?"

랑이가 내게 물어왔지만 대답은 나래가 했다.

"그래. 그러니까 안 돼."

"우우……. 알겠느니라."

"랑이는 정말 착하네."

나래가 내가 보기에는 무서운 미소를 지으며 랑이의 머리를 툭툭 두드린다. 지금 내 등골이 오싹한 건 지리산 지하수가 너무 차가워서 그런 거지? 그런 생각을 하며 방심하고 있을 때, 다시 물이 뿌려졌다. 우, 차가워. 그래도 이 정도면 되겠지. 나는 그만하자는 뜻으로 몸을 일으키려고 했는데,

"아직 안 끝났어."

나래는 끝낼 생각이 없나 보다. 저기, 나래 님. 저 이제는 좀 추운데요. 그만하면 안 되겠습니까? 잠시 동안 나래의 말을 기다렸지만 아무 말도 하지 않는다. ……소꿉친구는 자기가 필요할 때만 우스워지는 것 같다.

"그리고 등을 다 했으면 이렇게 앞도 해 주는 거야."

……어?

"자, 잠깐만!"

나래의 손이 등이 아닌 앞쪽으로 훑어 내려온다. 내 허리를 타고 내려온 나래의 부드러운 손이 내 배를 매만진다.

"거, 거기는 할 필요 없잖아?!"
"등목인데?"
"등목이니까!"
"음……. 은근히 살이 많네?"
"뭘 만지는 겁니까!"
"배."
제게 신체 부위의 명칭에 대해 가르쳐 줄 생각입니까?
"앞에도 땀 많이 났잖아."
"그야 그렇죠."
"그러니까 앞에도 해 줄게."
"안 해도 됩니다! 아니, 나 지금 샤워하러 갈 테니까!!"
나래는 내 의견을 무시하고 물을 등에 뿌리고, 가슴이 내 등에 닿을 정도로 허리를 굽힌 다음 두 손을 내 허리 옆으로 내밀었다. 젠장, 늦었다! 도망치려고 해도 도망칠 수가 없어! 여기서 잘못 움직였다가는 내 등이 나래의 가슴에 닿는다. 내가 가만히 있자, 이번에는 나래의 길고 얇은 손가락이 위쪽으로 올라온다. 배가 아니라 가슴 쪽으로. 아니, 그건 착각. 한 손은 내 가슴으로 올라오고 있지만 다른 한손은 아래로 향하고 있다. 배꼽에서 좀 더 아래로.
"나, 나래야!"
"수, 수건이 내려가서."
나래가 이유를 대는 동시에 위로 올라간 손이 말 못 할 어느 곳에 닿았을 때, 나는 튕기듯이 벌떡 일어났다. 나래의 가슴이 등에 닿는 것을 신경 쓸 정신도 없었다. 나래는 뒤로 넘어져서 엉덩방아를 찧으며 새된 비명을 질렀다.

"꺅!"

"왜 그러느냐?"

나는 아무 말 없이 허리춤에 걸어 둔 수건으로 물기를 대충 닦았다.

"아, 정말! 젖었잖아?"

어디가 어떻게 젖었는지 알지만 알고 싶지 않다. 얼핏 보이기 때문에 고개를 돌릴 생각도 들지 않는다. 나는 티셔츠를 대충 앞뒤 구분도 안 하고 입어 버린 다음에, 대문을 향해 냅다 달려 문을 열고 밖으로 뛰쳐나갔다. 얼굴에 몰렸던 피가 심장으로 돌아간다.

도망치자. 아무것도 생각하지 말고 일단 도망치자. 도망칠 곳도 없고 수중에 돈도 없지만 일단 도망치고 보자. 그래. 하루만 가출하는 거야. 나는 머리가 제대로 돌아가지 않아 극단적인 현실 도피를 하게 되었다.

"놓고 오신 거라도 있으십니까?"

……데자뷰?

"서울에 정신줄을 놓고 오셨다고 하실 생각입니까? 하지만 원래 처음부터 없지 않으셨습니까?"

나는 고개를 옆으로 돌렸다. 없다. 아니, 잘 생각해 보니까 세희의 목소리는 위에서 들렸다. 나는 고개를 들었다. 거기에는 희뿌연 구름에 조신하게 앉아 있는 세희가 있었다. 나는 달리는 것도 잊고 멍하니 서서 세희를 올려다보았다.

"치마 속이라도 훔쳐보실 생각이십니까? 다행이군요. 오늘은 도련님께서 좋아하실 가터벨트와 검은색 속옷을 입었습니다."

치마가 길어서 안 보이잖아. 사람 기대하게 해 놓고 무슨 헛소리야, 가 아니라!

"너 그거 뭐야?!"

"구름입니다."

So Cool. 나도 쿨해질 것 같다. 아, 그렇구나. 구름이구나. 너 언제 귀신에서 신선이 됐냐?

"뭘 그리 놀라십니까? 이 정도는 고양이라도 할 수 있습니다."

요즘 고양이는 못하는 게 뭐냐? 그건 그렇고 잘 나타났다.

"어쨌든 난 잠깐 가출할게."

"얼마나 하실 생각입니까?"

세희의 말에 나는 머리를 굴릴 필요도 없이 말했다.

"하루."

"1초 드리겠습니다."

야, 인마. 저번보다 짧잖아.

"시간 다 되었습니다."

그렇게 해서 나는 다시 세희에게 잡혀서 되돌아와야 했다.

수돗가에서 나를 기다리고 있는 것은 어째서인지 윗옷을 벗고 있는 랑이었다. 노출증 호랑이 딱지를 엉덩이에 붙여 줘야겠다. 랑이가 가리지 않은 자그마한 가슴을 당당하게 내보이며 내게 물어왔다.

"갑자기 왜 밖에 나갔느냐?"

머리카락으로 물음표를 만드는 랑이에게 나는 사실 그대로를 말해 줄 용기가 나지 않았다.

"너무 추워서 잠깐 몸 좀 덥히려고."

"그럴 때는 나를 껴안아도 되느니라."

겨울에 애용해 드리겠습니다.

"그것보다 나래는?"

"옷을 갈아입으러 갔느니라."

젖은 옷을 갈아입으러 간 건가.

"그런데 너는 왜 옷을 벗고 있어? 여자애가 그러는 거 아니야."

옆에 걸려 있는 옷을 집으려고 하는데, 랑이가 내 손을 잡았다. 고개를 돌려 보니 랑이가 환하게 웃으며 말했다.

"나도 등목을 하고 싶어서 벗었느니라!"

어느 때보다 긴 하루인 것 같은데, 단순한 기분 탓이려나.

"세희한테…… 아니지."

나를 내려놓자마자 안방으로 튀어 간 녀석이다. 또 평소에는 물을 만지면 젖는다고 말하는 녀석이고. 그런 녀석한테 뭘 바라겠냐.

"나래한테 부탁하면 되잖아?"

"너무너무 더워서 지금 당장 하고 싶으니라! 당장 말이니라. 나래가 오기 전에 얼릉!"

말도 제대로 못할 정도로 하고 싶은 가 보다. 지금 등목을 하지 못하면 봉인을 깨뜨리겠다고 협박할 기세다. 에휴……. 아까 나래가 날 등목시켜 주는 걸 보고 이상한 거에 불이라도 붙은 건가. 아니면 단순히 정말 더워서 그런 건가.

그게 무슨 상관이냐. 랑이에게 등목 정도는 아무 이유가 없어도 웃으면서 해 줄 수 있다. 거기다 내가 안 해 줬다가는,

저 상태로 내게 달라붙을 테니까 차라리 지금 빨리 해 주는 게 낫다.

"알았어. 여기 엎드려."

"응!"

랑이가 해맑게 웃으며 수돗가에 엎드린다. 수건은…… 없네. 어쩔 수 없이 내가 아까 쓴 수건을 랑이의 허리에 감아 준다. 꼬리가 살랑살랑 흔들리는 걸 보니 여간 기쁜 게 아닌가 보다. 녀석. 뭘 이런 거로 그렇게 좋아하냐. 나는 수돗물을 바가지에 받고, 아주 조금씩 랑이의 허리에 부으면서 손으로 퍼트려 줬다. 어린애는 피부가 약하니까.

"흐냐아앙……!"

랑이가 깜짝 놀라 꼬리를 쫙 펴며 신음한다. 하긴, 물이 좀 차갑지.

"너무 차갑냐?"

랑이가 고개를 도리도리하며 말한다.

"아니, 아니느니라. 계속, 계속 해 주거라."

랑이가 고개만 돌려서 나를 보챈다. 엎드리고 있어서 그런지 얼굴에 피가 몰려서 볼에 짙은 홍조가 들어 있다. ……엎드린 지 얼마나 됐다고? 나는 다시 조금씩 물을 부으면서 랑이의 새하얀 등을 쓰다듬어 주듯 어루만져 줬다.

"흐앗, 으으응, 하응……."

……뭔가 내가 위험한 짓을 하고 있는 것 같은 기분이 들지만 사실이 아니다. 나는 단순히 등목을 시켜 주고 있잖아. 그건 그렇고 이 녀석, 역시 살결이 부드럽다. 애들은 피부가 좋다니

까? 말 그대로 아기 피부다, 아기 피부. 만지는 나도 기분이 좋다. ……이상한 뜻이 아니다. 아, 그런데 랑이의 땋은 머리카락이 땅에 닿는다. 나는 잠시 손을 멈추고 랑이에게 말했다.

"야, 머리카락 땅에 쓸린다."

"으, 응. 알겠느니라."

왠지 모르게 달아오른 듯한 목소리로 랑이가 대답하더니, 자기 손으로 머리카락을 들어 중간 부분을 입에 문다. 그리고는 고개를 돌려 눈빛으로 나를 재촉한다. 그냥 머리카락을 목에 감아도 되지 않나? 이 녀석, 머리가 꽤 기니까. 나는 그런 생각을 하며 다시 등목을 시켜 주었다.

"읍……. 으읍, 흐으윽……."

아니, 잠깐만!! 이거 듣는 사람에 따라서 상당히 이상하게 들릴 수 있는 소리잖아! 이게 무슨 '눈이 아니라 귀에게 양보하세요.' 야?! 난 등목을 시켜 주는 거고, 랑이는 단순히 물이 차가워서 소리를 내는 건데 말이야! 봐라! 물이 너무 차가워서 몸을 부들부들 떨며 무릎을 안쪽으로 조이며 땅에 닿지 않으려고 애쓰면서 엉덩이를 높이 들어 올린 랑이의 모습을!

그, 그래! 등은 괜찮은데 앞쪽으로 흘러내린 물이 너무 차가워서 그런 거야. 나는 등에서 손을 앞으로 내려 배를 만졌다.

"흐냐아아앙……."

랑이가 입에서 머리카락을 떨어뜨리며 고개를 들고 Y가 0보다 클 때의 이차함수 그래프같이 허리를 비틀며 신음을 낸다. 아, 뭔가 마음속 깊은 곳에서 꿈틀거리는…….

"이 변태야!!"

어디선가 정의의 사도가 악을 물리치기 위해 날리는 발차기의 기술명 같은 소리가 들렸다. 나는 랑이의 배를 쓰다듬어 주며 고개를 돌렸다. 나래가 보인다. 정정. 발을 들어 올린 나래가 보인다. 더 정확히 말하면 나를 발로 차는 나래가 보였다. 나는 피하지도 못하고 그대로 나래의 발길질에 얻어맞아 땅바닥을 굴렀다.

"으헉?!"

어억! 허, 허리! 내 허리! 한 번도 사용하지 못한 내 허리가!!

"서, 성훈아?"

내가 허리를 부여잡고 땅바닥에서 애벌레를 모티브한 춤을 추고 있는 게 걱정되는지 랑이가 벌떡 일어났다. 이런 상황에서도 몸에 묻은 물은 닦아야지 이 녀석아, 라는 생각이 드는 나는 도대체 뭐하는 놈이냐.

"강성훈."

물론 그 생각은 뚜벅뚜벅, 흙에서는 날 수 없는 소리를 내며 내 앞에 다가온 나래 님에 의해 강제 종료되었다. 나는 허리의 아픔도 잊고 벌떡 일어나 정좌하며 말했다.

"예, 옙!!"

"내가 없는 틈을 타서 랑이한테 무슨 짓을 한 거야."

"드, 등목을 해 드렸습니다."

"등목?"

"예!"

나래가 아랫입술을 깨물고는 땅을 강하게 굴렀다. 거짓말같이 땅이 움푹 파인다. 아, 안 좋은 기억이 되살아나려고 합니다. 무서워요, 마망.

"왜 등목을 하는데 손이 가슴에 가는데?!"

"배! 배에요! 배라고요! 배 정도는 되잖아요!"

"안 돼!"

"네가 그런 말을 하면 설득력이 없다고!"

"내가 너한테, 내가 랑이한테, 네가 나한테 하는 건 되지만 네가 랑이한테 하는 건 안 돼!"

말도 안 되는 논리지만 수긍하지 않으면 큰 일이 날 것 같은 분위기다. 나는 살기 위해 말했다.

"그게 왜 안 되느냐?"

내가 아니다.

"랑이야. 성훈이는 변태라서 배를 만지다가 가, 가슴까지 막 만질 거란 말이야. 랑이 같은 애들은 아직 안 돼."

그런 이유로 안 되는 겁니까?

"괜찮으니라! 나는 성훈이가 가슴을 만져 주면 기분이 좋으니까 상관없느니라!"

랑이가 자신의 작은 가슴을 쪼물락거리며 나를 본다. 이것으로 날 죽이려는 사람이 둘로 늘었다.

"……강성훈."

"전 모릅니다! 지금 랑이가 무슨 소리를 하는지 알지만 저는 모르는 일입니다!"

나는 잽싸게 고개를 숙였다. 나래의 시선을 받고도 지금 이 난리 통에서 살아남을 수 있을 거라는 희망을 가지는 건 불가능하니까. 나래는 자신의 분노를 어떻게 풀지 고민하다가 말을 잃어버리고 행동으로 대신했다.

"이 변태, 로리콘, 페도필리아!"

웅녀가 보게 될 것은 나와 나래와 랑이의 러브러브 영상이 아닌 스너프 영상이 아닐까 하는 생각을 하며 나는 담벼락에 처박혔다.

세희의 요술로 간단하게 치료를 받고 방 안에서 내가 살아남을 수 있는 방법을 생각하고 있자니 밖에서 인기척이 느껴졌다. 이 집 안에서 인기척을 내는 사람은 나와 나래밖에 없으니까 누구인지 생각할 것도 없다.

"들어갈게."

"어."

문이 드르륵 열리고 나래가 들어온다. 방금 전의 일이 신경 쓰이는지 나래는 나를 제대로 보지 못했다. 나래가 시선을 다른 곳으로 돌리고 내 앞에 앉아서 단도직입적으로 말했다.

"네 잘못이야."

너무 단도직입적이잖아.

"……제가 뭘요."

"네가 랑이한테 이상한 짓을 해서 홧김에 그런 거니까 그렇게 알아."

말은 그렇게 하지만 자신이 너무 심했다는 생각에 미안해하는 표정은 숨기지 못한다. 우물쭈물 눈치를 살피며 내가 무슨 말을 할지 전전긍긍하는 나래를 보니까 지금까지의 걱정은 모두 사라지고 웃음이 나올 것만 같았다. 빨리 괜찮다고 말하라고, 이 바보야. 나래가 온몸으로 말하는 모습이 귀여워서 나는 농담을 하기로 했다.

"랑이 등목시켜 주다가 죽는 줄 알았어."

"……읏!"

"도대체 무슨 생각을 한 거야, 너?"

"마, 말했잖아. 네가 그런 짓을 해서 그렇다고."

목소리에 힘이 안 들어갑니다. 나래의 기죽은 모습에 뭔가 불끈불끈 올라온다. 저는 초등학생입니다.

"내가 뭘? 난 그냥 등목시켜 준 것뿐인데. 아니면, 너 설마 나하고 랑이를 상대로 야한……."

"야."

아, 너무 심했나. 나를 똑바로 쳐다보며 눈썹을 치켜뜨는 나래를 보고 있자니 장난은 적당히 해야 한다는 진리를 다시 한 번 깨닫게 된다.

"왜, 왜 그러십니까?"

순식간에 저자세로 나가서 나래의 비위를 맞출 준비를 하는 내가 안쓰럽다.

"나도 잘못한 건 맞지만, 너도 문제가 있잖아. 너, 평소에 랑이를 대하는 게 너무 이상하단 말이야."

나래가 진지하게 말하는 모습에 나는 살짝 긴장하며 말했다.

"내가 뭐 어때서?"

"어제부터 지켜봤는데."

나래는 내 숨을 멈추게 할 작정인가 보다.

"너……. 랑이를 동생으로 보는 것 같지가 않아."

아무 말도 못하고 있는 내게 나래가 힘겹게 입을 열었다.

"너, 호, 혹시 랑이를 좋아하는 거 아니야? 그…… 여자로 말이야."

상대에 따라서는 로리콘으로 의혹당하는 것에 대해 화를 낼 수도 있는 말이기에 조심스러운 것도 이해할 수 있다. 내가 즉답을 안 하는 것을 어떤 의미로 받아들일지 모르겠지만, 아마 당황해서 그런 것 같다는 눈치다. 덕분에 나는 의심당하지 않고 대답을 망설일 수 있었다.

나는 랑이를 좋아한다. 랑이를 사……. 아니, 그런 건 됐고. 나는 나래와 랑이를 같은 시선으로 보고 있다. 랑이는 그것을 알고 있고 나도 알고 있다. 하지만 나래는 모른다. 나래는 내가 랑이를 귀여운 동생으로 본다고 생각하고 있다. 그런데 내가 여기서 랑이를 여자로 본다는 대답을 하면 나래는 어떻게 반응할까?

……죽겠지.

하지만 언젠가 나는 사실대로 말할 거다. 나는 너희 둘을 좋아하고, **언젠가 마음이 정해지면 누군가에게 고백할 거라고.** 그것이 내 진심이니까. 아니, 오히려 지금이 좋은 기회일 수도 있다. 그래. 지금이라면 내 마음을…….

"여기 계셨군요."

"으악?!"

"꺄악?!"

말을 하려는 순간, 노린 듯이 세희가 공중에서 툭 튀어나와 바닥에 내려와 앉았다. 이야기에 집중해 있던 나와 나래는 깜짝 놀라서 서로를 얼싸안고 뒤로 물러나고 말았다.

"이런. 몸의 대화라도 나누시고 계셨습니까?"

세희가 짐짓 죄송하다는 듯이 말한다. 나와 나래는 서로를 쳐다보고 휙휙, 옆으로 떨어졌다. 나래보다 이런 일에 익숙해서 슬픈 내가 세희에게 말했다.

"갑자기 뭐야?"

"별것 아닙니다, 도련님. 자신의 잘못은 하나도 없으신 주인님께서 도련님께서 다치신 게 자신의 부덕함 때문이라 생각하셔서 침울해 계시는데 그 원인 제공자인 두 분께서 시시덕거리는 게 눈꼴시어서 왔습니다."

누가…….

"누가 시시덕거려?"

나래가 내가 할 말을 대신 해 주었다. 세희는 아무렇지 않게 나래의 말을 받아넘기며 내게 말했다.

"그렇다면 도련님. 바둑이 똥도 약에 쓰려면 없다는 속담의 주인공이 되지 않기 위해 주인님을 달래 주시는 것은 어떻습니까?"

나는 진심으로 바둑이의 처우 개선을 위해 노력하기로 결심했다. 어찌되었건 세희의 난입으로 내 고백은 뒤로 밀리고 말았다.

랑이를 달래는 것은 세희에게 놀림당하는 것보다 더 쉬웠다. 품에 안아 주고 괜찮다고 말하며 등을 토닥여 주는 것으로 랑이는 울상이던 얼굴을 폈으니까. 그런 나를 보는 나래의 시선이 조금 아프기는 했지만, 지금은 내 정신 건강보다 우선해야 할 것이 있다. 나는 기분이 풀린 랑이를 나래에게 맡긴 후 마루로 나왔다. 잠깐 동안이라도 혼자서 생각해 볼 시간이 필요하다. 내 마음을 어떻게 나래에게 전해야 할지에 대해서. 나는 마루에 앉아 골몰히 생각에 잠겼다.

생각이 생각을 부르다 결국 딴생각까지 부르고 말았다. 진지하게 생각에 잠기는 건 5분이 한계인가. 에라, 모르겠다. 머리를 식히기 위해서 마루에 드러누웠는데, 안방 문이 열리는 소리가 들리며 나래가 밖으로 나왔다. 랑이는 없는 걸 봐서 요 녀석. 낮잠이라도 자는 건가? 고개를 돌려 나래를 올려다보는데, 소꿉친구께서 나를 내려다보면서 뜬금없는 말씀을 하셨다.

"……나오기 전까지는 할 말이 많았는데 지금의 널 보니까 말할 기분이 안 드네."

지금의 제가 뭐 어때서요? 두 팔을 베개 삼아서 마루에 드러누워 숨 쉬고 있는 내가 뭐 어때서?

"뭐가?"

"너 그렇게 누워만 있지 말고, 운동이라도 좀 해."

"운동?"

갑자기 무슨 운동이야?

"그래. 너 이렇게 보니까 뱃살이 너무 찐 것 같아."

그건 지금 드러누워 있어서 그렇게 보이는 것뿐이다. 나는 일어나 앉으며 말했다.

"그거야 누워 있으니까……."

"아까 만져 봤을 때도 많던데."

금방 회수되는 복선이었습니다.

"내가 간단하게 가르쳐 줄 테니까 오늘부터 운동해서 땀 좀 빼봐. *그래. 그런 이유 때문에 랑이한테 관심을 보이는 걸 수도 있으니까.*"

나는 세희가 말하는 예의라는 것을 따르기로 했다.

"그래도 이런 날에는 좀 그렇지 않아?"

나는 마당을 보았다. 나래도 내 시선을 따라 고개를 돌렸다. 한낮의 이글거리는 태양에 대지가 끓고 있다. 햇볕은 쨍쨍, 모래알은 반짝 수준이 아니라 햇빛은 활활, 모래알은 후끈후끈이다. 내 장담하는데, 지금 맨발로 마당을 돌아다니면 화상 입는다. 인터넷에서 본 날씨로는 오늘이 32년 만에 찾아온 기록적인 폭염이라고 했다. 지역에 따라 스콜이 온다는 예고는 이미 실현됐고. 그런데, 뭐? 운동? 내가 운동하면 랑이하고는 누가 놀아 주냐? 하지만 나래는 내 반응이 탐탁지 않은 것 같다. 팔짱을 껴서 가슴을 강조하며 발로 돗자리를 탁탁 친다. 이번에는 부러지지 않게 힘을 조절하는 것 같다.

"그래서. 싫다는 거야?"

싫습니다.

"아니, 싫다는 건 아니고 이런 날에 무리한 야외 활동을 하면 일사병이나 열사병의 위험이 있으니까 나중에 날씨가 서늘해질 때 하는 게 어떠냐는 거지요."

나래의 발이 멈췄다.

"실내에서 하면 되잖아."

무슨 일이 있어도 날 운동시킬 생각이군. 무슨 자기 남편 몸 관리해 주는 아내 같다. ……아, 그래도 운동은 싫은데.

"어떤 거?"

그래도 나래의 호의를 딱 잘라 거절할 수 없다. 적당히 이야기하다가 적당한 핑계를 대서 거절하자.

"윗몸 일으키기."

필사적으로 거절하자. 윗몸 일으키기가 힘든 운동인 것도 있지만 더한 문제는 운동을 할 때의 자세다. 내가 누우면 누구 한 명은 잡아 줘야 되는데 일단 후보를 열거해 보자. 랑이. 이 녀석이 나를 지탱해 줘? 방아라도 찧는 것처럼 쿵덕쿵덕 거리겠다. 바둑이? 자고 있다. 세희. 버려. 결국 남는 건 나래다. 이런 복잡한 생각을 할 것 없이 운동하자고 권한 사람이 나래니까 나래가 잡아 주려고 하겠지. 하지만 그랬다가는! 내 두 발이 나래의 엉덩이에 깔리고 자연스럽게 내 정강이에 나래의 가슴이 와 닿고, 허리를 일으켜 세울 때마다 나래의 얼굴이 바로 코앞까지 오게 된다. 윗몸 일으키기는 남자와 여자가 할 때는 위험한 운동이 되는 것이다!

"봐주시죠. 그걸 하느니 PT 체조 8번을 하겠습니다."

"그건 뭐야?"

나래가 정말 모르겠다는 듯이 고개를 갸웃거린다. 나도 아버지에게 배웠는데, 군대에서 배운다는 PT체조 중에서 가장 힘든 자세다. 말보다는 행동으로 보여 주는 게 좋을 것 같아서, 나는 등을 땅에 대고 누웠다.

"이 상태에서."

두 팔을 펴서 땅에 대고 두 다리를 쭉 편 뒤 좌우로 움직인다. 다리와 시선은 반대로. 무릎은 쭉 편 상태를 유지한다. 허리와 허벅지가 끊어질 것같이 아프다.

"이런 게 PT 8번."

"헤에. 꽤 좋네. 그거로 해도 돼."

"봐주시죠."

이건 일종의 고문이니까. 나는 나래가 이것에 더 관심을 보이기 전에 벌떡 일어났다.

"왜? 내가 봐 줄게. 계속 해."

봐달라는 게 그 봐 달라는 의미가 아니다.

"해 보면 그런 소리 안 나올걸. 좌우 반복 40번만 해 봐."

"나 이래 봬도 평소에 운동 많이 하는데 그 정도도 못할 거 같아?"

그래. 하니까 그런 이기적인 몸매를 유지할 수 있겠지. 하지만 이건 다르다니까요? 나는 해 보라는 의미로 손바닥을 들어 보이며 돗자리를 가리켰다.

"너, 내가 다 하면 너도 하는 거다?"

"그럽지요."

나래가 돗자리에 눕는다. 그리고 아까 내가 한 자세를 똑같이 하는데…… 이건 또 큰일이다. 두 다리를 쭉 펴서 올리는 자세이기 때문에 나래의 허벅지가 두드러지게 드러나는데 시선을 돌릴 수가 없다. 힘을 주고 있어서 평소보다 탄력 있게 보이는 것이 마치 초원을 달리는 한 마리의 야생마 같다고 할까. ……그렇게 근육이 있지는 않지만.

"잘 봐."

잘 보고 있습니다. 사실 시선이 떨어질 생각을 안 해요. 그리고 잠시 후.

"하악, 하악."

나래는 대자로 뻗어서 땀으로 젖은 머리카락을 이마에 달라붙인 채 거친 숨을 몰아쉬었다. 숨을 쉴 때마다 가슴이 오르락내리락한다. 가만히 있어도 더운 날에 이런 격한 운동을 하니 당연하지. 참고로 나래는 22번에서 포기했다.

"이, 이건, 하아, 너무, 힘드네."

"그렇지?"

그러면 다시 가만히 누워서 날씨가 선선해지기를 기다리며 체력을 보존해 볼까. 하지만 나래는 포기할 생각이 없었다. 나래가 허리의 힘만으로 일어나 앉아서 이마에 흐른 땀을 손목으로 쓰윽 닦으며 말했다.

"그러면 다른 거 해."

"포기하시죠."

"싫어."

나래가 혀를 빼 내민다. 지금 상황만 아니면 나래 귀여워어어어! 하고 외치고 싶지만 상황이 상황이라 마음 놓고 좋아할 수가 없네. 그래도 나래가 귀여운 모습을 보여 줬으니까 그 보답이라고 해야 할까. 오늘은 나래의 명령에 따라 주자. 그까짓 운동, 해 주면 되는 거 아니야?

"그래서 뭘 시키게?"

나래의 입가에 미소가 번진다.

"왜. 갑자기 할 생각이 들었어?"

"포기하실 생각이 없으신 것 같으니 제가 두 손을 번쩍 머리 위로 세이 예~. 예~에."

"……미친 척할 정도로 싫어?"

아, 나래가 상처 입었다. 그리고 나도 상처 입었다. 미친 척은 아니었는데 말이야.

"농담입니다. 어쨌든 너무 힘든 거는 싫으니까 쉬운 걸로 골라 주세요."

"그러면……."

나래가 잠깐 생각에 잠겨 있는데 익숙한 목소리가 들려왔다.

"훌라후프는 어떻습니까?"

세희다. 양손에 사이즈가 다른 총천연색의 훌라후프를 들고 우리 옆에 서 있었다.

"깜짝이야!"

"다행이군요."

또 시작인가. 하지만 내 예상과는 다르게 나래는 세희와 말싸움을 벌이지 않았다.

"그래도 꽤 괜찮은 생각이네. 이거면 운동 부족인 성훈이도 할 수 있을 테니까."

무시당하는 느낌이 들지만 사실이니까 넘어가자. 평소에 하는 운동이라고 해 봤자 가벼운 달리기나, 느긋하게 하는 축구 정도니까. 물론 포지션은 골키퍼다.

"그리고 운동하시는 김에 주인님께도 신경을 써 주시죠."

어느새 세희의 한 손에는 랑이가 들려 있었다. 그것도 목덜미를 잡혀서 대롱대롱 축 늘어진 랑이가 두 눈을 깜빡거리며 당황한다.

"응? 성훈이 벗은 티셔츠를 깔고 낮잠을 잘 생각이었는데 갑자기 이게 무슨 짓이느냐?"

내 귀가 요즘에 이상한 것 같다. 이상한 소리가 들린 것 보니까. 그래도 한 마디는 하고 넘어가자.

"일단 랑이는 네 주인님 아니냐? 그런 취급을 해도 괜찮은 거야?"

"다 주인님을 위한 것입니다."

요술입니다. 주인님을 위해서입니다. 마법의 말을 마친 세희가 랑이를 내려놓았다.

"운동 부족인 것은 도련님뿐만이 아니니, 주인님께서도 이 기회에 같이 하시는 것이 좋을 거라 생각되어 무례를 범했습니다."

랑이가 나를 힐끗 쳐다보고는 볼을 붉히며 소리쳤다.

"나, 나는 그럴 필요 없느니라!"

내가 보기에는 맞다. 가끔씩 뛰어노는 모습을 보기도 하지만, 대부분이 웅크리고 잠들거나, 달라붙거나, 기어 다니거나, 누워 있었으니까 말이야.

"알았어. 같이 하자."

내 말에 나래가 살짝 눈썹을 찌푸린다. 갑자기 자기가 신경 써야 하는 애들이 두 명으로 늘어서 그런가. 그리 좋아하는 눈치는 아니다. 미안하구만. 결혼도 안 한 처녀한테 애를 돌보게 해서. 허허허. 영감님 같은 생각을 하며 나래에게 말했다.

"괜찮지?"

"……상관없어."

상관있는 것 같지만 없다고 말하니 넘어가야죠. 그래도 세희가 좋은 일을 한 것 같다. 훌라후프면 랑이도 쉽고 재밌게 할 수 있을 운동이니까.

세희가 좋은 일을 하긴 바둑이 성질내는 소리. 마당으로 나간 후, 나는 나래가 랑이를 위해 시범으로 훌라후프를 돌리기 시작하자마자 그런 생각이 들었다. 왜냐고? 잘 봐라. 보다시피 훌라후프를 돌리다 보면 가장 많이 돌아가는 것이 허리다. ……그렇다. 허리다. 그렇기에 여러모로 울끈불끈한 나이인 나는 앞에서 등을 보이고 훌라후프를 돌리고 있는 나래에게 시선을 빼앗길 수밖에 없는 거다. 정확히 말하면 나래의 허리와 엉덩이에. ……야해. 야하다고. 훌라후프가 이렇게 에로한 운동이었나? 나래가 등을 보이고 있어서 다행이다. 정면을 보고 있었다면 내 시선을 눈치채고 내 얼굴에 주먹을 날렸을 테니까. 그래도 어쩔 수 없다. 요염하게 원을 그리는 나래의 허리 움직임은 마치 밸리 댄스를 연상시킬 정도니까. 도대체 어떻게 저런 아름다운 곡선이 이루어질 수 있을까 궁금해지는 허리가 나쁜 거다. 훌라후프가 내려갈 것 같으면 순간적으로 움직임이 빨라지는 것도, 살짝 무릎을 굽히는 것도 나쁜 거다. 그리고 가장 나쁜 건 단순한 운동에서 이런 생각을 하고 있는 내 뇌다. 아니, 다른 곳으로 돌아가지 않는 내 두 눈이 나쁘다. 더 이상 보고 있다가는 연상 작용이 더욱더 안 좋은 쪽으로 진행될 것 같아서 나는 땅을 쳐다보았다. 그 때, 나래가 훌라후프를 돌리는 것을 그만둔 것 같다. 더 이상 소리가 안 났으니까.

"이렇게 하는 거야. 알겠지?"

"알겠느니라."

랑이의 대답에 이번에는 내게 물어본다.

"성훈이, 너는?"

그걸 왜 제게 물어보십니까? 제가 그런 것도 모를 것 같습니까?

어.

나래는 그렇게 생각하는 것 같다.

"넌 왜 안 보고 있어? 왜 그래? 사람이 시범을 보이면 봐야 할 거 아니야?"

나래의 짜증이 나서 약간 높아진 목소리에 나는 생각도 못 하고 입을 열어 변명했다.

"네가 허리 돌리는 게 너무 야해서 볼수가아아악?!"

훌라후프를 손목의 스냅을 이용해 세로로 휘두른다. 홧김에 한 짓이었지만, 불행히도 그것은 정확하게 나의 급소에 맞았다. 신이시여. 나는 급소를 가리며 몸을 웅크렸다. 나래의 당황해하는 표정이 보인다.

"아……."

으허꺼어허억. 왔다. 왔어. 나는 오늘 들어 두 번째로 땅바닥을 구르며 고통에 몸부림쳤다. 그야말로 영겁과 같은 시간이 흐른다.

"서, 성훈아? 갑자기 왜 그러느냐?"

아프니까 그렇지, 이 자식아. 여길 맞았는데 멀쩡한 남자가 있다면 그건 사람이 아니라고.

"그……. 엉덩이 두드려 줘?"

나래의 말에 나는 고통에 몸부림치면서도 손을 들어 올려 말렸다. 말도 제대로 안 나온다. 그런데 너 그런 거 어떻게 아는 거야? 라는 말이,

"으허어어러어으어……."

라고 나온다.

"그, 그래도 네가 처음에 잘못한 거니까!"

나래가 오히려 내게 화를 낸다. 야, 야 인마! 아무리 그래도 그렇지! 흐끄으윽. 아, 눈물 나.

"많이 아프느냐? 아! 그러면 내가 핥아 주겠느니라!"

"라, 랑이야! 무슨 말을 하는 거야!"

신이시여. 이 정도면 되잖아요. 저를 얼마나 더 고통의 구렁텅이에 빠뜨리려는 겁니까.

"아, 나래는 모르는구나? 엣헴! 사실은 내가 핥아 주면 어떤 곳이든지 금방 낫게 되느니라."

"그, 그래도 저기는 안 돼!"

"왜 안 되느냐?"

"그, 그러니까……."

이제야 조금 아픔이 가라앉아서 제정신이 들려고 하는데, 내 귀에 이상한 소리가 들렸다.

"랑이는 아직 어리니까!"

시기 문제가 아니라니까요.

"무슨 말이느냐? 나는 어린아이가 아니니라!"

이대로 놔두다가는 랑이가 자신은 어린아이가 아니기 때문에 날름날름하겠다고 덤벼들 것 같기에, 나는 이를 악물고 일어났다. 나래와 랑이의 시선이 내게 모인다. 특히 나래의 시선은 내 특정 부위에서 떨어질 생각을 하지 않는다.

"……괜찮아?"

"죽을…… 것 같은데."

나는 터덜터덜 아픈 몸을 이끌고 마루에 걸터앉았다. 몰라. 이젠 몰라. 안 해. 안 할 거라고.

"난 못 할 거 같아."

이번에는 나래도 내 말에 별다른 토를 달지 못했다.

"응. 거기서 쉬고 있어."

"우……. 같이 하고 싶었는데……."

랑이는 아쉬워하는 것 같다.

"아프면 핥아 줘도 되는데……."

하지 말라니까, 그 이야기는.

나는 그렇게 해서 제1차 랑이+강성훈 운동시키기 프로젝트에서 빠진 후, 뒤에서 구경하게 되었다. 고통이 완전히 사그라질 때쯤, 랑이는 이내 솜씨 좋게 훌라후프를 잘 돌릴 수 있게 되었다.

"오! 이거 재미있느니라!"

나름대로 재미도 찾은 것 같고. 두 손을 엉거주춤 들고 허리를 움직여 훌라후프를 돌린다. 떨어질 것 같으면 꼬리를 움직여 훌라후프를 쳐올리기도 한다. 뭔가 반칙 같지만 꼬리도 랑이의 몸이니까 괜찮겠지. 나래의 훌라후프 돌리는 모습을 보면 고통이 되살아날 것 같으니 조용히 랑이가 훌라후프를 돌리는 모습이나 보고 있도록 하자.

나는 최대한 랑이만을 보도록 노력했기에 나를 향한 나래의 시선은 눈치채지 못했다.

네 번째 이야기

운동으로 땀을 흘린 나래와 랑이가 씻으러 간 사이에 나는 내 방으로 돌아가서 시원한 벽에 등을 기대고 부채질을 하며 오랜만에 찾아온 평화를 즐겼다. 물론 그건 몸뿐이었고 머릿속은 여러 가지 생각으로 가득 차서 편히 쉴 수가 없었다. 그런 내가 불쌍하지도 않은지 앉아 있는 내 작은 그림자 안에서 무엇인가가 튀어나왔다. 사람의 머리다. 검은색 머리카락. 평소에 많이 본 머리 스타일. 세희다. 그림자에서 스으윽 하고 얼굴까지 나오는 모습을 보고 있자니 이런 생각이 들었다. 결국에는 진짜로 그림자에서 나오는구나. 나는 손을 들어 세희의 머리를 잡아 아래로 눌렀다. 사라져라. 사라져, 이 귀신아. 잠깐의 휴식도 내게는 없는 거냐. 하지만 인간의 힘 따위는 우습다는 듯이 세희는 그림자에서 허리까지 나온 상태로 두 팔로 바닥을 짚으며 이렇게 말했다.

"혼돈, 파괴, 망가."

“…….”

내가 알 수 없는 말을 하는 걸 보니 분명히 무슨 패러디 같지만 무시하자.

“……실망입니다, 도련님. 방구석 폐인이시라면 이 정도의 농담은 받아 주셔야 하는 것 아닙니까?”

세희가 그림자에서 나와서 내 앞에 공손히 앉는다.

“내가 방구석 폐인화가 되고 있는 게 너희들 때문이라는 건 알고 있냐?”

“만약에 저희와 만나지 않았다면 외출형 인간이 되셨을 거란 말입니까?”

“그런 의미 없는 가정은 하지 마.”

세희가 입꼬리를 올린다.

“주인님을 만나지 못하는 일은 상상도 하기 싫다는 뜻이군요.”

보청기가 필요한 건 너다.

“그래서. 이번에는 또 뭐야?”

세희가 손을 들어 소매로 입가를 가리며 말했다.

“요즘 들어 도련님께서는 저를 차갑게 대하시는 것 같아서 마음이 아파서 왔습니다.”

죽을 뻔했다.

“……뭐?”

“주인님과 도련님을 위해 온몸을 다 바쳐 노력하고 있는 저를 이렇게 차갑게 대하시는 것이 마음이 아프다 아뢨습니다. 도련님께서는 제가 가엽지 않으십니까?”

이 녀석, 왜 이래. 뭐 잘못 먹었나? 아니면 또 나를 놀릴 생각인가? 그런 말로 나를 방심하게 만든 다음 뒤통수를 뼈 몽둥이로 갈겨 버릴 생각인 거 아니야? 워낙 무표정인 데다가 얼굴까지 가리고 있으니 도대체 무슨 생각을 하고 있는지 알 수가 있어야지. 하지만 그래도 방금 한 말대로 세희가 나와 랑이를 위해서 애쓰고 있다는 것은 사실이다. 그, 그러고 보니까 방금 전에는 내가 너무 신경질적으로 세희를 대하고 말았네.

……라고 생각하도록 만드는 게 이 녀석의 노림수겠지.

"그런 말로 방심시킨 다음에 나한테 또 말도 안 되는 짓을 시킬 생각이겠지."

세희가 손을 내린다. 입꼬리를 올리고 웃고 있다, 이 자식.

"사마의와 같은 의심병 환자군요."

귀신인 세희가 산 성훈 잡으니까.

"그래서 내가 뭘 해 줬으면 좋겠는데?"

"마치 첫날밤에 달콤한 말과 분위기를 생략하고 옷부터 벗기는 새신랑 같습니다."

예시가 왜 그 따위야.

"농담하고 있을 기분이 아니니까 그렇지."

그런 정신적 여유가 내게 있을 리 없잖아.

"이제 마지막 컷과 영상의 편집만 남았습니다. 그런데 곧 끝날 일을 못 견디시는 겁니까?"

그건 듣던 중 반가운 소리네.

"내 인생의 가장 긴 하루가 바로 오늘이라서 말이야."

"그건 두고 봐야 아는 법이지요."

무서운 말 하지 마! 네가 그런 말 하면 정말 그럴 것 같아서 끔찍해!

"그래서?"

나는 다시 말을 되돌렸다. 세희도 잡담을 길게 할 생각이 없는 것인지 내 말에 대답해 주었다.

"제가 궁상을 떨고 있는 도련님을 찾아온 이유는 사실 다름이 아니라 방금 전에 좋은 생각이 났기 때문입니다."

"……뭔데?"

세희가 그 알 수 없는 책을 소매에서 꺼내 내게 건네주며 말했다.

"230P를 읽어 보시면 알 수 있습니다."

"좋은 생각이 든 게 아니잖아! 방금 전에 들었으면 어떻게 여기에 적혀 있는 건데?!"

"요술로 수정한 것입니다."

그런 편리한 요술이 있다면 나도 좀 가르쳐 줘라. 나는 투덜거리면서 230P를 펼쳐 읽어 보았다. 정말 의외로 230p에 적혀 있는 것은 지금까지 세희가 내게 읽어 보라고 시켰던 것들과 비교하면 너무나도 건전한 내용으로 가득 차 있었다. 대사는 신경 쓰지 말고 상황 설명만을 읽어 보자면, 나와 나래와 랑이. 이 세 명이 나를 중심으로 조를 짜서……. 그거 있잖아, 그거. 연인들이 한다는 게임. 두 명이서 초콜릿이 묻어 있는 긴 과자의 끝을 입에 문 다음 입만 사용해서 조금씩 갈아 먹어, 남은 길이가 가장 짧은 쪽이 이기는 게임. 그런 게임을 하는 내용이었다. 다만 이 책 안의 나는 현실의 나와는 다른 사람인지 아무렇지 않게 게임을 핑계로 나래와 랑이의 입술을 강제로 훔치며 어른의 키스를 하는 모습을 보이고 계신다. 나래와 랑이는 그런 나를 받아들이고 있고. 이거 완전히 명예훼손으로 고소할 수 있는 수준 아닐까.

"이걸 나보고 하라고?"

더 이상 읽을 필요가 없다고 생각해서 책을 덮으려는 내게 세희가 말했다.

"다음 장에 도련님께서는 상상도 하지 못할 반전이 있으니 읽어 보시죠."

읽어 보라니까 읽어 봐야지. 세희는 자기 말을 무시하면 어떻게 해서든 보복하는 성격이니까. 나는 다음 장을 펼치고 그 내용을 대충 읽고 세희에게 던졌다.

"야, 인마!!"

세희는 그럴 줄 알았다는 듯 여유롭게 책을 받아들며 소매 안에 집어넣었다.

"왜 그러십니까?"

"그걸 몰라서 물어?"

"단순히 도련님의 검고 딱딱하며 달콤한 과자를 주인님과 나래 님이 **함께** 핥아 먹는 내용이지 않습니까?"

"자라나는 청소년에게 음담패설 하지 마!"

"동영상이 더 좋다는 말씀이시군요."

그야 당연하지만 지금 그런 이야기를 하려는 게 아니잖아!

"다음에는 PPT로 준비해 오겠습니다."

"진짜로 할 것 같아서 무섭다!"

나는 한숨을 쉬며 정신을 가다듬고 말했다.

"이거 진짜로 해야 되는 거냐?"

"뒤의 것은 바라지도 않으니 앞의 것이라도 하시죠. 바둑이보다 생각이 없는 도련님."

심하다! 너무 심한 비유잖아!!

"야. 그래도 이런 건 너무 수위가 높잖아."

"웅녀가 트집을 잡을 수 없는 러브러브한 영상의 마지막을 장식하기 위해서입니다, 도련님. 모든 것은 클라이맥스가 가장 중요한 것, 모르십니까?"

……그렇게 말하면 할 말이 없습니다.

"아, 남겨진 과자의 길이는 3cm 이하만 인정하고 그 이상이면 재도전입니다."

나는 세희의 말을 무시하고 나래와 랑이가 샤워를 마치고 나오기를 기다렸다.

잠시 후. 내 이야기를 들은 나래의 반응은 주먹이었다. 나는 명치를 부여잡고 바닥에 엎드려서 의사를 불렀지만 찾아온 것은 어째서인지 선녀의 탈을 쓴 저승사자였다.

"너 지금 제정신이야?"

자연스레 나래에게 무릎을 꿇게 된 상태로 대답한다.

"제정신이에요."

"그, 그런데 그런 걸 하자는 말을 해?"

나래가 발을 들어 올린다. 치마가 아니기 때문에 나는 고개를 들지 않았다. 아니, 아니! 치마여도 고개를 들지 않았을 거야!

"세희가 이런 장면이 꼭 필요하다고 해서……."

"세희가 달라고 하면 간도 빼 줄 생각인가 보네."

"제가 미쳤습니까."

너나 랑이도 아니고.

"흐음……."

나래가 잠시 생각에 잠기더니 내게 말했다.

"고개 들어 봐."

나래의 말을 받들어 고개를 들었다. 화가 나서 얼굴이 새빨개진 나래가 나를 내려다보고 있었다.

"너 솔직히 말해. 화 안 낼 테니까."

"예."

"사실은 네가 이런 거 나……, 아니, 여자애하고 하고 싶어서 그런 거지?"

나는 솔직하게 대답했다.

"그, 그, 그런 것도 조금은 있습니다."

"바, 바보! 변태!!"

세상에는 절대로 믿어서는 안 되는 말이 있다. 그중 하나가 화 안 낼 테니까 사실대로 말하라는 거지. 나는 나래의 발에 밟히면서 그 사실을 잊어버리고 만 자신을 원망했다. 그래도 진심으로 때리는 건 아닌지 그렇게 아프지는 않았다. 장난스럽게 툭툭 밟는 수준인 것 같다. 나래가 진심으로 발에 힘을 주는 순간 나는 방바닥을 뚫고 온돌과 이틀 만에 재회했을 거야.

나는 다시 자세를 바로 하고 앉았다. 나래도 내 앞에 앉아서는 고개를 숙이며 말했다.

"……그런 쪽만 밝히고."

남자니까요.

"알았어. 해 줄게."

"응, 고마워."

"그래도 이런 건 나, 나니까 해 주는 거지, 다른 애들이라면 그 자리에서 따귀를 날릴 일이야. 알고는 있어?"

"알고 있습니다. 저도 나래 님에게만 이런 부탁을 할 수 있어요."

나는 넙죽 엎드려 절했다. 화가 풀린 듯 나래가 웃었다.

랑이는 설득할 필요도 없었다. 세희가 땋아 준 머리카락을 매만지며 게임에 대한 간단한 설명을 듣자마자,

"하겠다! 하겠느니라!!"

바로 달려들었으니까. 이 게임은 안방에서 하기로 했다. 내가 소파의 가운데에 앉고 왼쪽에 랑이, 오른쪽에 나래가 앉는다. 둘 다 내게 딱 달라붙어서 앉게 되었는데, 이건 세희의 작품이었다. 이래야 한다는 빅뱅 수준의 설득력을 가지고 밀어붙이는데, 별수가 있어야지. 이렇게 앉으니까 더운 것도 더운 것이지만 부끄럽다. 요 이틀 사이에 몇 번이나 느낀 사실은, 나래의 가슴은 비교할 만한 것이 없을 정도로 부드러우면서도 탄력 있고 따듯하며 좋은 느낌으로 사람의 이성을 저 먼 곳, 신선 할아버지들이 도를 닦고 우화등선하면 갈 수 있는 먼 곳까지 보내 버리는 무시무시한 전략 병기라는 것이다. 그런 전략 병기에 공격당하고 있는 내 이성은 백기를 들고 하반신

은…… 아니, 정신 차리자. 잠시 정신이 나가서 헤~ 하고 입을 벌리고 있는 사이에, 랑이가 살짝 볼을 부풀리며 퉁명스러운 표정으로 한층 더 내게 달라붙어 없지는 않지만 있지도 않은 작은 가슴을 내 팔에 문지르기 시작했으니까. 나는 나래의 가슴에 닿아 있는 팔을 움직여 랑이의 머리를 슬쩍 밀었다.

"으냐앗! 왜 그러느냐?"

사실대로 말할 수 있을까. 지금이 긴급 상황이며 위급 상황이라는 것을.

"그냥."

"우-. 심술궂구나."

네가 심술궂은 거지.

세희는 삼각대에 스마트 폰을 올려놓고 촬영 준비를 마쳤다. 그거 필요 없는 거 알고 있다.

"어느 때든 하셔도 됩니다."

나는 바로 나래 쪽으로 고개를 돌렸다. ……솔직히 기대됐거든요. 나래는 한다고는 했지만 막상 실제로 하게 되니까 부끄러운지 양쪽 볼에 짙은 홍조를 물들이며 시선을 피했다. ……그런데.

"왜 한쪽 손이 제 옆구리를 잡고 계십니까?"

"피, 핑계 삼아서 키, 키, 키, 키스하면 꼬, 꼬집으려고."

분노가 도를 넘어 머리 위로 펑! 하고 흰색 연기가 뿜어져 나오는 것 같다. 조심하자. 무조건 안전하게 가는 거다. 나는 과자를 꺼내 초콜릿이 묻어 있는 쪽을 나래에게 가져갔다. 나래가 선 분홍빛 입술을 살짝 열어 입에 넣고 살짝 오물거린다.

다음 생에는 과자로 태어나고 싶어요. 그러면 나래에게……. 아이고, 내가 미쳤지. 지금 무슨 생각을 하는 거냐.

나는 떠오르는 망상들을 잊기 위해, 과자의 반대쪽을 입에 물었다. 과자를 통해 나래가 몸을 떠는 것이 느껴진다. 아니, 내가 떨고 있는 걸까? 20cm도 안 되는 간격을 두고 정면으로 마주 보고 있어서 그럴까. 나도 나래도 서로를 제대로 바라보지 못하고 시선을 돌리기에 급급하다. 하지만 이렇게 가만히 있다가는 언제까지나 이런 상태로 있을 테니까 나는 용기를 내서 과자를 먹었다. 1cm 정도. 그렇게 보지 마! 난 최대한 용기를 낸 거라고! 나래는 내 행동에 흠칫 몸을 떨더니 슬며시 눈을 감았다. 자, 잠깐만 나래야. 지금 이런 상황에서 눈을 감는 건 너무 위험합니다. 내 옆구리가 말이다! 눈을 감는 것과 동시에 나래가 잡은 옆구리에서 통증이 올라온다. 그렇게 아프지는 않지만 몸이 기억하고 있는 아픔에 바짝 긴장이 된다. 그 긴장 때문에, 아뿔싸. 한 번에 너무 많이 먹었다. 나래의 숨소리가 들린다. 아니, 느껴진다. 따듯하면서 간지럽다. 감고 있는 나래가 두 눈꺼풀을 파르르 떨며 살짝 몸을 뒤로 젖힌다. 과자가 떨어질 것 같아서 급하게 허리를 숙인다. 이대로라면 어떻게 될지 모르니 정신 차리자!

게임. 그래, 이건 게임이니까 실수로 키스해 버렸다는 핑계가 가능하다. 나래의 입술이 바로 몇 cm 앞에 있는데 무엇을 망설이고 있는 거냐. 해라. 해 버리는 거다. 넌 남자잖아!

정신 차리자는데 왜 이래?! 나는 자꾸만 육체에서 떠나가려는 이성을 붙잡았다. 그러자 몸이 불편을 호소한다. 엉덩이를 주욱 빼고 상체를 앞으로 숙이고 있는 자세라 허리가 아파 온다. 이대로 있다가는 앞으로 넘어질 것 같아서 한쪽 손을 나래의 뒤쪽으로 뻗어 몸을 지탱한다. 휴, 이제 좀 살겠네. 하지만 나는 생각하지 못한 것이 있었다.

"?!"

그렇다. 자세를 바꾸면서 나도 모르게 상체가 나래 쪽으로 더 숙여지고 말았고 나와 나래가 맞닿아 버린 것이다. 나래가 눈을 번쩍 뜨고 당황한다. 옆에서 보면 내가 나래를 위에서 덮치려는 모습으로 보일 수 있고, 실제로도 그렇다. 아, 아니. 지금 이런 생각을 하고 있을 때가 아니다. 몸을 뒤로 뺄까? 기각. 그랬다가는 이 부끄러운 짓을 한 번 더 하게 된다. 아직 과자는 많이 남아 있으니까. 그렇다면 속전속결이다! 나는 과자를 빠른 속도로 갉아먹었다. 그리고,

"!!"

내 등 뒤를 한 팔로 감싸 안겨오는 나래에게 깜짝 놀랐다. 나, 나래야? 왜, 왜 그러냐? 나래가 눈짓으로 말했다. 안 그러면 뒤로 도망칠 것 같단 말이야. 나는 나래의 용기 있는 결단에 감탄했다. 그래. 나래가 나와 랑이를 위해서 이렇게까지 해주는데 내가 이상한 생각이나 하고 있을 때가 아니다. 나는 마음을 굳게 다졌다. 그러다 보니 표정도 바뀐 것 같다.

"……!"

나래가 나를 보고 깜짝 놀란다. 나는 진지한 마음으로 조금씩, 천천히. 하지만 확실하게 과자의 길이를 줄여 나갔다. 나래가 다시 눈을 감았다. 부끄러운 건 어쩔 수 없겠지. 손끝을

타고 전해지는 몸의 떨림과, 가슴을 통해 느껴지는 심장 고동 소리가 나래의 말을 대변해 준다. 나는 입술을 계속해서 움직여 과자가 더 이상 보이지 않고, 나래와 입술이 닿을지도 모르는 곳에서…… 과자를 똑! 끊었다.

"?!"

고개를 뒤로 젖히며 안도의 한숨을 쉰다.

"휴우."

힘들었다. 세희의 기준에 맞게 하면서도 나래의 입술에 닿지 않게 자르는 게 힘들었다고. 나래에게 물려 있는 과자를 보니 1cm도 안 되는 길이다. 나 정말 힘냈구나.

"자, 잠깐만."

나래가 눈을 뜨고 과자를 잘라내며 크게 당황했다.

"어째서?"

"응?"

"보통은 여기서 끊지 않잖아!"

시, 실수였나? 좀 더 길게 자를 걸 그랬나? 나래의 말대로 남은 과자의 길이는 정말 아슬아슬해서 조금만 더 갔으면 나래에게 키스를 했을 정도였다. 나, 저거 어떻게 했데?

"미, 미안. 너무 가까웠지?"

"……에?"

나래가 어리둥절해하며 남겨진 과자와 나를 번갈아 보더니 얼굴을 확 붉혔다.

"이 바보! 멍청이! 둔탱이!"

누구라도 좋습니다. 제가 왜 맞아야 되는지 가르쳐 주실 분

있으신가요.

나래의 일방적인 구타 덕분에 랑이의 차례는 조금 미루어졌다. 이유 모를 나래의 폭력에 의해 한쪽 뺨이 붉게 달아오른 상태로, 이번에는 랑이와 게임을 시작한다. 나래는 내 등 뒤에 앉았고, 랑이는 뭐가 그리 좋은지 눈을 반짝이며 귀를 쫑긋거리고 꼬리까지 살랑거린다. 내가 과자를 꺼내자 랑이가 입을 벌린다.

"아-."

동물원에서 먹이를 주는 사육사의 기분이 이러할까. 나는 랑이의 입에 과자를 물렸다.

"냠."

그 순간 과자의 반이 순식간에 사라졌다. ……야.

"너 뭐하냐?"

랑이가 머리카락으로 물음표를 만든다. 나는 반이 넘게 먹혀 버린 과자를 똑 잘라서 나머지를 내가 먹으며 말했다.

"그래서야 게임이 안 되잖아."

살짝 얼굴을 붉힌 랑이가 말했다.

"처음부터 짧게 시작하면 안 되는 것이느냐?"

"그래."

"왜 그러하느냐?"

글쎄요.

"게임을 만든 사람이 그렇게 규칙을 정했으니까 나한테 묻지 마."

"흐-음. 알겠느니라."

무릎을 모으고 앉은 랑이의 입에 과자를 물린다. 이번에는 가만히 있네. 나는 그 반대쪽을 입에 물었다. 그 순간. 랑이가 입을 벌려 빠른 속도로 과자를 먹어 치우며 내게 달려든다!

"으앗?!"

나는 깜짝 놀라서 게임이고 영상이고 상관없이 손을 들어 랑이의 두 어깨를 잡아 밀었다. 위, 위험했다. 이런 무시무시하고 위험천만한 짓을 저지른 랑이는 자신이 무슨 짓을 저질렀는지 이해를 못하고 어리둥절해하고 있다.

"왜 그러느냐? 피하면 놀이가 되지 않지 않느냐?"

적반하장이라는 사자성어는 이럴 때 쓰라고 있는 거지.

"당연히 피하지!"

"우웅?"

랑이가 고개를 갸웃거리며 말한다.

"남겨진 까까가 조금 남아 있어야 이기는 것이지 않느냐?"

과자를 까까라고 하다니. 그 사실에 더 놀라서 가슴이 진정된다.

"그래도 그렇게 달려들면 내가 놀라잖아."

그러다가 접촉 사고가 벌어질 수도 있고.

"놀랄 것이 뭐가 있느냐?"

네가 너무 귀여워서 깜짝 놀랄 수 있다는 말이다.

"돼, 됐으니까 이번에는 가만히 있어. 내가 할 거니까."

"우-. 까까가 맛있어서 내가 하고 싶은데 안 되겠느냐?"

몸을 흔들흔들하며 부탁을 하는 랑이에게 거절의 말을 건넬 만한 정신력이 내게는 남아 있지 않았다.

"……네 맘대로 해라."

"에헤헤, 역시 성훈이는 상냥하느니라!"

"……."

아아, 뒤에서 나를 보는 나래의 시선이 아파요. 진짜로 아파요. 그러니까 스마트 폰의 사각지대에서 제 등을 꼬집지 말아주세요.

"흥!"

이런 뒷사정, 정말로 뒤에서 일어나는 일들을 모르는 랑이가 과자를 손에 들고 내게 내밀었다.

"아~ 하거라."

내가 애냐. 나는 말없이 입을 열었다. 랑이가 고개를 가로저으며 말했다.

"아~ 해야 하느니라. 안 그러면 안 먹여 줄 것이니라."

나는 수치심으로 붉어지는 얼굴을 어쩌지 못하며 랑이의 말에 따랐다. 이 죽을 것 같은 게임을 빨리 끝내야 하니까!

"아, 아-."

"헤헤헤."

랑이가 기분 좋게 웃으며 내 입에 과자를 물린다. 평소와는 다른 상황이다. 반대쪽을 랑이가 입에 물었다. 랑이는 나를 똑바로 바라보며 야금야금, 작은 입술을 움직이며 내게 가까워온다. 나는 그런 랑이를 가만히 지켜보았다. 하도 이런 경우가 많다 보니 별 감흥도 없고 설레지도, 부끄럽지도 않다.

……거짓말입니다. 랑이가 오물조물하며 입술을 움직이며 조금씩 다가오는 그 모습을 정면에서 보고 있자니 내가 다 부

끄럽다. 거기다 네 발로 엎드려서 손발을 번갈아 가며 이쪽으로 오는 모습이, 마치 사냥하는 호랑이의 모습 같아서 이대로 잡아먹히는 게 아닐까 하는 생각까지 든다. 나는 몸을 뒤로 빼려고 했지만, 언제부터인지 나래가 내 어깨를 잡고 등 뒤를 지키고 있었다. 고개를 돌릴 수도 없다. 말을 할 수도 없다. 도대체 왜 나래가 나를 붙잡았는지 이해를 못 하겠다. 나보고 부끄러워서 죽으라는 뜻인가? 그런 의문이 풀어지기 전에 랑이가 어느새 코앞까지 다가와 있었다. 그 작은 얼굴에 담겨 있기에는 너무나 큰 호박색 눈동자가 장난스럽게 빛나더니, 랑이가 송곳니를 드러내며 웃었다. 위험해. 랑이, 너 인마. 뭘 노리고 있는 거냐?! 랑이는 행동으로 내 궁금증을 풀어 주었다. 그 작아 보이던 입술이 내 투박한 입술을 덮은 것이다.

"우읍?!"

"……어?!"

놀라는 나와 나래에게 신경 쓰지 않고 랑이는 마음껏 내 입술을 탐했다. 호랑이는 육식 동물이라는 사실을 증명하겠다는 듯이 굳게 닫힌 내 입술을 강제로 열고, 조금은 까칠한 혀로 악다문 내 이를 툭툭 두드리고, 내가 열 생각이 없다는 것을 깨달았는지 내 치열을 핥기 시작했다.

"자, 잠깐만!! 거기까지는 안 돼!"

나래가 알 수 없는 말을 하며 나를 뒤로 잡아끌었다. 하지만 랑이는 떨어지지 않고 더욱더 내게 달라붙어 나를 탐하고 맛보며 음미했다. 이성이 날아가서 랑이를 껴안으려는 순간, 랑이가 내 위에서 내려왔다. 침으로 번지르르한 입술을 혀로 핥

SAGWA

더니 평소보다 붉어진 얼굴로 기분 좋게 말했다.

"이런 놀이라면 하루 종일 해도 괜찮으니라! 성훈은 맛있으니까 말이다!"

나는 얼굴이 새빨개져서 아무 말도 하지 못했다. 나래도 아무 말도 못하고 있었다. 그런 정적을 깨뜨린 건 지금까지 묵묵히 지켜만 보고 있던 세희였다.

"수고하셨습니다. 촬영은 이것으로 끝내겠습니다."

그제야 정신을 차렸다. 나는 벌떡 일어나서 자신의 입술을 계속해서 핥는 랑이에게 다가가 그 귀를 두 손으로 꼬집었다.

"으냐앗?!"

행복해하던 랑이가 얼굴을 찡그리며 비명을 질렀다. 하지만 난 봐줄 생각이 없다.

"너, 너!! 무, 무슨 짓을 한 거야!!"

"아파! 아프다!! 놔 주거라! 랑이 죽는다아아!!"

고통을 호소하며 바동거리지만 이번에는 나도 봐주지 않는다.

"으, 으앗, 아파, 성훈아, 나 정말 아프다! 흐에에엥!"

그, 그래도 랑이가 너무 아파하는 것 같아서 손에서 힘을 뺀다. 하지만 언제든지 다시 꼬집을 수 있도록 만반의 준비는 해 놓는다.

"누, 누가 그런 짓을 가르쳐 줬어?!"

나는 세희에게 화를 내기 위해서 랑이에게 물어봤지만,

"모, 모르느니라. 나는 그냥 몸이 가는 대로 했을 뿐이니라."

두려움에 가득 찬 눈으로 나를 올려다보는 랑이는 거짓말을 하는 것 같지 않았다. 그, 그러면 그걸 아무것도 모르면서 한 거야? 몸에 힘이 빠져서 털썩 주저앉는다. 다리가 풀렸다. 힘이 들어가지 않아. 바, 방금 전의 그건 어른의 키스였단 말이야. 말로만 듣던 일을 실제로 경험하니 그 기분은……. 얼굴이 화악 달아오른다. 나는 손을 들어 얼굴을 가렸다. 나도 모르게 **혀로 입술을 핥았다.** 랑이의 맛이 난다. 그런 나를 보며 랑이는 눈물을 찔끔 흘렸고,

"……너 잠깐만 나와 봐."

나래는 나를 밖으로 불렀다.

"……왜?"

나래가 방을 나가며 말했다.

"잔말 말고 일단 나와."

싸늘한 나래의 목소리에 나는 본능적으로 깨달았다. 나래가 지금 진심으로 화가 났다는 것을. 윽. 방금 전의 일 때문인가? 그것 말고는 생각나는 게 없다. 아무리 일이 일이라고 하지만 랑이와 그런 일을 한 나를 혼내려는 건가? 아니, 그건 좀 이상한데. 내가 도망치려고 했을 때 내 퇴로를 막은 건 다름 아닌 나래니까. 일단 밖으로 나가 보면 알 수 있겠지. 나는 랑이를 안방에 내버려 두고 밖으로 나갔다. 나래는 팔짱을 끼고 나를 기다리고 있었다.

"너 왜 그래."

첫 한 마디부터 나를 잡아먹겠다는 생각이 가득 담겨져 있다.

"아까 일은 랑이가……."

"그게 아니라!"

나래의 불호령에 몸이 움찔 떨린다. 거, 겁먹지 말자. 소꿉친구한테 뭘 이렇게 겁먹는 거야. 이번에는 내가 잘못한 일도 없다고.

"나 다 봤거든?"

"뭐, 뭘요?"

"몰라서 물어?"

……진짜로 모르는 일입니다.

"아니면, 모르는 척하기야?"

"아니, 진짜로 모른다니까."

나래는 뭔가를 말하려고 숨을 들이쉬더니, 아랫입술을 깨물고 고개를 돌리며 주먹을 꽉 쥔 채 숨을 내쉬었다.

"……너, 진짜 싫다."

그 말은 내게 일종의 사형 선고였다. 무릎이 풀린다. 이를 악물고 억지로 버틴다. 등 뒤로 식은땀이 흐른다. 괜찮다. 속에서 뭔가가 터져 나오려고 한다. 버틴다. 머리가 잘 돌아가지 않는다. 지금 나래가 뭐라고 했지?

"어, 자, 잠깐만. 나, 나래야. 왜 그래?"

"그때처럼 속일 생각 하지 마. 이젠 다 알겠으니까."

그러니까 그게 무슨 말이냐고!! 나도 모르게 화가 나서 소리를 지르려는 것을 억지로 참는다. 내가 여기서 나래에게 화를 내 봤자 나아지는 것은 하나도 없으니까. 감정에 따라 행동했다가 좋아하는 사람에게 상처를 주는 것은 단 한 번도 많다. 나는 최대한 냉정을 되찾으며 나래에게 말했다.

"나래야. 아무리 너하고 오래 지냈다고 해도 말을 안 해 주면 나도 몰라. 왜 화났는지 말해 줘. 오해가 있으면 풀면 되고, 내가 잘못했으면 벌을 받으면 되잖아."

"나보고 말하라는 거야?"

나래가 날 경멸하는 눈으로 바라본다.

"내가 왜 이렇게 화났는지, 내가 왜 너한테 실망했는지, 내가 왜 네가 싫어졌는지 나보고 말하라고?"

나보고 알아서 생각하고 답을 내라는 것 같다. 하지만 나는 나래나 세희처럼 머리가 좋지 않다. 답을 내는 데 시간이 오래 걸린다. 지금 이곳에서, 짧은 시간 동안 고심하고 고심해 봤자 나래가 내게 화를 내는 이유를 찾을 수는 없다. 그렇다면 내가 할 말은 단 한 가지.

"그러면……."

그리고 소꿉친구인 나래는 내 속을 꿰뚫어 보고 있었다.

"기다려 줄 수는 있어. 하지만 지금 이대로면 넌 정말 아무것도 모를 거야."

나래의 단언에 나는 할 말이 없었다. 하지만 내가 입을 다물고만 있으면 정말 나래의 말대로 아무것도 모를 것 같다는 생각이 들었기에 억지로 입을 열었다.

"……힌트라도 줘. 내가 뭘 잘못했는지."

"넌 잘못한 거 없어."

욱 하고 감정이 튀어나올 뻔했다.

"그러면 왜 화내는 거야?"

나래가 말했다.

"네가 랑이를 진심으로 좋아한다는 걸 알았으니까."

뭐?

얼이 빠진 내게 나래가 말했다.

"네가 랑이를 그런 눈으로 보는 걸 내 눈으로 몇 번이나 보고서도 믿지 않으려고 했지만 방금 전에 알게 됐어. 네가 랑이를 여자로 보지 않으면 그런 표정을 지을 리 없어."

뭐라고 말하지? 나래에게 뭐라고 말하지?

아니, 할 말은 이미 정해져 있다. 바로 얼마 전에 나래에게 하려고 했던 말을 지금 하는 것뿐이다. 나는 마음을 다잡고 말하려 했다. 하지만, 나래는 내 입을 다물게 만들었다.

"그래도, 이거 한 가지는 물어보고 싶어. 나하고 랑이. 너는 도대체 누굴 더 좋아하는 거야?"

정신을 차리고 보니 해가 저물어 날이 어두워져 있었고, 나는 내 방에 앉아 있었다. 기억의 저편에 랑이가 나를 걱정하는 모습이 있었다. 그런 랑이를 모른 체하며 내 방으로 돌아간 내 모습도 있다. 나래가 나를 무시하는 모습도 있다. 하지만 실감이 없다. 나래의 말은 내게 그 정도로 크게 다가왔다.

다시 한 번 생각해 보자.

나는 나래와 랑이를 좋아한다. 나래를 알게 된 것은 10년이 넘었고, 좋아하게 된 것은 8년이 넘었다. 나를 알아주고 나를 걱정해 주고 나와 함께해 주던 상냥하고 매력적인 여자아이를

좋아하지 않는다는 것은 말이 안 된다. 그렇게 나는 계속해서 나래를 짝사랑해 왔다. 나는 나래를 좋아한다.

랑이를 만난 것은 채 한 달도 되지 않았다. 하지만 그 짧은 시간에 나는 랑이에게 푹 빠졌다. 좋아한다. 그 행동 하나하나가 사랑스럽다. 다만 지금은 아직 어린아이이기 때문에, 나는 그날. 랑이가 어른이 되기 전까지, 아니, 적어도 내 나이 또래가 되기 전에는 내 마음을 숨기기로 결심했다. 하지만 내가 랑이를 좋아한다는 것은 부정할 수 없는 사실이다. 나는 랑이를 좋아한다.

그리고 나래는 내게 물었다.

나는 나래와 랑이를 좋아한다. **둘 중에**가 아니**둘 다** 좋아한다. 우유부단한 것이 아니라, 그것이 내 진심이다. 나는 둘을 동시에 좋아하고 있다. 지금은 누구를 더 좋아한다고 말할 수 없다. 하지만……. 하지만……!

언젠가는 누구 한 명을 선택해야 되는 것이고, 나래는 그 언젠가를 지금으로 만들었다. 내가 가장 피하고 싶었던 문제를, 의식하지 않으려고 했던 문제를 끄집어낸 것이다.

몰라. 모른다고. 그걸 나보고 어떻게 정하라는 거야?! 아니, 그 전에 나래, 너! 너도 사실은 날 좋아하고 있었던 거 아니야? 안 그러면 이렇게까지 화를 낼 리가 없으니까! 그러면 조금이라도 그런 모습을 보여 주든가! 만날 때리기만 하고 장난만 치니까 알 수가 있어야지!! 좀 살갑게 달라붙어서 눈치라도 주면 좀 좋아?!

지금 여러분은 좋아하는 여자아이를 핑계로 대고 자기 합리화를 통해 현실 도피와 정신적인 안정을 찾는 인간쓰레기를 지켜보고 계십니다.

빌어먹을!

"무슨 궁상을 떠시는 겁니까?"

고개를 들어 보니 어둠 속에서 세희가 앉아 있었다.

"내비 둬."

너하고는 이야기할 기운도 없다. 저리 가라.

"대충 보아하니 고민 중이신 것 같군요. 소꿉친구와 어린 소녀 중에서 말이죠."

혈압이 상승 중입니다. 건들지 말아 주세요.

"알고 있으면 좀 냅둬 주시죠?"

"저도 그러고 싶지만 지금은 어쩔 수가 없군요."

"왜?! 이럴 때도 날 괴롭히려는 거냐?"

언성이 높아지고 말았다. 최악이다, 나.

"영상의 편집이 끝났기 때문입니다."

하지만 세희는 평소와 다를 것 없는 무표정으로 이해할 수 없는 말을 했다.

"그게 뭐?"

"와서 보시라는 거죠."

"지금 내가 보고 싶겠냐?"

세희가 두 눈동자로 나를 똑바로 쳐다보며 말했다.

"도련님의 고민을 풀어 드릴 열쇠가 담겨 있습니다."

나는 두말 하지 않고 일어섰다.

세희 감독, 세희 조감독, 세희 촬영, 세희 편집, 세희 각본. 세희 일색인 홈 비디오의 시사회가 열렸다. 나를 모른 척하는 나래와 우리 둘의 눈치를 살피는 랑이가 나를 사이에 놓고 소파에 앉자, 세희가 문을 닫고 창문에 커튼을 친다. 방 안이 순식간에 찜질방이 돼 버렸다. 이대로라면 영상에서 열쇠를 찾기 전에 쪄 죽을 것 같아서 뭐라고 한 마디 하려는데, 갑자기 방 안이 시원해진다.

"야."

"왜 그러십니까, 세상의 모든 불만을 내가 가지고 태어났다고 주장하시는 도련님."

난 그런 주장 한 적 없다.

"에어컨이라도 틀었냐?"

"그런 지구 온난화와 전기세 상승에 기여하는 전자 기구를 도련님의 저택에 허락 없이 들일 리 없지 않습니까?"

이 집은 할아버지의 것이라고 말할 기분도 아니다.

"요술이냐."

"요술입니다."

그러면 됐다.

"시작하겠습니다."

세희의 말과 함께 영상이 시작된다. 활발한 자세를 한 랑이가 한 화면을 가득 채우면서 나와 호랑이님이라는 로고가 나온다. 평소의 랑이라면 감탄하며 놀랐을 테지만, 지금은 나와 나래의 분위기 때문에 아무 말도 하지 않고 있다.

하지만 그것도 그 순간뿐이었다.

[내 이름은 강성훈. 뭔가 있어 보이게 말하고 있지만 사실은 뭐 하나 내세울 것 없는 고등학생이다.]

"픕?!"

뿜었다. 성대하게 뿜었다.

"쿨럭, 쿨럭."

뭐야, 이거 뭐야. 왜 갑자기 내 목소리가 나오는 거야? 화면 속의 나는 주위를 둘러보더니, 옆에 누워서 자고 있는 랑이를 그윽한, 내가 말하고도 이상하지만 그윽한 시선으로 내려다보고 있었다. ……이상하다. 내가 저런 모습을 한 적이 요 근래에 있었나? 기억을 되살리고 있는데 TV에서 다시 내 목소리가 흘러나왔다.

[나는 아직 어린 소녀의 모습을 하고 있는 랑이를 사랑하는 진성 로리콘 변태다. 아……. 랑이 허벅지 핥고 싶다.]

순식간에 방 안을 가득 채웠던 어두운 공기가 사라졌다.

"서, 성훈아? 그, 그러하느냐?"

"너 진짜……!!"

"이거 어떻게 된 거야?!"

"다들 관람 예절이 엉망이시군요."

세희는 영상을 정지시켰다. 랑이는 볼을 붉히고 내 다리를 사이에 두고 소파 위에 서서 가뜩이나 짧은 바지를 위로 올리며 내 이성을 마비시켰고,

"그, 그래서 기분이 안 좋아 보였던 것이구나. 그러면 부끄럽지만 하, 핥아도 되느니라."

나래는 내 목을 두 손으로 조르는 것으로 내 숨통을 끊었다.

"너, 너, 너, 너!! 아, 아무리 그래도 이건 아니잖아!!"

이 혼돈 속에서 유일하게 벗어나 있는 세희가 말하는 것이 아득해지는 의식 너머로 들린다.

"아, 전에 말씀드린 대로 이 영상에 나오는 모든 내레이션은 모두 성대모사로 더빙한 것이니 오해는 하지 않으셔도 됩니다."

잊고 있었다. 까마득히 옛날 일처럼 느껴지는 어제, 분명 세희는 그런 말을 했다. 그제야 나래도 날 놓아주고 고개를 홱 돌렸다. 겨우 살았네. 콜록, 콜록. 야, 그런 건 빨리 말해라. 살인자에서 살인 미수자로 한 단계 수위가 낮아진 나래가 세희에게 소리쳤다.

"내용은 왜 그런데!"

"웅녀에게 이 정도는 보여 줘야 하지 않습니까?"

"그래도 거짓말이잖아!"

"어느 정도는 사실이니 문제없습니다."

나도 한 마디 해 주고 싶었지만 호흡 곤란이라 무리다. 대신 랑이의 이마에 꿀밤을 때리고 허리를 잡아서 그대로 내 위에 앉힌 다음, 옆으로 끌어 내렸다.

"아얏! 왜 때리느냐?"

랑이가 항의하지만 무시다. 내가 왜 때렸는지 모르겠으면 자신의 행동을 되돌아봐라.

"그럼, 다시 시작하겠습니다."

영상이 다시 움직이기 시작한다. 나에 대한 적의로 이루어진 내레이션이 가득한 영상은 그 후로도 계속되었다. 찍은 적 없는 영상들과 함께 랑이 하악하악이라든가, 뱃살 빨고 싶다느니, 저 엉덩이에 깔려서, 저 작은 발에, 이하 생략. 내 정신 나간 독백을 중심으로 이야기는 전개되었다. 지난 이틀간에 있었던 일들을 간략하게 정리해 놓은 그 영상을 보면서 나는 알고 싶지 않았지만 몇 가지를 깨닫게 되었다. 내가 어떤 눈으로 랑이를 보고 있는지. 얼굴이 화끈거릴 정도로 화면 속의 나는 계속해서 랑이를 쫓고, 랑이를 바라보았다. 랑이가 곁에 없으면 랑이를 찾기 위해 주위를 둘러보고 어디에서 무엇을 하고 있는지를 알고 나서야 다시 자기가 하던 일을 한다. 그건 어떻게 보면 물가에 내놓은 어린아이를 보는 부모의 시선과도 같았지만……. 사랑하는 어린 연인을 걱정하는 남자로도 보였다. 랑이 또한 그렇다. 가끔씩 랑이의 시점으로 영상이 옮겨질 때가 있었는데, 그때마다 랑이는 나를 찾고 있었다. 자신의 시야에 내가 없으면 무엇을 하는지 몰라 불안해하며 허둥댄다. 그리고 나를 보면 달라붙고, 자신을 쓰다듬어 주는 손길에 안도한다. 나는 지금까지 눈치채지 못한 랑이의 뜨거운 시선이 가득 차 있다. 그리고 영상 안에는 또 다른 주인공이 있었다. 바로 내 소꿉친구이며 내가 좋아하는 또 다른 여자아이인 나래다. 나래와 랑이가 함께 있을 때, 나는 내 소중한 소꿉친구를 놓치지 않았다. 나래가 무엇을 하는지 무슨 생각을 하는지 알기 위해서, 계속해서, 나래의 하나하나를 놓치려고 하지 않는다. 그런 시선을 눈치챈 나래는 겉으로는 새침한 표정을 지으며 나를 대하고, 장난치다 몰래 미소 짓는다. 행복해한다. 나와 함께 있다는 사실이 행복하다는 듯이. 나와 이야기하는 것이 기쁘다는 듯이.

영상이 끝나고 커튼이 쳐져도 나는 움직일 생각을 하지 못했다. 일부런 그런 것을 노리고 촬영을 하고 편집을 했다고는 하지만, 의도하지 않은 장면들로 가득 차 있는 영상은 내게 그만큼 충격적이었다. 내가 이렇게 나래를, 랑이를 좋아하는지 몰랐다. 이기적인 말이지만, 나는 이 둘 중, 누구 하나라도 포기할 수 없을 것 같다. 그러기에는 나의 마음이, 나래와 랑이의 마음이 너무나 크다. 그렇다면…….

그 순간, 나는 세희가 말한 열쇠를 찾았다. 어째서 세희가 내게 그 책을 읽어 보라고 계속해서 권했는지 깨달았다. 어째서 나와 나래와 랑이, 이 세 명을 같이 엮으려고 했는지 깨달았다. 내가 가져야 하는 마음가짐이 무엇인지 깨달았다.

내 마음에, 내 생각에, 내가 낸 결론에 나조차 놀란다. 그야말로 인간으로서 말도 안 되는 짓이니까. 사실 간단한 이야기였다. 예전에 답이 나와 있던 일이었다. 다만 그것이 너무나 상식 밖의 일이라서 받아들이지 못했을 뿐. 지금도 그렇다. 하지만……. 내게는 이것이 가장 올바른 선택인 것 같다. 왜냐고? **적어도 나래에게 거짓말을 하는 건 아니니까!** 그 이후에 일어나는 일은 내가 책임지면 된다.

"성훈아."

나래가 어느 때보다 싸늘한 목소리로 나를 부른다. 나는 나래 쪽으로 고개를 돌렸다. 세상이 잠시 후 멸망한다는 뉴스를 본 것 같은 나래가 그곳에 있었다.

"잠깐 나와."

나래는 내 대답을 듣지 않고 먼저 자리에서 일어났다.

"어? 나래야, 왜 그러느냐?"

나래의 반응에 어리둥절해하는 랑이의 머리에 손을 얹어 안심을 시켜 주며 나도 자리에서 일어났다.

"잠깐 갔다 올게."

"그러면 나도 같이 가겠느니라."

아니, 지금은 랑이가 따라오면 안 된다. 이건 일단 나와 나래의 문제니까. 나는 세희에게 눈짓을 보냈다. 세희가 입꼬리를 살짝 올리며 랑이의 어깨에 손을 올리고 다정한 목소리로 말했다.

"주인님. 지금은 도련님을 따라가시지 않는 것이 좋을 것이라 생각됩니다."

그 다정함의 백 분의 일이라도 내게 줬으면 좋겠다.

"왜 그러느냐?"

"예로부터 안주인은 쉽사리 지아비와 첩의 관계에 끼어드는 것이 아니라 하였습니다."

"……으응. 알겠느니라. 잘은 모르겠지만 그렇게 하겠느니라."

랑이가 시무룩해져서 다시 자리에 앉는다. 일단 세희에게 고맙다는 말을 해야 하겠지만 예로 든 게 너무 말이 안 되니까 그만두자.

나래는 첩이 아니니까.

나는 랑이와 세희를 남겨 두고 마루로 나갔다. 나래는 팔짱을 끼고 나를 기다리고 있었다. 어두운 밤하늘, 달빛 아래에서 있는 나래가 내게 말했다.

"……대답은 이제 필요 없겠네. 방금 전의 영상에…… 답이 다 나왔으니까."

흩날리는 달빛에 비친 나래의 눈동자가 탁하다.

"응."

정확하게 말하면 답이 필요 없게 되었다. 왜냐하면, 나래의 질문 자체가 내게는 **더 이상 의미가 없어졌으니까.**

"솔직하게 말할게."

나래의 입술이 부르르 떨린다. 나래가 손을 들어 귀를 막으려는 순간. 나는 말했다.

"나는 랑이도 좋아해."

사실을 고백한 내게 나래는 크게 놀랐다. 얼마나 놀랐는지 두 다리가 풀려 무릎을 모으며 그 자리에 주저앉을 정도였다. 하긴, 놀라지 않으면 이상한 거지.

"……다시 말해 봐."

하지만 아직 이르다, 나래야. 나는 아직 더 해야 하는 말이 있다고. 나는 주저앉은 나래의 앞에 다가가 주저앉아서 나래에게 말했다.

"랑이도 좋아한다고 했어."

텅 빈 눈동자로 나를 올려다보며 나래가 소리쳤다.

"이 로리콘! 변태! 페도필리아! 뭐야! 너 도대체 뭐냐고! 이상해! 이상하잖아, 그런 건! 어떻게 랑이를 여자로 볼 수 있는 거야?! 너 그런 애 아니었잖아!"

"그래도 좋아하는 걸 어떻게 해?"

"야!!"

나래가 나를 민다. 엉덩방아를 찧었다. 아프다. 하지만 아직 화내기에는 이르다, 나래야. 나는 네가 내 목을 졸라 버려도 변명할 수 없는 말을 해야 한다고.

"너, 그게 무슨 헛소리야?! 그게 말이 돼? 랑이는 아직 어린 애야!! 랑이를 좋아한다는 말을 어떻게 할 수 있어?!"

"그게 뭐 어때서? 그런 게 사랑이라는 거야. 사랑에는 국경도 나이도 상관없다는 말도 있잖아."

내가 뭔 소리를 하는겨. 그리고 넌 왜 가장 중요한 걸 알면서도 모르는 척 이야기하냐. 내가 눈치챈 걸 네가 모를 리 없을 텐데.

"너도 봤으면 알 거 아니야? 아니, 알겠지. 알 거야. TV에서 나오는 내가 랑이를 어떤 눈으로 봤는지 너도 알잖아. 완전히 사랑에 빠진 순정 어린 소년 같지 않았어? 그래서 나한테 진심으로 화를 내고 있는 거지? 나한테 실망한 거지? **내가 더 이상 너를 좋아하지 않는 것 같아서.**"

생각해 보면 바보 같은 일이다. 지금까지 눈치채지 못한 게 바보였다. 어느 누가 소꿉친구라고 해서 이렇게까지 신경 써 줄까. 나래가 나를 좋아한다는 결론을 내릴 이유는 넘치도록 많다. 이건 말 안 할 거야. 그동안 눈치채지 못한 내가 너무 바보 같아 보이니까. 바보 맞지만. 어쨌든 나래가 진심으로 나를 싫어하게 되었다면 누구를 더 좋아하냐고 묻지도 않았을 거다. 나래는 듣고 싶었던 거다. 내가 한 번의 기회를 주고 싶었던 거다. 자신을 좋아한다고 말하며 한 눈 팔아서 미안하다고 용서를 비는 나를 보고 싶었던 거다. 그리고 방금 전의 영상을 통해서 나래는 깨달은 거다. 내가 랑이를 진심으로 좋아한다는 것을. 더 이상 자신만을 좋아하지 않는다는 것을.

그리고 나래는 한 가지를 더 깨달았을 것이다.

"그런데 왜 그건 말 안 해."

하지만 나래는 일부러 그 사실을 무시하고 있다. 아니, 상식적으로 이해할 수 없을 거다. 그게 보편적인 생각이니까. 나래가 나를 좋아할 리 없다, 라는 생각이 시야를 좁게 만든 것처럼 나래도 보편적인 생각에 시야가 좁아진 것이다. 어쩔 수 없지. 나는 나래가 일부러 무시하고 있는 사실을 입에 담았다.

"너를 대하는 내 모습에 대해서는 왜 아무 말도 안 하고 무시하고 있냐고."

나는 영상을 통해 깨달았다. 내가 더 이상 누구를 우선할 수 없이 나래와 랑이, 랑이와 나래를 좋아하게 되었다는 것을. 그렇다. 나는 둘을 좋아한다. 누구를 더 좋아하고 누구를 덜 좋아하고 그런 것은 이제 나한테 의미가 없다. 왜냐하면, 정신을 차려 보니 내가 그 둘 중, 단 한 명도 포기할 수 없게 된 걸 어떻게 해. 나는 나래와 랑이. 두 명 중 한 명도 놓아줄 수 없다.

이런 것을 세상에서는 양다리라고 합니다.

그래, 욕해라. 나는 인간쓰레기, 인간 말종이다. 로리콘이라고 욕해도 좋고, 분수를 모르고 양다리를 걸치려는 놈이라고 비난해도 좋다. 그런데 어쩌라고. 난 둘 다 좋은데. 난 이 사랑스러운, 내가 좋아하는 두 명의 여자아이들을 모두 놓치고 싶지 않다. 내 곁을 떠나게 만들고 싶지 않다.

둘 다 내 거다.

둘 다 좋아하고 싶고, 둘에게 사랑받고 싶다. 그런 건 안 된다고? 인간으로서 해서는 안 된다는 인식이 널리 퍼져 있으니까 안 된다고? 그렇다면 어쩔 수 없다. 나는 인간을 그만두겠다. 랑이에게 잡아먹혀 세희의 밑으로 들어가도 되고, 도를 닦아 신선이 되는 것도 좋다. 이 정도의 마음가짐도 없이 나래와 랑이를 사랑하겠다는 게 아니다. 그래. 나는 무슨 일이 있어도 이 둘을 놓치고 싶지 않다. 세상이 비난을 해도, 돌팔매를 맞는 한이 있어도 이 마음을 포기할 수 없다.

"나는."

나는 나래를 똑바로 보며 말했다.

"네가 날 싫어해도, 나를 미워해도 말이야. 난 너를 좋아할 거야. 이미 8년 동안 짝사랑을 해 왔는데 이제 와서 차인다고 해서 뭐 어때? 지금까지 살아온 내 인생의 반을 널 짝사랑해 왔는데 뭐 어떠냐고."

얼이 빠져 있는 나래에게 다가가 그 어깨를 잡고 고백했다.

"좋아해, 나래야."

그리고,

"나랑 결혼하자."

기세가 지나쳐 헛소리까지 해 버렸다.

정적. 어디선가 메아리가 들릴 것 같은 정적이 우리 사이에 가득 차자, 그제야 나래가 당황하며 입을 열었다.

"뭐, 뭐야. 그, 그러니까. 잠깐. 너 지금 나도 좋아하고 랑이도 좋아한다는 말을 한 거지?"

나는 고개를 끄덕이고 말했다.

"그래."

"나하고 랑이, 둘 다?"

"응."

"너! 그게 무슨 헛소리야?! 그게 말이 돼?!"

화를 낸다. 화를 내는 것도 이해가 되죠. 그렇지만 나도 물러날 수는 없다. 이건 내 진심이니까. 이상하게 나는 지금 평소와 그다지, 아니, 오히려 평소보다 더 차분해 있다. 왜 그럴까? 너무 솔직하게 말하고 있어서 그런가? 나는 얼굴이 붉어져서 말도 제대로 못하고 있는 나래에게 내 마음을 전했다. 이런 것은 기세를 타야 하는 거라, 나는 조금 목소리에 힘을 줘서 외치듯이 말했다.

"말이 됩니다. 알기 쉽게 말하면, 난 너희 둘 다 놓치지 싫어."

여기 방사능 폐기물이 하나 생겼다. 내 어이없고 황당한 말에 나래가 입을 벌리고 아무 말도 못 한다. 나는 내가 지금 생각하고 있는, 내 마음속에 있는 말들을 숨김없이 솔직하게 나래에게 말했다.

"그걸 말이라고 해?!"

말하기 전에 맞았다. 아프다. 나는 명치에서 올라오는 흉악한 고통을 참기 위해 온 힘을 다했다.

"그, 그러니까 나하고 랑이 사이에서 양다리를 걸치겠다는 거지?"

나는 솔직하게 대답했다.

"그렇게 됩니다."

"너 미친 거 아니야?!"

그 마음이 이해는 됩니다만 그래도 미쳤다는 건 너무 그렇지 않습니까?

"아닌데요."

"뭐가 아니야?! 너도 알 거 아니야? 내가 널 좋아한다는 거!"

기뻤다. 나래가 직접 자기 입으로 나를 좋아한다고 말해 준 것이 말이야. 그렇지만 나래는 내가 기쁨에 젖어 있게 놔두지 않았다.

"그런데 어떻게 그런 말을 할 수 있냐고! 나하고 랑이 둘 다 좋아한다고? 양다리를 걸치겠다고? 그게 무슨 헛소리야!"

나는 입을 다물고 나래가 진정되기를 기다렸다.

"그, 그래. 성훈아. 일단 서울에 올라가자. 서울에 올라가면 아버지한테 부탁해서 솜씨 좋은 의사 선생님을 소개시켜 줄 테니까. 너 지금 제정신이 아니야. 아니면 그런 말을 할 수 없어. 나하고 랑이 둘 다 좋아한다는 게 말이 돼? 미치지 않고서야 그런 말을 할 수 있겠어? 그래. 성훈아. 그동안 힘들어서 머리가 어떻게 된 거야. 그러니까 돌아가자. 내가 보살펴 줄게."

문제는 나래가 진심으로 내가 지금 미쳤다고 생각하고 있다는 것이다. 내 일생일대의 고백이 미친놈의 헛소리가 되어 버렸다. 아이고, 어떻게 하면 나래에게 내 마음을 제대로 전달할 수 있을까 생각을 하던 그 때. 문이 열리는 소리와 함께 익숙한 목소리가 울려 퍼졌다.

"누가 미쳤다는 것이느냐?"

랑이다. 몸을 일으켜 세우며 뒤를 돌아보자 문턱 바로 앞에서 있는 랑이가 있었다. 랑이가 이쪽으로 다가오며 다시 입을 열었다.

"무엇이 이상하기에 내 지아비께서 미쳤다는 말을 들으셔야 했는지 말해 보거라."

지금은 네가 끼어들 때가 아니야! 이건 나하고 나래의 문제다. 둘이서 해결해야 하는 문제라고. 그래서 나는 랑이에게 뭐라고 말을 하려고 했다. 하지만 나는 입을 다물고 옆으로 물러서게 되었다. 왜인지는 모르겠지만 지금의 랑이는 내가 자신과 나래의 사이에 끼어드는 것을 허락하지 않았다. 그저 입을 다물고 옆에 있으라고 온몸으로 말하고 있다. 나는 랑이의 의지를 존중해 주기로 했다. 절대로 화가 나서 눈을 번쩍이며 한 발 한 발 내딛는 것이 원래의 모습, 즉 위엄 어린 호랑이처럼 보이기 때문이 아니다. 진짜라고? 내가 어떤 모습이든지 랑이에게 겁먹을 리가 없잖아? 하지만 그건 나에게만 적용되는 것이었다.

"라, 랑이야?"

"내 물음에 답하거라!"

랑이는 나래에게 대답하지 않고 대답을 촉구했다.

"네가 생각하기에 내 지아비의 언행, 그 어느 것에 문제가 있는지! 무엇이 이상하다고 생각하는지! 내게 말해 보거라!"

그 말에 나래도 정신을 차리고 지지 않고 말했다.

"당연히 이상하잖아! 어떻게 두 사람을 동시에 좋아하고, 그걸 그 사람 앞에 대놓고 밝히는데?!"

"그게 어째서 이상하느냐?"

"그야 당연히……"

"세희야."

랑이가 나래의 말을 자르며 말했다. 랑이의 뒤에 서 있던 세희가 대답했다.

"예, 주인님."

"나는 잘 알지 못하니 네가 알려 주어라. 지금까지 네가 봐온 인간들 중에 내 지아비같이 누군가를 동시에 좋아하는 경우가 드문 일이었느냐?"

세희는 머리를 숙이고 공손하게 대답했다.

"바닷가의 모래알보다 많다 아뢰옵니다."

"그렇다면 뭐가 이상하느냐? 그것은 너희 인간에게 너무나 당연한 일이 아니느냐?"

랑이가 이렇게 논리적으로 말할 수 있다는 건 꿈에도 생각 못했다.

"내 지아비께서는 용기 있게, 이 몸의 지아비답게 자신의 감정을 숨기지 않고 솔직하게 네게 전했느니라. 그런데 너는 어찌하여 내 지아비를 이상하다 하고 심지어 미쳤다고 하느냐? 어찌 내 지아비께 그런 망발을!!"

아, 그제야 나는 랑이가 대화에 끼어든 이유를 알 수 있었다. 나래가 나를 정신 이상자, 흔히 말해 미친놈으로 취급한 것에 화가 난 것이다.

……이런 말 할 때가 아니라는 건 알지만, 나중에 세희가 내 멱살을 잡고 폭언을 퍼부었다는 걸 알려 주면 어떻게 될지 궁금해지네.

랑이의 나름대로 논리 있는 말에 나래도 정신을 차리고 평소와 같이 차분한 목소리로 말했다.

"랑이야, 넌 아직 어려서 모르겠지만 우리들은 좋아하는 사람이 여럿 있어도 결국에는 한 명만 선택하는 게 당연하단 말이야. 그게 인간의 상식이야. 지금 성훈이는 그런 당연한 상식에서 벗어난 소리를 한 거라고!"

하지만 끝은 격정적이네.

"난 그런 것 모르느니라."

랑이가 부끄러운 말을 당당하게 말했다. 거기서 멈추지 않는다.

"랑이는 냥이의 길을 걷지 않으니까!"

……그게 무슨 소리야?

"주인님. 이럴 때는 범은 승냥이의 논리를 따르지 않는다 하는 것입니다."

"……그러하느냐?"

"그렇습니다."

아, 랑이 녀석. 부끄러워한다. 하지만 곧 방금 전의 위엄을 되찾으며 다시 말한다.

"버, 범은 승냥이의 논리를 따르지 않으니라!"

그래 봤자 방금 전의 촌극이 사라지는 것은 아니라서, 나래도 정신이 조금 든 것 같다.

"나하고 성훈이는 아니야!"

"아니니라! 성훈이는 범이니라!"

저는 인간입니다.

"성훈이는 이제 범이 되었느니라! 조금 못 미더운 부분도, 내 마음을 아프게 만든 적도 있었지만 훌륭하게 내게 걸맞은 사내가 되어 내 모든 것을 바치기에 모자람이 없는 범이 되었느니라! 나는 몇 번이나 내 눈으로 그것을 지켜보았고 지금도 그러하느니라! 그런데 너는, 너는!"

랑이가 주먹을 쥐며 소리쳤다.

"실망하였느니라! 나는 네가 조금은 질투가 심하긴 하지만 성훈이의 첩이 되어도 좋은 상냥하고 마음이 넓은 아해라고 생각했느니라! 네게 못된 짓을 한 나를 용서해 준 너라면 성훈이와 같이 있다 한들 상관없다 여겼느니라! 그런데, 그런데!!"

랑이가 손목으로 눈가를 쓰윽 닦는다. 아래로 내려간 소매의 색이 짙다.

"왜 성훈이를 욕하느냐? 왜 성훈이의 마음을 단순한 헛소리로 치부하느냐?! 그래서 성훈이를 왜 아프고 슬프게 하느냐?! 왜 성훈이가 아파하는 모습으로 내 가슴이 따끔거리게 만드는 것이느냐?!"

"왜냐고?"

나래는 랑이가 언급하지 않은 사실을 입에 담았다.

"내 생각은 하지 못하는 거니, 너?"

나래의 말에 랑이가 입을 다물고 곰곰이 생각에 잠겼지만 나래는 기다려 줄 생각이 없었다.

"그래, 랑이야. 성훈이가 그런 사람이 됐다고 쳐. 그런데 나는? 나는 너나 성훈이가 아니야. 나는 평범한 여자애라고! 좋아하는 남자애가 양다리를 당당하게 걸치겠다고 말하는데 그냥 넘어갈 수 있겠어?!"

나래의 서슬 어린 기색에 랑이가 움찔 떤다.

"그러면 너도-."

"안 해! 못 해! 그런 걸 어떻게 해?! **좋아하는 남자애가 다른 여자애한테 한눈파는 걸 어떻게 보냐고!** 그리고, 랑이야. 네가 말한 것처럼 한 사람이 동시에 여러 명을 좋아하는 이야기는 많아. 하지만 그런 이야기의 끝이 모두 행복해지는 경우가 얼마나 있다고 생각하니? 세희, 네가 한 번 말해 봐. 성훈이처럼 누군가를 동시에 좋아하는 경우에 그 끝이 좋았던 경우가 많아, 아니면 그 반대의 경우가 많아?"

세희는 사실대로 말했다.

"불행해지는 경우가 많았습니다."

세희의 담담한 목소리에 랑이가 놀란 것 같다. 나도 이번에는 놀랐다. 여기서 나래의 주장에 힘이 되어 주는 이야기를 할 줄은 몰랐으니까.

"세, 세희야?"

나래는 세희가 대답할 틈을 주지 않았다.

"들었지? 성훈이하고 네가 그런 걸 당연하다고 생각해도 나는 아니야. 내가 성훈이하고 너하고 사이좋게 지내려고 지금 내 마음을 숨긴다고 해도, 결국에는 우리 모두 사이가 나빠져서 다들 싫어하게 될 거니까! 그런데 그런 말을 아무렇지 않게 내뱉는 성훈이가 이상하다고 말한 내가 잘못된 거야? 랑이야. 한 번 대답 해 봐. 대답해 보라고!"

랑이는 쉽사리 입을 열지 못했다. 아주 잠깐 동안의 침묵이 흐르고, 나래에게 할 제대로 된 대답을 생각해 내지 못한 랑이가 허둥댄다. 나래의 시선을 이겨 내지 못하고 주위를 둘러보던 랑이는 일단 아무 말이나 하기로 마음먹은 것 같았다.

"나, 나하고 성훈이는 절대로 그럴 리가 없느니라. 그런 생각을 하는 것은 너뿐이니라! 그러면 네가 나쁜 것 아니느냐?"

그건 어떤 면으로는 랑이다운, 어린아이 같은 말이었다. 평소라면 웃으면서 넘어갈 수 있을 정도의 말실수였지만, 지금의 나래는 감정이 격해져 있다는 것이 나빴다. 나래가 입술을 깨물고는 소리쳤다.

"내가 나빠? 너 그거 진심으로 하는 말이야?"

상황이 나쁘다. 나래가 화났어.

"그러하느니라! **자기만 생각하는** 나래가 나쁘다!"

나래의 얼굴이 새파랗게 질리는 것을 못 본 랑이는 자신이 무슨 말을 했는지도 모르고 계속 말을 이었다.

"네가 나쁘단 말이니라! 네가 성훈이하고-."

"그렇게 따지면-!"

위험해! 나는 랑이를 끌어안고 귀를 막으며 소리쳤다.

"너만 없-."

"나래야!!"

나래의 목소리가 내게 먹혔다. 그래도 혹시나 몰라 랑이를 본다. 갑자기 내가 자신을 끌어안고 소리를 쳤는지 이해 못하는 눈치다. 못 들었다. 다행이다. 나는 속으로 안도의 한숨을 내쉬었다. 나래도 자신이 감정에 욱해서 어떤 말을 하려고 했는지 깨닫고 얼굴이 하얗게 질렸다. 그렇지만 내가 랑이가 듣지 못하게 했다는 점과 나는 알 수 없는 어떤 이유로, 나래는 자신의 마음에 붙은 불을 꺼뜨리지 않았다.

"넌 뭐를 잘했다고 소리쳐? 지금은 네가 잘못한 거잖아? 이런 경우가 어딨어?!"

나는 랑이를 세희에게 맡기고 나래에게 대답했다.

"알아! 나도 내가 잘못한 건 안다고! 네가 나를 이해해 줄 거라는 생각은 한 적 없고, 너한테 경멸받을 각오도 하고 있어! 그래도 네가 나를 좋아하게 만들 거라는 결심도 했어! 하지만 그래도 이건 아니잖아!"

나래가 윽 하고 신음을 흘린다.

"그래서 내가 잘못했다는 거야?"

내가 이렇게 감정의 끓는점이 낮은 줄 몰랐다.

"그런 게 아니잖아! 해도 되는 말이 있고 해서는 안 되는 말이 있는 건 너도 알잖아!"

그리고 소꿉친구는 닮는다.

"그래! 내가 나쁘지! 어차피 너도 알고 있었잖아? 내가 이런-."

"나래야, 제발!!"

"……아."

자신의 실수를 깨달은 나래가 두 손으로 입을 가렸다. 지금 내 얼굴은 정말 보기 흉하게 일그러져 있겠지. 나래의 침묵으로 방금 전까지만 해도 시끄러웠던 집 안이 조용해진다. 나는 두 손을 꽉 쥐고 나래를 노려보았고 나래도 지지 않고 나를 노려보았다. 아주 잠시. 아주 잠시 동안 그렇게 서로를 죽일 듯이 노려보던 우리 둘의 침묵은,

"우, 우에에에에엥!"

갑자기 들려온 랑이의 울음소리에 깨져 버렸다.

나와 나래는 깜짝 놀라서 싸우고 있었다는 것도 잊고 랑이에게 시선을 돌렸다. 랑이는 무릎을 안쪽으로 굽혀 바닥에 주저앉아 서럽게 목 놓아 울고 있었다.

"잘못했어요, 잘못했어요."

숨이 막혔다.

잠깐만, 랑이야. 너 지금 무슨 말을 하는 거야. 지금 네가 뭘 잘못했다고 말하는 거야? 네가 잘못한 건 아무것도 없잖아. 왜 네가 우는 거야? 지금 욕먹어야 하는 사람은 나인데, 왜 네가 우는 거냐고?!

랑이는 대답하지 않았다.

"흐에엥, 성훈아, 나래야, 내가 잘못했으니까 싸우지 말어, 으아앙-."

쉴 새 없이 두 손으로 눈을 비비며, 흘러내리는 눈물을 닦으며 랑이가 운다.

"나 때문에, 흐끅, 너희 둘이 싸우는 거 싫, 흑, 싫어. 그러니까 싸우지 마. 흐끅. 다시는, 흑, 다시는 그런 말 안 할게. 난 그냥, 히끅, 너희 둘 옆에만 있을 테니까, 싸우지, 흐, 흐에에에엥-!"

그제야 랑이가 무슨 이유로 우는지 알 것 같았다. 랑이는 지금 나래가 나와 싸우고 있는-실상은 내가 죽일 놈이지만-것이 자신 때문이라고 생각하고 있는 것 같다. 이런 생각까지 드는 건 내 억측일까? 그래서 자신은 내게 필요 없는, 단순히 폐를 끼치는 아이라고 생각하고 있다는 것이?

아니다. 랑이는 누구보다도 거절을 당하고 버림받는 것에 대한 상처가 깊은 아이다. 기억을 되살릴 것도 없다. 이미 몇 번이나 봐 왔는데 그런 것도 모르겠냐. 내가 자신을 싫어하게 되는 것이 싫은 랑이. 나를 곤란하게 만들지 않으려고 애쓰는 랑이. 내게 미움받지 않기 위해 노력하는 랑이는, 옛날 옛적. 나로서는 상상도 할 수 없는 옛날에 한 번 버림 받았던 아이다. 그리고 그건 나와 나래와 비슷하다. 나는 나래에게, 나래는 내게.

어렸을 때의 일이지만 아직도 잊지 못하고 있다. 기억하고 있을까? 내가 랑이와 처음 만난 날, 내게 거절당하고 모든 것을 포기한 채 뒤돌아섰던 랑이의 손을 잡았던 일을 말이야. 나는 그때 랑이를 잡을 수밖에 없었다. 의지했던, 기다렸던, 믿었던 사람에게 버림받고 배신당하는 것의 슬픔을 나는 나래를 통해 알고 있었으니까. 그건 나래에게도 똑같이 남아 있는 상처다. 아니, 나래의 경우는 나보다 더 심하겠지. 그래서 나는

나래에게 고개를 들 수 없게 되었다. 나래는 내게 상냥할 수밖에 없게 되었다.

그 후로 서로의 상처가 아물어 가면서 나는 나래를 좋아하게 되었다. 시간이 흘러 랑이를 만난 다음에는 랑이까지 좋아하게 되었다. 내 바보 같은 행동에 상처 입으면서도 나를 좋아해 준, 나를 아껴 준 랑이를 좋아하지 않을 수 있겠냐. 그래서 나는 더 이상 나 때문에 랑이가 우는 것을 보고 싶지 않다. 상처 입는 것을 보고 싶지 않다. 자신을 탓하는 것을 보고 싶지 않다. 나쁜 건 나니까. 내가 제대로 하지 못한 탓에 일어난 일이니까. 그러니까, 일이 어떻게 될지는 몰라도 지금은 랑이를 달래자.

"안 됩니다, 도련님."

랑이의 뒤에 서 있던 세희가 어느새 내 앞을 가로막았다.

"뭐가 안 된다는 거야?"

지금 랑이가 울고 있는 게 눈에 안 보이냐?

"그렇다면 그 이후에는 어찌 하실 생각이십니까. 이번에 흐지부지 넘어간다 해도, 다음에 또다시 이런 일이 일어나면 그 때는 어쩌시렵니까. 그 때도 무턱대고 덮어놓으실 생각입니까? 또다시 주인님의 천금보다 귀한 눈물이 세상에 드러나게 만들 생각입니까?"

"……눈앞만 보는 멍청이라고 불려도 상관없어. 바보라고 말해도 상관없어. 아니. 눈앞에서 울고 있는 랑이를 가만히 놔두느니 차라리 바보 멍청이가 돼서 나중에 네 비웃음을 실컷 당해 줄 테니까, 지금은 비켜."

세희는 비웃었다.

"강단 없는 사내는 아니라는 겁니까. 하지만 도련님. 이 일은 주인님과 나래 님께서 끝을 맺어야 하는 문제입니다. 예로부터 여자들의 문제에 남자가 끼는 것은 어린아이들의 싸움에 어른이 끼는 것보다 더 추하고, 그 결과는 더 추악한 법입니다. 지금은 그 마음, 잠시 거두어 주시지요."

지금은 세희의 말이 맞을 거다. 하지만, 그렇다고 해서!

"그렇지만!"

"됐어. 그만해."

내가 세희에게 뭐라 외치려고 하기 직전, 나래가 내 말을 막았다.

"이래서야 나만 나쁜 놈이 된 거 같잖아!"

"세간에서는 미친년이라는 말도 있습니다."

"너 진짜 성격 나쁘다. 그렇게 뼁 돌려서 성훈이를 통해서 말할 필요도 없으면서 나한테 말한 것도 그렇고."

"무슨 말씀이신지 모르겠습니다, 나래 님."

세희가 입꼬리를 올렸다. 자, 잠깐. 너 이 자식! 날 이용해 먹은 거냐?! 마음속으로 세희에 대한 칼을 갈고 있자니 나래가 앞으로 걸어가 무릎을 꿇어 랑이와 눈높이를 맞춰 앉았다. 랑이는 울음을 그칠 생각이 없는지 두 팔로 눈을 비비며 엉엉 운다.

"미안해, 랑이야."

나래는 랑이에게 사과했다.

"내가 말을 잘못했어. 미안해. 응?"

나래가 랑이의 손을 잡아 자기 머리를 때린다.

"홧김에 이상한 말한 내가 나빴어. 그러니까, 뚝."

"하, 하지만, 훌쩍, 나, 나 때문이잖아. 성훈이도, 흑, 나래도 서로 좋아하는데, 크흥, 둘이 싸운 건 나 때문에, 내가, 내가……."

"아니야."

랑이의 말을 딱 잘라 부정한다.

"그건 내가……."

나래는 고개를 숙인 얼굴을 붉히며 나를 한 번 본 다음 다시 고개를 돌려 랑이의 귀에 입을 대고 뭔가를 작게 속삭였다.

"……그래서 그런 거야. 이제는 그런 일 없도록 할게. 이건 성훈이한테는 비밀이다?"

그 말에 거짓말같이 랑이가 울음이 딱 그쳤다.

"……어? 진짜?"

무슨 말을 했는지 몰라도 깜짝 놀라서 눈물이 쏙 그친 랑이가, 홍당무보다 더 붉어진 자신에게 묻는 말에 나래는 고개를 끄덕이며 대답했다.

"그, 그래. 이제 다음부터는 그런 일 없도록 할게. 그러니까 랑이가 슬퍼하지도, 랑이가 나쁘다는 말도 안 해도 돼. 내가 잘못한 거니까. 그렇지?"

"으, 응. 하, 하지만 거짓말일 수도……."

"내가 왜 너한테 거짓말을 해?"

나래가 살짝 랑이의 머리에 꿀밤을 먹였다. 아프지는 않겠지만 랑이는 두 손으로 머리를 가리며 말했다.

"왜, 왜 때려?"

"내 가장 중요한 비밀을 말해 줬는데 안 믿으니까 그렇지."
"그, 그러면 방금 한 말 진짜, 진짜야?"
나래는 힘들게 말을 이었다.
"그, 그래. 진짜야. 그러니까 이제 뚝. 성훈이한테 우는 얼굴 보여 주면 안 되잖아."
"아, 안 울었다!"
랑이가 눈에 빤히 보이는 거짓말을 하며 소매로 얼굴을 비빈다. 붉어진 눈가와 주르륵 흘러내린 콧물 때문에 설득력이 없다.
"울었잖아."
"거, 거짓말하지 말거라!"
말도 안 되는 거짓말을 하며 랑이가 말을 이었다.
"그래도, 그래도! 나는 그런 나래가 정말 좋으니라!"
랑이가 나래의 품에 안겨든다. 나래는 랑이를 끌어안고 머리를 쓰다듬었다. 이렇게 한 번의 소동이 끝나는 것 같다. 다행인 건가? 아니, 결국에 내 고백은 흐지부지 물거품이 된 것 같으니 다행인 건 아니지. 나는 정말 용기를 내서 한 말인데 이렇게 되니 조금 맥이 풀리는 기분이다. 아, 몰라. 난 일단 내가 하고 싶은 말은 다 했다. 그리고 나래도 내 마음을 정면으로 볼 수 있게 되었고. 이건 순전히 랑이의 덕분이지만. 이제 남은 건 나래가 내 마음을 어떻게 받아 주느냐다. 그건 상황이 진정된 후까지 기다려야 되겠지. 거절을 당해도, 승낙을 받아도 나는 기쁠 테니 상관없다. 내가 좋아하는 나래의 선택이니까. 나는 나래를 계속 좋아할 거니까.

그런데 한 가지 궁금한 것이 생겼다. 도대체 무슨 말을 했기에, 랑이가 울음을 뚝 그친 거지?

끝마치는 이야기

"내가 너를 너무 좋아해서 널 혼자 독점하고 싶은 바람에 그런 말을 했다고 했어."

"푸핫?!"

모양새가 엉망인 랑이를 세희가 잠시 씻기러 간 사이에 궁금한 것을 나래에게 물어보았을 때의 대답을 통해, 나는 사람이 입에 든 것이 없어도 무엇인가를 뿜을 수 있다는 사실을 깨달았다.

"……."

"……죄송합니다."

나래는 얼굴에 튄 침을 손수건으로 닦은 다음 주머니에 집어넣으며 말했다.

"일단 그렇게 해 뒀으니까, 너도 그런 줄 알아."

"아, 그, 예."

참고로 나는 내 방에서 나래의 앞에 무릎을 꿇고 손을 들고 있는 상황. 왠인지 모르겠지만 내 무릎 위에는 나래가 가지고 온 무거운 백과사전이 올려져 있다.

"정말 넌, 어떻게 랑이가 그렇게 푹 빠지게 만든 거야?"

"제가 그런 게 아닌데요."

처음부터 저랬으니까.

"됐어. 그건 그렇고 아까 네가 진심으로 한 고백. 대답 아직 안 했지?"

나래가 갑자기 그 이야기를 꺼낼 줄은 상상도 못했기에 나는 심장이 덜컥 가라앉았다. 이미 밤이 되었지만 내 등 뒤에는 땀이 흘러내렸다.

"자, 잠깐만요. 일단 저도 마음의 준비라는 게 필요한데 긴장을 풀고 있던 지금 갑작스럽게 말씀하시면……."

"보류."

방금 한 말을 까먹고 나는 나래에게 따지듯이 말했다.

"보류? 너 랑이한테는……."

나래의 주먹이 불을 뿜었다.

"바보야! 랑이한테 한 말은 당연히 거짓말이지!"

"그렇습니까?!"

솔직하게 말해서 많이 아쉽습니다.

"아니, 그 전에 말이야! 그런 식으로 고백받는 것도 이상하잖아! 난 분명히 너라면 방학식 하는 날에 체육관 뒤로 불러서 고백할 줄 알았단 말이야! 말해 봐. 그때도 그거 때문에 부른 거지?"

무섭다, 소꿉친구.

"오늘 네가 한 고백은 내 인생 최악의 고백이었어. 나하고 랑이 둘 다 좋아한다니. 그리고 양다리를 걸치겠다니! 너 이상해. 진짜 이상하다고."

할 말이 없다. 나는 고개를 숙이고 나래의 철퇴를 기다렸다.

"……그런 너를 지금도 좋아하는 나도 이상하지만."

"예?"

"됐어. 넌 8년이고 난 10년이라는 거니까."

"뭐가?"

"그, 그런 게 있어!"

그런 게 있으면 있는 거지 왜 내가 맞아야 하는지 모르겠다.

"그러니까 일단은 보류야. 세상에 어떤 여자애가 자기 말고 다른 여자도 좋아한다는 고백을 OK하겠어?"

내 머릿속에 갑자기 랑이가 떠올랐다.

"그렇다고 싫다 했다가는 랑이가 또 울면서 그런 소리를 할지도 모르니까 너도 그렇게 알고 있어. 내가 널 너무 좋아해서 질투했다는 거로."

나는 용기를 내서 말했다.

"그, 그건 결국에는 제가 싫어졌다는 말과 똑같은 말 아닙니까?"

그리고 세희가 말한 대로 무턱대고 덮어놓는 것 아닐까. 하지만 왠지 불길한 기분은 들지 않았다. 보류라는 대답이, 나래 나름대로 문제를 정면으로 받아들이고 생각을 하기 위해서 시간을 달라고 말하는 것 같았으니까.

"보류라면 보류라는 줄 알지 뭐 그렇게 말이 많아? 왜, 싫어? 내가 여기서 네가 싫다고 말하는 걸 듣고 싶어?!"

그래서 나는 손을 휘저으며 말했다.

"설마요! 아닙니다! 보류군요!"

나래가 씩씩 숨을 내쉬며 말했다.

"그러니까, 그렇게 알고 있으란 말이야."

"응? 무엇을 말이느냐?"

"으억?!"

"꺄악?!"

문을 열고 나타난 랑이에게 이렇게 놀란 적이 있을까. 나와 나래는 튀어나올 뻔한 심장을 억지로 집어넣으며 말했다.

"아니, 아무것도 아니야."

"그래, 아무것도 아니야."

랑이가 머리를 갸웃거리며 머리카락으로 물음표를 만든다. 하지만 이내 생각하는 것을 그만두고 쪼르르 다가와 나와 나래의 사이에 앉았다. 좀 진정이 되고 나니 랑이의 복장이 눈에 들어오는데 어째서인지 모르겠지만 머리를 풀고 와이셔츠 하나만을 걸치고 있었다.

아니, 어째서인지 모르겠지만이 아니지. 이 녀석이 이렇게 입고 있는 이유가 또 있을까.

"성훈아, 성훈아. 나 졸리느니라."

울고 났더니 힘이 많이 빠졌나 보다.

"어, 그, 그래? 그러면……."

랑이가 꼬리를 움직여 내 입에 집어넣었다. 읍?!

"여기서 자겠느니라!"

이, 이 자식이. 확 깨물어 버리는 수가 있다?

"잠깐만 랑이야. 너 옷이 왜 그래?"

지금은 그런 생각을 할 때가 아닌 것 같지만 말이야.

"아, 이거 말이느냐? 성훈이가 잠옷을 입으라고 해서 입은 것이니라!"

자랑스럽게 없는 가슴을 쭈욱 펴는 랑이의 꼬리를 입에서 빼며, 순식간에 지옥에서 올라온 악마가 되신 나래 님께 나는 사정을 설명했다.

"저는 잠옷을 입으라고 했는데, 세희가 잠옷이라고 이걸 준 겁니다!"

"그러면 그때 뭐라고 했어야지!"

그게, 와이셔츠를 입은 랑이가 너무 귀여워서 말을 못 하겠더라고요. 물론 지금도 그런 이유를 말할 수 있을 리 없다. 내가 침묵으로 일관하며 어떻게 하면 거짓말을 안 들키고 살 수 있을까 고민하고 있을 때, 랑이가 귀를 쫑긋거리며 말했다.

"그리고 세희가 나래의 잠옷도 준비해 주었느니라!"

내 입을 빠져나온 랑이의 꼬리에는 어느새 흰색 와이셔츠가 한 벌 들려 있었다. 랑이는 꼬리를 움직여서 나래에게 와이셔츠를 건네주었고, 나래는 얼떨결에 그것을 받은 다음 얼굴을 확 붉혔다.

"자, 잠깐! 내가 왜……."

"언니의 명이니라. 나래, 너도 오늘은 잠옷을 입고 여기서 같이 자는 것이니라."

"언니? 네가 어째서 언니인데?"

"내가 성훈이의 처이고 네가 첩이지 않느냐? 그러면 당연히 내가 언니인 것이니라."

알기 쉬운 설명 감사합니다.

"누, 누가 첩이야?!"

나래가 와이셔츠를 두 손에 꼬옥 쥐며 소리치자, 랑이가 몸을 움찔 떨었다. 엇. 이거 안 좋은데.

"히이잉."

운다. 운다. 이 녀석 운다. 가뜩이나 눈물샘이 느슨해져 있어서 더 쉽게 운다고!

"그, 그럼 아까 한 말은……."

나래가 허둥지둥대며 말했다.

"아니, 아니야. 응. 나 성훈이 첩 맞아. 랑이가 내 언니 맞고. 그러니까 뚝. 뚜욱."

금방 눈물을 그치는 게 참 신기하다.

"그러면 같이 잘 것이느냐?"

"그래. 같아 자자, 랑이야."

"잠옷 입고서?"

나래는 이를 악물고 나를 흘겨보며 고개를 끄덕였다. 그제야 랑이는 다시 환하게 웃으며 두 팔을 벌려 나래의 가슴에 안기며 말했다.

"그러면 성훈아! 오늘 밤에 우리 둘을 사랑해 주거라!"

코피 나올 뻔했다. 진짜로. 저 정도 귀여우면 그것도 흉악한 범죄라고!

"아, 그런데 성훈아. 너는 왜 잠옷을 안 입느냐? 세희한테

내가 부탁하러 가겠느니라."

호랑이한테 달라붙은 귀신도 제 말하면 온다고, 랑이가 그 이름을 입에 담는 순간 세희가 내 옆에 나타났다. 이번에는 조금 놀랄 뻔했지만 티는 내지 말자. 그게 이 녀석의 노림수다.

"그러실 필요 없습니다."

세희가 소매 안에서 꺼내 든 것은 넥타이 하나. 나는 잠시 생각에 잠겨야 했다. 왜 저 녀석이 지금 넥타이를 꺼냈는지.

"그건 뭐냐. 설마 그런 걸 잠옷이라고 나한테 줄 생각은 아니지?"

"요즘 남자는 이것을 잠옷으로 입습니다."

"어디의 요즘 남자가 그걸 입어?! 난 그냥 평소대로 입고 잘 거야."

"주인님과 나래 님이 와이셔츠를 잠옷으로 입으시는데 도련님께서도 두 분께 서비스를 하셔야 되는 것 아닙니까?"

"무슨 서비스야."

그것보다 마침 잘됐다.

"너 잠깐 나와 봐."

"3P도 모자라 4P를 노리시는 겁니까. 무섭군요, 도련님. 훗날 자제분을 모아 축구팀이라도 만드실 생각입니까."

"잠깐만 나갔다 올게."

나는 나래와 랑이에게 말한 뒤 문을 열고 밖으로 나갔다. 세희는 언제나처럼 소리 소문 없이 내 뒤를 따라 나왔다. 나는 내 방에서 좀 거리를 벌린 후, 세희에게 단도직입적으로 말했다.

"너, 나한테 무슨 짓을 한 거야."

머리가 식은 지금 생각해 보면 내가 나래에게 그런 말을 했다는 게 믿기지가 않는다. 말했잖아. 난 순정남이라고. 8년 동안 제대로 고백도 못하고 마음만 졸이며 언제 내 마음을 전할지 고민만 죽도록 하던, 랑이에게 좋아한다는 말을 하기 위해 온갖 핑계를 대고 갖은 고생을 했던 나다. 그런데 그때는 정말 마음속에 있는 그대로를 **솔직하게 말할 수 있었다.** 꼭 내가 아닌 것처럼. 지금의 나한테 그런 고백을 다시 하라고 시키면 하긴 하겠지만 그렇게 직설적으로는 말 못 한다. 그렇다면 한 가지 가능성밖에 없다.

이 자식이 나를 세뇌할 때 무슨 장난을 쳤다는 것.

하지만 세희는 내 말에 고개를 갸웃거리며 말했다.

"도련님의 말대로 무슨 짓을 했습니다."

넌 언행일치 모르냐고!

"그때 말씀드리지 않았습니까? 첫 번째. 도련님께서 영상을 촬영하는 것을 의식하지 않으며. 두 번째. 자신의 마음에 솔직해지는 요술을 걸 생각이었다고."

"두 가지였냐!!"

"제가 언제 한 가지만을 건다고 말씀드렸습니까?"

나는 머리를 짚으며 쭈그려 앉았다. 아이고. 난 이제 너와의 대화는 녹음을 한 뒤 시간이 나면 철저하게 분석해야 할 것 같다.

"모든 일이 잘 풀렸으니 된 것 아닙니까? **큰 일이 멀지 않았는**

데, 이런 사소한 일에 신경을 쓰고 계시면 안 됩니다, 도련님."

"거기다 밑줄 치고 내 미래의 험난한 여정에 대한 복선이었다고 주석을 달면 되는 거냐."

세희가 갑자기 손을 흔들자 검은 연기가 뿜어져 나와 허공에 이렇게 적혔다.

큰 일이 멀지 않았는데, 이런 사소한 일에 신경을 쓰고 계시면 안 됩니다, 도련님.

요술로 저런 짓을 할 수 있다는 것에 황당해서 아무 말도 못하고 있는 내게 세희가 말했다.

"이 말은 도련님의 험난한 여정을 암시하는 복선으로 사용되었습니다. 만족하셨습니까?"

이제는 일일이 토 다는 것도 힘들다. 오늘 하루 동안 너무 여러 가지 일이 있었어.

"됐다. 너한테 싸움을 건 내가 바보지."

"그래도 오늘 주인님을 생각하는 모습은 제 마음까지 두근거릴 정도로 멋있어 보이셨습니다."

나는 진심으로 말했다.

"……보청기 달아 줘라."

"시끄럽습니다."

〈마침〉

글쓴이의 끼적끼적

안녕하세요. 2권이 나올 때쯤, 편집자님께 "3권에서 끝낼까요?" 라고 조심스럽게 슬쩍 물어봤다가 큐 머시기와 계약을 한 마법소녀의 기분을 이해하게 된 카넬입니다.

사랑한다면 어린 소녀라도 상관없어 1, 2권에 이어 가슴 큰 소꿉친구를 사랑한 소년 3권을 구입해 주셔서 정말 감사합니다.

4개월이라는 텀을 가지고 돌아온 3권입니다. 평소보다 느려졌군요. 좋은 현상입니다.

이번 권에서는 1권에서는 트리거 역할만 하고 2권에서는 전파 소녀가 된 우리의 소꿉친구 나래가 전면에 나왔습니다. 그래서 1권과 비슷합니다. 발전 없는 인간이라 죄송합니다.

분명히 3권은 나래를 위해 한 템포 쉬어 가는 이야기로 콘셉트를 잡았는데 쉬어 가기는 바둑이뿔. 전력질주로 달리다가 가드레일 박고 냇가에 떨어진 다음 강물 따라 바다로 흘러나가고 말았습니다.

글쓴이의 변명으로 후기가 가득 차고 있습니다. 그것도 이상한 변명이군요. 살려 둘 여지가 없습니다. 인터넷의 혹평과 떨어지는 판매고로 심판을 내리실 때입니다. 꼭 남 이야기하는 듯이 말하고 있지만, 이 후기. 작가 본인이 쓴 거 맞습니다.

이번 이야기는 그동안 독이 바짝 오른 제가 "누가 로리X이라는 거야, 누가!!" 라는 마음으로 폭주했습니다. 힘이 바짝 들어간 부분이 보이는 건 그런 까닭입니다. 1권과 2권을 통해 이미 봐 오신 것이 있기 때문에 믿지 않으시겠지만. 저는 누님이 좋습니다. 아라비안 해안(??)의 성숙한 여인들이 좋습니다. 그래서 힘이 팍! 들어간 부분이 이번 권에는 좀 있습니다. 여성 독자 분께 정말로 죄송합니다. 제가 남자라서 그렇습니다.

저는 예전부터 성장하는 주인공을 쓰고 싶었습니다. 이걸 성장이라고 말하기는 조금 이상한 것 같지만……. 불과 한 달도 안 돼서 마개조 당하고 있는 성훈이를 위해 묵념. 방학이 끝날 때쯤에는 이 녀석이 어떻게 될지 저도 상상이 안 갑니다. 그래도 성훈이가 1권에 비해서 많이 성장한 것 같아서 기쁘군요. 점점 그렇게 자기 아버지를 뛰어넘는 인간쓰레기가 되어 가겠죠.

3권에서 끝이 날 거라 생각하신 분들도 계시겠지만, 불행하게도 다음 권도 나옵니다. 특히나 다음 권부터는 새로운 이야기가 전개될 예정입니다.

죄송합니다. 거짓말입니다.

1권 후기에 2권은 양을 줄이겠다고 말한 다음에 오히려 늘리는 만행을 저지른 이후, 2권 후기에 다음에는 라이트노벨다운 라이트한 두께로! 라고 결심해서 나온 것이 이 두께입니다. 포기하면 편합니다. 다음에는 어떻게 될지 저도 궁금합니다.

오늘의 한 마디. 야한 게 뭐가 나빠.

이번 후기도 이렇게 난잡하게 흐르는군요. 술 취한 아저씨가 술주정하는 분위기입니다. 독자님들은 경멸하는 눈으로, 뭐야 이 녀석은……, 하고 바라봐 주시면 감사하겠습니다. 물론 녀석이라는 단어는 순화한 것입니다.

그럼 이번에도 끝이 다가왔으니, 지면을 통해 제가 신세를 진 분들께 간단한 감사의 인사를 하겠습니다. 직접 가서 인사를 하는 것이 가장 좋다고 생각하실지 모르겠지만 제가 떡하니 나타나서 인사만 드리고 사라지면 당혹스러워하실 테니 이렇게 대신합니다.

언제 어느 때나 목표도 없이 알 수 없는 곳으로 날아가는 저를 밧줄로 묶어 제대로 된 길로 이끌어 주시는 시드노벨 편집부에 감사인사 드립니다. 특히 이번에는 제 바보짓으로 인해 정말 많은 신세를 졌습니다. 하지만 그런 몹쓸 짓을 한 후, 전 지금 더 몹쓸 짓을 하고 있습니다. 반성이 없는 사람입니다. 그렇지만 저는 이런 후기를 썼다고 코렁탕을 먹이시지 않을 거라는 걸 믿고 있습니다.

저를 살려 주시고 계시는 아버지, 어머니께 감사드립니다. 저라면 제 자식이 글 쓴다는 걸 핑계로 저같이 괴상망측한 생활 습관으로 살면 요단강에 한쪽 발을 담그게 만들 텐데 말이죠. 이해심 많은 부모님이라 저는 행복합니다. 절대로 제 인세가 어머님 통장 안에 모두 들어가기 때문이 아니라고 저는 **굳게** 믿습니다. 형님께도 감사드립니다. 알게 모르게, 정말 **알게 모르게** 신경 써 줘서 감사합니다. 이제는 둔한 저라도 알 수 있는 노골적인 친절을 베풀어 주셔도 괜찮습니다.

이번에도 멋진 일러스트를 그려 주신 영인님께 감사드립니다. 어떤 익명 인터넷 게시판의 글에서 나온 말처럼, 무릎 꿇고 절이라도 해야 할 정도의 신세를 지고 있다는 것을 알고 있지만 제가 요즘 관절이 좋지 않아서 글로 대신하고 있습니다. 그리고 마감은 어길 수도 있는 거니까, 너무 무리하지 마시길. 절대로 제가 마감을 어기는 동지를 만들기 위해서 이런 말 하는 것이 아닙니다.

'친구들도 고맙습니다.' 는 이상하고 '고맙다.' 라고 해야 되겠죠. 하지만 그렇게 따지면 이런 말투도, 감사의 인사에 계속 끼는 것도 이상합니다. 하지만 이미 써 버린 걸 어쩌겠습니까. 다음에는 빼 버리겠습니다. 뭐, 10년을 넘게 알고 지내 온 녀석들이니까 이해해 줄 거라 믿습니다. 친구 사이에는 술과 고기라는 물질적인 고마움의 표시가 필요할 뿐. 그리고 수수께끼 액체 X의 정체를 눈치채신 친구의 형님……. 전 변태가 아닙니다.

마지막으로 가끔씩 꿈속에서 튀어나와 저를 깨워 버리는 내 사랑하는 친구 나미에게 고맙다고 말하고 싶습니다.

어머나, 닭살이야.

◆ 본 작품의 의견, 감상을 기다리고 있습니다 ◆

보내실 곳 _

서울시 마포구 망원동 485-37 연세빌딩 6층
우편번호 121-230 디앤씨미디어 시드노벨 편집부

카넬 작가님 앞
영인 작가님 앞

카넬 시드노벨 저작 리스트

『나와 호랑이님』 3
『나와 호랑이님』 2
『나와 호랑이님』

나와 호랑이님 3

1판 1쇄 발행 2011년 7월 1일
1판 19쇄 발행 2019년 6월 14일

지은이_ 카넬
발행인_ 신현호
편집장_ 이환진
책임편집_ 유석희
편집부_ 유석희 송영규 이호훈
편집디자인_ 한방울
국제업무_ 정아라 전은지
영업 · 관리_ 김민원 조인희

펴낸곳_ ㈜ 디앤씨미디어
등록_ 2002년 4월 25일 제20-260호
주소_ 서울시 구로구 디지털로 26길 111 JnK디지털타워 503호
전화_ 02-333-2513(대표)
팩시밀리_ 02-333-2514
E-mail_ seed_dnc@dncmedia.co.kr
홈페이지_ www.seednovel.com

값 6,500원

ISBN 978-89-267-8081-7 04810
ISBN 978-89-267-8052-7 (세트)

방지연 지음
유카 일러스트

카니스 디루스 1~3

'로아를 구하고 싶다면 마수 맥시멈을 찾아서 죽여.'

팀 대항 토너먼트를 통해 특별 포상 휴가를 얻게 된 레그바.
그에게는 반드시 카니스 디루스 부대를 벗어나야 할 이유가 있었다.
마수 맥시멈에 대한 단서가 헬라이오 시티에서 포착된 것.
로아와 호즈, 소린과 함께 헬라이오 시티로 입성한 레그바는 맥시멈의 단서를 찾는 데 정신이 팔리고 그로 인해 로아와 약속했던 '데이트'에 소홀해진다.
한편 그들의 주변으로 마피아와 현상금 사냥꾼들, 파견 나온 카니스 디루스 부대와 정체불명의 집단까지 모여들어 이상한 기류를 형성하기 시작하는데…….

작가 방지연이 선보이는 스타일리쉬 현대전기로망 제3탄!

반재원 지음
Eika 일러스트

초인동맹에 어서 오세요 1~8

모두에게 잊혀진 그곳에서도 엔터테인먼트는 존재하는가?

섬벨리나를 대신해서 모든 죄를 짊어진 언데드맨은 초인 교도소 오블리비언으로 보내진다.

흉악한 마인들의 집합소인 그곳에서 낮에는 힘겨운 강제노역, 밤에는 모두에게 잊혀가는 악몽에 시달리며 하루하루 힘겹게 살아가는 언데드맨. 그런 그에게 뜻밖의 손님, 초인 이레이저 슬리핑 뷰티가 찾아온다.

"그래서 말인데, 당신의 '누명' 을 벗을 생각이 없나요?" (굵게)

섬벨리나의 몰락을 위해 언데드맨을 유혹하는 슬리핑 뷰티.

거기에 더하여 언데드맨은 정말 생각지도 못한 인물과 재회하게 되는데…….

그는 바로 '크래쉬맨 한상준' ! 언데드맨 자신이 가장 먼저 쓰러트렸던 이였다.

초인 엔터테인먼트 제8탄, 언데드맨 오블리비언(UNDEADMAN OBLIVION), 지금 확인하십시오!